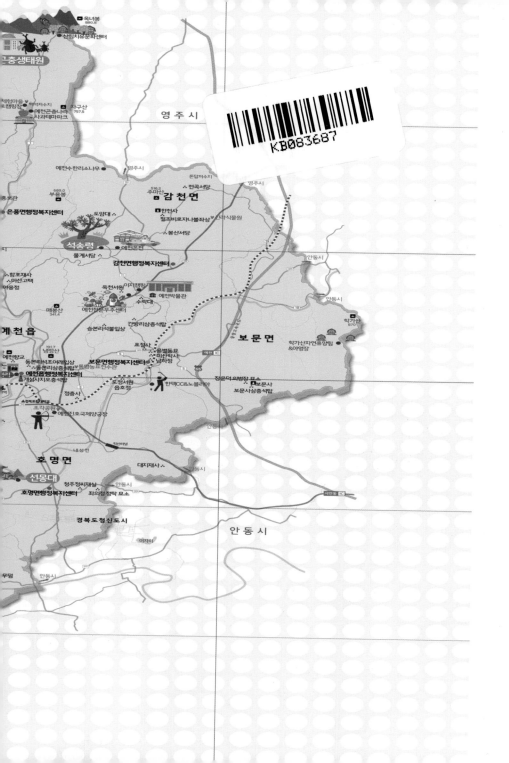

단 양 군

문 경 시

효

예천목재문화체험장

효자도시복정리비 · 효공원(도시복생기)
· 장조(사도세자)태실비
· 경정1원자적선사능운탑비
문종대왕태실비
명봉사

효자면행정복지센터

문효세자태실비
· 대장전과윤장대
페비윤씨(제헌왕후)태실비

용문사
용 문 면

청룡사

사부리소나무   함양박씨희이재사

금당실 전통

초간정 및 원림

예천권씨초간공파종택
금당실송림
이영사
의성감박남악종택
용문면행정

유천면

유천리물체당
유천면행정복지센터

관물당
기천서원

용 궁 면
만파루, 척화비

개 포 면

용궁면행정복지센터
황목근

개포면행정복지센터

무이서당
청원정
용공향교
소천서원

장안사

지 보 면

원산성 제1전망대
비룡산
240 제2전망대

삼강주막

전망대
삼강향당   관세암
삼강   쌍절암
녹색농촌체험마을
쌍절암생태송교
쌍절각

원담서원

나부산
333.4

삼주정

지보면행정복지센터

강문화전시관

풍 양 면

와룡리석조여래입상

흔효리석조여래입상

석문종택

풍양면행정복지센터
법종사
공처능요천수원

상 주 시

의 성 군

시 읊으며 거닐었네

④ 예천 가는 길

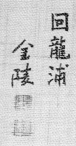

回龍浦
金陵

차례

1. 예천 가는 길

"그대, 내년 산 벚꽃 피는 계절에 삼신산 쌍계사를 나와 함께 유람하시기를 바라고 바랍니다."

임진년(1532) 가을, 곤양 군수의 편지를 받은 청년 이황李滉은 섬진강을 따라서 쌍계사를 유람하며 삼신산(지리산)의 자연에 빠져들고 싶기도 하지만, 63세의 현직 군수가 아직 급제도 하지 못한 30세 아래의 자신에게 관심을 가진 관포灌圃에 호기심이 발동했다.

관포 어득강魚得江은 청도 청덕루에서 젊은 시원試員들에게 하과夏課를 하였고, 흥해 관아官衙의 군재郡齋를 '동주도원'이라 이름하고 군민을 교화하면서 지은 관포灌圃의 〈동주도원십육절〉詩는 당시 젊은 선비들에게 화제가 되었으니, 그 어관포를 만나서 그와 詩를 수창酬唱할 것을 상상만 해도 그의 시벽詩癖을 자극했다.

이황李滉은 곤양까지 먼 길을 여행할 처지가 못 되었다. 서른세 살인데도 아직 대과에 급제하지 못했으며, 허씨 부인을 사별한 후 측실을 들이고 서른 살에 속현으로 권씨 부인을 맞이하여 신접살림을 차렸으며, 용궁 대죽리 외가에서 외손봉사하던 셋째 언장 형이 별세하여 아직 상喪 중이었다.

무오·기묘의 사화로 도학 정치를 펼칠 수 없게 된 사림士林들이 산속으로 은둔하는 현실에서, 젊은 이황은 영지산 기슭에 달팽이 같이 작은 지사와사芝山蝸舍를 지어 조카들을 가르치고 있었다.

형님 댁에 계신 어머니가 아들을 불러 앉혔다.

"우물 안 개구리는 바다를 알지 못하느니라."

시인은 아직 바다의 아득한 수평선을 모른다.

"때가 아닌 듯합니다."

"기회는 새와 같으니라."

"아직, 글을 더 읽어야 합니다."

"'독만권서 행만리로讀萬卷書 行萬里路'라 하지 않느냐, 여행도 공부니라, 네 어찌 백면서생白面書生만 할 것이냐?"

여행은 목적지에 도착하는 것만 목적이 아니다. 만남과 헤어짐이 있고, 보고 듣고 생각이 깊어질 것이다.

"버리고 떠나야 채울 수 있느니라."

"……."

1533년 정월, 이황李滉은 어관포를 만나러 남행길에 올랐다. 토계를 나와서 강변에 나서니 시야가 광대무변으로 넓어지면서 광목을 펼쳐놓은 듯 낙동강이 하얗게 얼어붙어 있었다. 정월正月의 세찬 강바람이 앞을 가로막고 옷자락을 붙잡지만, 마음은 삼신산 청학동 쌍계사 불일암의 꽃 피는 봄날이었다.

낙동강 강변 농암聾巖 언덕의 「애일당愛日堂」에 들어갔다. 농암 이현보는 그의 고향 부내〔汾川〕 마을의 커다란 바위 위에 「애일당」을 지어 부모를 뫼시고, 「농암聾巖」이라 하였다.

농암은 성품이 고상하여 어리석고 천한 자라도 차별하지 않고 따뜻하게 대했으며 실천에 과감하고 결단력이 있었다.

1502년, 농암이 사관史官으로서 연산에게 아뢰기를,

"사관은 임금의 언동言動을 기록하는데, 탑하榻下에서 멀리 떨어져 엎드려 있습니다. 청컨대 탑전榻前 가까이 엎드려 기주記(기록)에 소루疏漏(소홀히)함이 없게 하소서."

농암은 폭군 연산 앞에서도 비굴하지 않고 당당했다.

1531년, 농암은 부친 상喪으로 여묘廬墓살이를 끝낸 후, 당시 복服을 벗고 부제학으로서 경주부윤으로 나가는 도중途中에 고향에서 근친覲親하고 있었다.

농암은 향리의 어른이며 숙부와 식년문과 동년이고, 1517년에 숙부 송재 공이 순직殉職하자, 그의 후임으로 안동부사가 되어 젊은 선비들을 안동 향교에서 교화할 때 이황도 참가했었다.

농암은 추위에 달아오른 얼굴로 들어서는 이황을 반겼다. 훈훈한 방안에서 따끈한 차茶를 홀홀 마시며 몸을 녹였다.

"바깥에서 진정한 '나'를 찾고자 합니다."

농암은 이황의 남행계획을 듣고 이에 감탄하였다.

"자신이 보고 싶은 것만 찾으면 참 나를 발견할 수 없느니."

황滉은 머뭇거리다가 자신의 문제를 털어놓았다.

"과거科擧에 얽매여 학문에 자유로울 수 없습니다."

"과거준비를 그만두겠다고? 생각은 옳으나 쉬운 일은 아니네. 나는 과거를 권하지만 마땅하지 않음을 잘 알고 있다네."

황은 또 출사와 진퇴에 대하여 물었다. 농암은 단호하게 말했다.

"반드시 벼슬을 그만두고자 마음먹을 필요가 없느니, 벼슬하되 벼슬에 빠지지 말라는 것일세."

농암의 애일당을 나와서 눈길에 발걸음을 재촉하였다. 눈 덮인 풍산들을 지나서 가일마을에 들었다. 가일마을 장인 권질權礩의 본가에서 하룻밤을 묵었다. 당시 권질은 거창의 영승 마을에 옮겨갔으나, 처가 권속들은 주인 없는 흉가라도 백년손을 따뜻하게 맞았다.

이황李滉의 장인 권질은 화산花山 권주權柱의 장남이다. 권주는 대과급제하여 참판까지 올랐으나, 성종의 처방전에 따라 폐비 윤씨에게 사약을 내릴 때, 그는 단지 주서注書로서 약사(승지)가 조제한 사약을 약국에서 가지고 왔을 뿐이었다. 그런데 폐비의 복권이 사헌부·사간원·홍문관 삼사三司에 견제 당하자, 연산燕山은 왕도를 일탈逸脫하여 전횡과 보복의 칼을 휘둘렀다.

"그때 내 나이 일곱 살이었으니, 신하들이 옳지 않다고 굳이 간쟁諫諍하였더라면, 어찌 회천回天할 도리가 없었겠느냐? 오늘날에는 작은 일에도 합문閤門에 엎드려 해를 넘기거늘, 하물며 이런 큰일로도 굳이 간쟁하지 못하였느냐? 주柱는 살더라도 내가 부릴 수 없으며, 주柱도 나를 섬길 수 없으니, 율문律文에 따라 시행하고, 그 자식은 해외海外에 위리안치圍籬安置하도록 하라."

1504년(연산군 10) 4월 20일, 송흠을 부관참시하고 권주를 종으로 삼았다.

"송흠宋欽과 권주權柱가 회릉懷陵을 사사할 적에 범죄한 것이, 이세좌李世佐와 유사한데, 처음에 아뢰지 않았으니, 매우 불가하다. 송흠은 부관참시剖棺斬屍하고, 권주는 사사하는 것이 어떠한가?"

"송흠은 죄주기를 상의 분부와 같이 하여야 하겠습니다. 그러나 권주는 그때 주서注書로서 다만 승지가 시키는 대로 한 것이니, 그 죄가 세좌와 다를 것 같습니다."

"그러면 주柱는 사형을 감하고 장 70에 처하여, 아주 먼 변방의 정로간庭爐干(관가에서 풀무질하는 종)으로 정역定役하여라."

권주權柱의 아들들을 모두 외방으로 귀양 보내고 그의 재산을 적몰籍沒하였다.

"죄인 권주權柱의 집을 남천군 이쟁李崢에게 주라."

연산이 남천군 쟁嶸의 아내와 통간通奸한 대가로 주어졌다.

권주는 평해平海로 유배되었다가 이듬해 사약이 내려지자 누각에서 뛰어내렸고, 그의 아내 고성 이씨도 순절殉節을 택했다.

중종반정으로 권질은 복권되었다가 아우 권전權磌의 사건에 연루되어 예안으로 유배당하고 권전은 장살杖殺 당했는데, 송사련宋祀連이 조작한 신사무옥의 희생자가 되었다.

숙부가 장살당하고 아버지가 귀양 가는데, 어느 누군들 편할까?

권 소저는 혼절하여 숙맥菽麥이 되었다. 마음[心]이 버금[亞] 자를 품으면 '악할 惡'자가 된다. 마음에서 亞 자를 빼고 善만 남은 사람이 숙맥이다.

권씨 부인은 지아비의 찢어진 도포를 예쁘게 기우고 싶어 하얀 도포에 빨간 천을 덧대어 꿰맸는데, 이황은 군소리 없이 입고 다녔다. 착한 사람 둘이 만나면, 인仁이 된다.

이튿날, 이황은 처조부 내외분 묘소에 참배하고 애도했다. 산소 앞에 엎드린 젊은 선비가 사랑스런 손녀의 지아비임을 아는지 모르는지 죽은 자는 말이 없으나, 드넓은 풍산 들을 거침없이 불어온 바람이 휘파람으로 애도하였다.

〈참찬 권주 어른의 묘도에 적다(題權參贊柱墓道)〉

明夷蒙難豈非天 어려운 때 겪은 고난 운명이 아니랴,
茂柏深松鎖翠烟 무성한 송백에 푸른 연기만 자욱하네.
節行他年應有史 절행이야 훗날의 역사에 남겠지만
文章千古恨無傳 문장이 전하지 않아 천고에 한이로다.

가일마을 뒷산에서 처조부의 산소를 배알한 후, 예천으로 곧장 향했다.

이황은 풍산을 뒤로하고 예천 가는 길에서 이미 오래 전에 예천 군수 문경동을 만나러 이 길을 지나갔을 숙부가 생각났다. 숙부 송재 공이 진양 목사로 계실 때, 언장 형과 경명 형님 두 분이 숙부를 따라가서 진양 청곡사에서 공부하였다. 황은 아직 어려서 숙부를 따라갈 수 없었다.

"형님이 보고 싶어요."

"자식 된 사람은 마땅히 글을 읽어 학업을 성취해야 한다. 형들은 이 때문에 간 것이니, 그리워할 필요는 없느니라."

숙부 송재 공은 진양 목사를 마치고 조정으로 들어가시어 이조 참판을 지내셨고, 1510년(중종 5)에 강원도 관찰사로 나갔다.

강원도에서 먼 길을 말을 달려서 일부러 어머니를 뵈러 올 정도로 효성이 지극하였다. 임금에게 간곡히 청하여, 1512(중종 7년)에 강원도에서 돌아왔다.

송당골에 집을 지어서 송재松齋라 하고 송재松齋에서 지병持病인 혈소환血素患을 다스리고 있었다.
송재는 이때의 처지를 〈탄식하다(自嘆)〉시를 지었다.

병을 고치고자 고향에 돌아왔으나,
삼 년 동안 화조의 봄을 보지 못하였다.
하늘이 이수를 죽이지 않는다면,
청산에 들어온들 회춘하지 못하리라.

송재가 고향에 돌아왔을 때, 황은 열두 살이었다. 이때, 형들과 함께 송재 공에게 《논어》를 배웠다. 송재 공은 조카들에게 각각 자字를 지어주었다. 서귀를 언장彦章, 서봉을 경명景明, 서란을 정민貞愍, 황을 서홍瑞鴻에서 경호景浩로 바꿔주었다.

송재는 자질들에게 〈외영당畏影堂〉 詩를 지어서 '무자기毋自欺(자신을 속이지 말자)'를 가르쳤다.

내가 있으니 형체가 있고,
그림자는 형체에서 둘이 된다.
어두우면 숨고 밝으면 나타나고,
움직이고 그침에 놓지 않는다.
날마다 품행이 백 가지도 된다.
하나하나 곧 본받아야 한다.
어디서고 좌우를 떠나지 않아,
가만히 속일 수 없다.
삼갈 바가 어찌 혼자뿐이랴,
방구석도 오히려 환하다.
너를 보는 내 마음 두렵구나.
내심을 반성해서 성품을 다져,
내 말을 너는 소리 없이 아니,
내 몸은 너의 허상일 따름.
한 방에서 돌아다니면서,
너는 종일 내가 우러러본다.

《소학》은 터전을 닦아 재목을 갖추는 것이요, 《대학》은 그 터전 위에 커다란 집을 짓는 것이라 하여, 숙부는 자질들을 교육함에 《소학》을 중시하였다.

"물 뿌리고 쓸고 공손히 응답하며, 집에 들어가서는 효도하고, 밖에서는 공경하여 모든 행동에 거스름이 없이 행한 뒤에 여력이 있으면 詩를 외고 글을 읽으며 영가詠歌하고 무도舞蹈를 하는 데도 생각이 지나침이 없게 하는 것이다. 이치를 궁구하고 몸을 닦는 것은 이 학문의 큰 요지이다."

보고 싶던 형들이 돌아왔고 배움의 길을 찾았으니, 경호景浩는 배움이 즐거웠다.
'弟子入則   집에 들어와서는 부모님께 효도하고,
孝出則悌   집밖에 나가서는 공손해야 한다.'
경호景浩는 고개를 끄덕이면서 말했다.
'學而時習   배우고 때로 익히면
不亦說乎   기쁘지 아니한가.'
경호는 담담한 표정으로 스스로 경계했다.

"일의 옳은 것이 바로 이理입니까?"
황은 《자장子張》편에서, 스스로 질문하고 이理를 터득했다.
송재는 스스로 깨우치는 조카가 대견스러웠다.
'이 아이는 가르치지 않아도 스스로 길을 아는구나.'

숙부는 엄격한 스승이었다. 책을 덮고 돌아앉아서 배운 것을 배송背誦하게 했다.
"외는 것은 글자를 기억하는 것이 아니라, 선현의 뜻을 가슴에 흐르게 하는 것이니라."

선비의 자세로 바르게 앉아서 외우되 몸을 흔들어서도 안 되며, 착란하지 말고 중복하지도 말며, 너무 급하게 굴면 조급하고 너무 느리면 정신이 해이해져서 생각이 뜨게 된다.

《논어》와 〈집주〉를 배송하면 잡념이 없어지고 머리가 맑아졌다.

경호景浩는 열세 살에 《논어》를 마쳤다.

경호景浩는 책을 읽거나 혼자서 명상에 잠겼으며, 비록 어렸지만 사람들이 많이 모인 자리에서도 선비처럼 면벽해서 침잠하였다.

"앎과 배움은 그것 자체 때문에 가치가 있는 것이 아니다.

학문의 길에 각고도 중요하나 심신의 휴양 또한 중요하다."

송재의 교육은 알묘조장揠苗助長이 아니라, 사람답게 사는 길을 스스로 터득하도록 하였다.

자연을 소요하며 물아일체의 호연지기浩然之氣를 길러 자유의지와 정의로운 품성을 갖춰야 한다고 했다.

'알기만 하는 사람은 좋아하는 사람만 못하고, 좋아하는 사람은 즐기는 사람만 못하다.〔知之者不如好之者, 好之者不如樂之者.〕'

자질들을 용두산 용수사에 보내어서 하과夏課를 즐기게 했다.

송재공은 하과夏課를 떠나는 자질들에게 용수사 경내를 그림 그리듯 〈용수사〉 시를 지어주고, 〈하과夏課〉를 독려하는 시를 지어서 보냈다.

푸른 재 병풍처럼 에워싸고 눈 누대 때리는데,
부처 깃발 깊숙한 곳 기름 태울 만하네.
세 가지 많음 세 해면 풍부히 할 만한데,
한 가지 이치 마땅히 하나로 관찰함에서 구해야 하네.
경서 공부 청색과 자색 인끈의 도구라 말하지 말라,
학문 염두에 두고 닦음, 입신양명의 계책으로 세워야 하리.
예로부터 훌륭한 일 일찍부터 갖추어야 하나니,
홰나무 저자 앞머리까지 세월 빠르기만 하다네.

1513년 2월, 송재공은 사위와 자질들을 청량산에 보냈는데,
경호도 여러 형들과 함께 절에 머물면서 글을 읽었다.
송재공의 사위는 조효연曹孝淵과 오언의吳彦毅이다.
송재는 김해 부사로 임명되었으나 지병으로 부임하지 않았다.
이때, 《귀전록歸田錄》 한 권과 《동국사략》 두 권을 지었다.

1515년 10월 3일, 송재는 안동부사로 부임하였다. 안동웅부 자성
서북 귀퉁이 연못 가운데 애련정을 지어서 아들, 사위, 조카 등 자질
들이 공부하는 서당으로 삼았다. 가을날, 송재는 연못 주위를 둘러
보다가 시를 적었다.

거문고 소리 서늘하여 빗소리에 섞이고,
늙은 연꽃송이 없어도 아직은 산뜻하다.

서쪽 담 밑 대나무 사이에 접시꽃 옮겨 심어,
붉은빛 푸른빛이 분명하게 드러나네.

1516년 6월 11일, 경상도 관찰사 손중돈이 송재의 청렴함을 장계하니, 중종이 이를 포상하였다.

"안동부사 이우李堣는 청렴하고 간결하여 사私가 없으며, 전에 진주목사로 있을 때에도 정적政迹을 드러냈으니, 승차陞差하는 것이 어떠합니까?" 하고 이조가 승차를 건의하였다.

1517년 8월, 송재는 어머니의 수연석을 베풀었다. 〈어부사〉를 잘 부르는 노기老妓가 있어, 송재는 때때옷 입고 〈어부사漁父詞〉에 맞춰 춤을 추어서 노모를 기쁘게 해드렸다.

황은 그날 〈어부사〉를 처음 듣고 마음속으로 감흥을 느껴, 그 가사를 기록해 두었다.

이러한 생활 속에 근심 없으니 어부의 생활이 최고로다.
조그마한 쪽배를 끝없이 넓은 바다 위에 띄워 두고
인간세사를 잊었거니 세월 가는 줄을 알랴.
이 듕에 시름 업스니 어부의 생애이로다.
일엽편주를 만경파에 띄워두고 ……

그 해, 11월 18일 송재는 안동부사 재임 중에 혈소환으로 별세하

였다. 송재의 시문을 정리하여《송재집松齋集》을 엮었는데, 황滉이
《관동행록》과《귀전록》을 직접 필사하였고, 훗날 황의 제자이며 송
재의 사위 오언의의 손자인 오운吳澐이 충주목사로 있던 1584년에
초판본의 원집 3권 1책으로 간행하였다.

송재의 직계손인 이명익李溟翼, 이진동李鎭東, 이택로李宅魯, 이성
로李聖魯가 도산서원 원장으로 재직하면서 흩어져 있던 시문을 모아
서《송재집松齋集》을 보완하였다.

전체가 천天·지地·인人 9권 3책인 현행본을 완성하였다.

1517년 6월 6일, 안동부사 송재는 예천군수 문경동을 만나러 아
침 일찍 출발하였다. 예천 가는 길에서 가뭄으로 모를 심지 못하다
가 큰물 져서 벼가 흙탕물에 잠긴 것을 보고 시를 지었다.

〈六月六日. 雨後早發向襄陽〉

趁涼晨起出城門　서늘할 때 가려고 새벽에 성문을 나서니
黯淡東峯欲上暾　어둑한 동쪽 봉우리에 해가 뜨려 한다.
溪漲從知前夜雨　개울물이 불어서 지난밤 비가 온 것을 알겠고
煙生遙望舊家村　연기 나는 곳 멀리 舊家가 있는 마을이 보인다.
崩崖亂壓堤仍決　언덕이 무너져 내리 덮쳐 둑이 터지고
晚秋初移水尙渾　늦게 심은 모가 흐린물에 잠긴다.
旱後澇多禾卒死　가뭄 뒤에 큰물 져서 벼가 반은 죽었는데
誰將民事叫天閽　누가 백성 사정을 임금께 알려주리.

그날, 송재松齋는 예천에서 창계를 만났다. 시를 지어서 봄을 노래하였다.〈양양여문흠지야음襄陽與文欽之夜飮〉

春去餘花照眼明　봄이 가고 남은 꽃이 눈에 비쳐 밝으니
三年病客亦生情　삼 년 앓던 병객도 정이 인다.
金鈿縱被風吹却　금비녀는 바람에 불려 떨어졌으나
琴韻泠泠尙舊聲　거문고 소리 시원함은 예 그대로구나.

안동 애련정은 안동부사 송재 이우가 안동 관아 옆에 지은 정자인데, 퇴계 형제들이 공부하던 곳이다. 어느 날 비 그친 뒤 예천군수 창계 문경동이 애련정에 왔다.
〈비온 뒤 흠지들과 술을 마시다(雨後與欽之輩飮蓮亭)〉흠지欽之는 문경동의 字이다.

琴韻泠泠雜雨聲　거문고 소리 서늘하여 빗소리와 섞이고
敗荷無藕尙含淸　늙은 연꽃송이가 없어도 아직은 산뜻하다.
移葵開竹西墻下　서쪽 담밑 대나무 사이에 해바라기를 옮겨심어
紅綠分明各自旌　붉은 빛 푸른 빛이 분명하게 나타나네.

어느 해 여름, 창계 문경동이 안동의 애련정에 왔을 때 공부하는 이황 형제들에게 일일이 묻고 공부하는 것을 보고 부러워하였다.
"송재는 복도 많으시오. 영민한 자제들이 부럽습니다."

문경동은 아들이 없이 딸만 둘이 있었다. 맏사위는 의령의 진사 허찬許瓚이요, 둘째 사위는 영주 장수 화계의 생원 장응신張應臣이다.

당시 문경동에게 이황과 동갑인 외손녀, 즉 허찬의 딸이 있었다. 문경동은 애련정에서 공부하는 송재의 자제들 중에서 이황을 외손녀와 맺어주려고 송재와 만났었다.

그 해 11월 18일, 송재는 안동 부사 재임 중에 혈소환으로 별세하였다. 이황은 숙부의 3년 상을 치른 뒤 허찬의 딸 허씨 소저와 혼인하였으며, 이황과 허씨 부인이 혼인하던 그 해 청풍군수 문경동은 청풍에서 순직하였다.

이황은 27세 되던 해 경상도에서 시행된 소과 과거 1차 시험인 초시 진사시에 1등, 생원시에 2등으로 입격하였으나, 둘째 아들을 해산하고 한 달 만에 해산독으로 허씨 부인과 사별하였다.

어린 자식을 돌보기 위하여 유모를 들였다. 창원에 살고 있던 종자형 함안군수 조효연曹孝淵의 처 사촌 누님(송재의 맏딸)이 한문을 읽을 수 있는 반가의 여인을 주선하여 보내왔다.

유모는 친모와 다름없이 사랑과 정성으로 아이들을 보살폈고 반가의 여인답게 행동이 조신하고 예의범절이 발랐다.

젊은 황은 아내를 여의고 눈물을 보이지 않았으나, 그럴수록 어머니는 젊은 아들과 손자들의 처지가 안타까웠다.

어머니 춘천 박씨는 유모의 행동거지를 면밀히 살펴, 젖동냥이 아니라 친모의 사랑을 궁리하게 되었다.

'아들을 안정시켜서 학문에 전념할 수 있게 하고, 손자에게 어미의 젖을 먹일 수 있게……'

어머니는 암자에서 글을 읽고 있는 아들을 불러들였다.

"속현은 절차와 시간이 걸리지만, 아이들에게 당장 어미가 있어야 한다."

황은 어머니의 제안에 고민하지 않을 수 없었다. 둘째 아들을 낳고 산고 끝에 사별한 허씨 부인의 초췌한 모습이 떠올랐다.

'그럴 수 없다……절대로……그러나……'

'효도는 자식으로서 마땅한 도리가 아닌가?'

아내에 대한 절의와 효도 사이에 갈등이 일었다. 그러나 부모의 마음을 편안케 하는 것이 효도의 근본이라면,

'아들로서 상처喪妻한 것도 불효가 아닌가?'

사랑은 이성이나 의지로 되는 것이 아니다. 황은 측실과 속현이 다른 세상에 살고 있었다.

"낮추면 높아지고 비우면 채워지느니라. 할 수 있겠느냐?"

첫날밤에 옥비녀를 꽂아주면서, '항아姮娥'라고 불러주었다.

'월명의 피리가 밝은 달을 움직여 항아가 머물게 하였다.'는《삼국유사》의 향가에서 '항아'를 달의 여신으로 일컫는다.

1530년, 황은 녹전 성천사에서 글을 읽고 있었다. 유모를 측실로 들인 것을 알게 된 문중 어른들이 놀랐다.

"출생에 귀천이 있고 신분에 위계가 있는 법, 너는 종문宗門의 가례嘉禮를 무너뜨리는구나."

황은 침묵했으나, 어머니는 당당했다.

"속현續絃이 아니라, 측실側室일 뿐입니다."

속현과 측실은 해와 달이었다.

그 해, 예안에 귀양 온 권질權礩이 시인을 조용히 불렀다. 권질은 잠시 귀양 온 처지이긴 하지만, 권질의 집안은 당시로서는 안동 지역에서 명문가名文家로 꼽힌다.

"부인의 3년 상을 지냈지 않은가?"

권질은 시인의 속마음을 떠보았다.

"자네 알다시피 우리 집안이 말이 아닐세."

황은 말없이 듣고만 있었다.

"자네가 미더워서 하는 말인데, 내 여식이 성혼할 때가 됐는데, 어디 믿고 맡길 데가 없을까?"

황과 권씨 소저는 혼례를 올렸다. 권씨 부인은 눈매가 서글서글하고 선량한 인상이 말해주듯, 성정性情이 양처럼 온순하며 자신의 생각을 내색하지 않고, 상대가 누구든지 언제나 밝은 미소로 상냥하게 대했다.

황은 노송정 종가가 건너다보이는 온혜 마을 영지산 기슭의 양지 바른 곳에 작은 집을 새로 지었다. 달팽이처럼 생긴 집이라 하여 '지산와사芝山蝸舍'라 불렀다.

1531년, 측실 창원댁에게서 아들 寂이 태어났으며, 창원댁은 넷째 형 해의 집에서 아이들과 어머니를 모시고 있다. 삶과 죽음, 만남과 이별의 존망이합存亡離合의 인생이 가슴 아프다.

지나온 풍산들[野]의 마을이 부유하고 가축들까지 살이 쪘으나, 풍산에서 고자평으로 넘어가는 언저리 골짜기마다 마을은 가뭄을 많이 타는 피농사를 짓고 살던 마을이라 하여 피실 또는 직곡稷谷(기장골), 직산稷山이라 불리고 있다. 예천에 가까워질수록 가뭄으로 폐농한 마을이 눈 속에 떨고 있었다. 추위에 얼어 죽고, 굶주림에 처자식조차 내다버렸다.

한 해 전 1532년 5월 1일, 중종이 지방의 관찰사들에게 기우제를 명령한 것으로 보아, 가뭄이 얼마나 극심했는지를 짐작할 수 있다.

"근래 해마다 가뭄이 들어 백성들이 쌀밥을 먹지 못하는데, 금년도 초여름부터 볕만 내리쬐고 비는 오지 않아 밭두둑이 갈라져 농작물이 말라죽고 있다. 각 고을 수령에게 정결하게 제물을 준비하고 깨끗이 훈목薰沐하고서, 힘써 정성을 다해 영검 있는 곳에 제사 지내라."

〈사직단 기우제문社稷壇祈雨文〉*

厚德載物　후덕한 땅은 만물을 실어

生穀粒民　곡식을 내서 백성 먹이니

一方賴奠　온 나라가 의지해 높이고

萬世薦禋　만세토록 제사를 올렸네.

衆生休戚　중생의 기쁨과 슬픔은

神實主張　신이 실로 주관하는 바요,

亦有菑眚　재앙과 환란도 그렇게

神其弭攘　신만이 물리칠 수 있네.

云胡亢旱　어찌하여 혹심한 가뭄이

涉月肆虐　달이 넘도록 사나워지는가.

川澤鼎沸　강과 못은 물 끓듯 말라 버리고

田畝龜坼　논밭은 거북 등처럼 갈라졌네.

麥旣告歉　보리는 이미 흉년이 되었고

稻苗萎損　벼 모종은 시들어 죽어 가니

萬姓喁喁　백성들은 시름에 한숨 쉬고

(…)

仰惟神明　우러러 바라건대 신명께서는

民命所寄　백성의 목숨 맡고 계십니다.

---

*대산 이광정, 〈사직단 기우제문社稷壇祈雨文〉

寔司乾溢　이에 가뭄과 홍수를 맡아

以暘以雨　볕도 내고 비도 내리십니다.

潔躬齋誠　정결한 정성스러운 제물로

敢用虔告　감히 정성으로 고하노니

惟神降監　부디 신령은 굽어살피시어

庶賜冥佑　명명한 도움을 내려 주소서.

亟需甘澍　속히 크게 단비를 내리어

蘇我枯瘁　병든 우릴 소생시켜 주소서.

轉烖爲祥　재앙이 바뀌어 상서가 됨은

實賴神惠　실로 신령의 은택 덕분이니

生民報事　백성들이 보답해 섬기기를

歲歲無替　해마다 폐함이 없으리이다.

　강물이 말라서 모래만 수북한 내성천 강마을 고자평 마을의 영월 신辛씨 신담辛聃에게 시집 간 이황의 누님이 계신다. 한 분 뿐인 누님은 어린 황을 업어 키웠다. 누님 뵙고 싶은 마음 간절했으나,

　'흉년에 어딘들 고생이 없겠나.'

　먼발치서 고자평 마을을 바라만 보고 돌아서 갔다.

　누님의 아들인 생질 신홍조辛弘祚의 자는 이경而慶, 호는 이계伊溪 또는 고촌高邨이며 습독관習讀官을 지냈다.

　훗날 (1544년 4월 5일) 신홍조가 한양 이황의 집에 와서 고향 소

식을 전했다.〔弘祚來得鄕信〕이황은 누님을 보듯 생질이 반가웠으나, 당시 신홍조辛弘祚가 송사訟事를 벌이고 있다는 것을 알고 심히 못마땅하였다. 이황은 평소 사사로운 일로 인정을 베풀지 않았으며, 가까운 친족의 일로도 다른 사람에게 청탁한 적이 없었다.

그날 오후, 이황은 한천漢川을 건너서 예천읍으로 들어갔다. 이때 한천은 오랜 가뭄으로 한천旱川이었다.

조선시대의 지리서 《신동국여지승람》 24권에 기록된 예천군醴泉郡은 본래 신라의 수주현水酒縣을 지금의 이름으로 고치고 군郡으로 하였다. 고려 초에 보주甫州로 불리다가 조선에서 보천군甫川郡으로 고쳤고, 기양基陽·청하淸河·양양襄陽으로 불리다가 다시 지금의 이름으로 하였다.

예천의 진산은 백두대간의 소백산맥에서 뻗어내린 덕봉산德逢山으로 산 위에 흑응성黑鷹城이 있다. 예천은 한천, 금천, 내성천, 낙동강이 감싸고 흐르는 물의 도시다. 한천漢川이 생명수로 흐르며 뒤에는 흑응산이 아늑하게 안아주는 곳이다.

윤상尹祥의 객관客館 기기에, 예천군醴泉郡은 동쪽과 서쪽에서 죽령竹嶺과 초령草嶺 두 재〔嶺〕사이에 끼어 있다. 죽령으로부터 상주商州 낙동洛東으로 가는 자, 초령으로부터 화산花山에 가는 자는 반드시 이 예천을 경유하게 된다. 그래서 사신의 순시巡視와 길 가는 나그네의 오고 감이 거의 없는 날이 없다. 그런데 객관이 좁고 누추하여서 고을과 더불어 서로 걸맞지 않았다.

기미년에 완산完山 이지명李知命 후侯가 이 고을의 수령으로 나왔다. 정사를 본지 3년에 정사는 형통하고 사람들은 화합하게 되었다. 이에 고을 사람들과 모의하고 감사監司에게 보고하여, 농부나 공장이들을 수고롭게 하지 않고, 놀고 있는 사람들에게 일을 시켰다. 관사가 지어졌다.

예천군의 토성은 임林·윤尹·권權이 있다. 허許·이李 모두 내성來姓이다. 황黃·방邦 모두 촌성村姓이다.

예천 임씨林氏의 시조는 무신정변이 일어난 의종毅宗 초에 태어나서 무신집권기였던 명종明宗 때까지 살았던 서하西河 임춘林椿이다. 그는 고려 건국공신으로 평장사平章事를 임중간林仲幹의 손자로서 고려 전기의 명망 있는 집안이었으나 1170년 정중부의 난이 일어나자 예천醴泉으로 피신하였다.

임춘은 젊어서 학문과 문학으로 명성이 높았으며, 가전체소설 '국순전'과 '공방전', '서하유고집'을 남겼으며 감천면 덕율리 옥천정사에 제향 되었다.

《국순전麴醇傳》＊은 술을 의인화하여 지은 작품이다. 임춘의 유고집인《서하선생집西河先生集》권5과『동문선』에 수록되어 있다.

＊한국고전번역원 | 임창순 (역) | 1969.

《동문선東文選》은 1478년(성종 9년) 예문관대제학 서거정이 홍문관대제학 양성지 등이 왕명으로 삼국시대 후기부터 조선 초기의 시문을 모아 편찬한 시문집이다.

국순麴醇이란 '술'이란 뜻이다. 국순의 조상은 농서隴西(중국 농산隴山의 서쪽 변방)사람이다. 90대 조祖 모牟(보리)가 후직后稷을 도와 뭇 백성들을 먹여 공이 있었으니, 《시경》에 이른바,

"내게 밀 보리를 주다." 한 것이 그것이다.

모牟(보리)가 처음 숨어 살며 벼슬하지 않고 말하기를, "나는 반드시 밭을 갈아야 먹으리라." 하며 전묘田畝에서 살았다.

맑은 덕德으로써 알려지니, 위에서 정문旌門을 표하였다. 임금을 좇아 원구圓丘에 제사한 공으로 중산후中山侯에 봉하니, 식읍食邑 일만호一萬戶 식실봉食實封 오천호五千戶요, 성姓을 국씨麴氏라 하였다.

위魏나라 초기에 순醇의 아비 주酎(소주)가 세상에 알려져서, 상서랑尙書郎 서막徐邈과 서로 친하여 그를 조정에 끌어들여 말할 때마다 주酎가 입에서 떠나지 않았는데, 어떤 사람이 아뢰기를,

"막邈이 주酎와 함께 사사로이 사귀어 점점 난리의 계단을 양성합니다."

위에서 노하여 막을 불러 힐문하니, 막이 사죄하기를,

"신이 주酎를 좇는 것은 그가 성인의 덕이 있기에 수시로 그 덕을 마시었습니다." 위에서 그를 책망하였다.

그 후 진晉이 선禪을 받게 되자, 세상이 어지러울 줄을 알고 다시

벼슬할 뜻이 없었다.

《국순전》은 인간이 술을 좋아하게 된 것과 술 때문에 타락하고 망신하는 형편을 풍자하고 있다. 인간과 술의 관계를 통해서 당시의 벼슬아치들의 발호와 타락상을 통해서 뛰어난 인물들이 오히려 소외되는 현실을 풍자·비판하였다.

《공방전孔方傳》*은 돈을 의인화한 것으로 동문선에 수록되었다.

공방孔方(구멍모)의 자는 관지貫之(꿰미)이니, 그 조상이 일찍이 수양산首陽山에 숨어 굴혈崛穴 속에서 살아 아직 나와서 세상에 쓰여진 적이 없었다. 처음 황제에 조금 채용되었으나, 성질이 굳세어 세상일에 그리 단련되지 못하였었다.

방方의 위인이 밖은 둥글고 안은 모나며, 때에 따라 웅변을 잘하여, 한漢나라에 벼슬하여 홍로경鴻臚卿이 되었다. 그때에 오왕吳王 비濞가 교만하고 참월僭越하여 권세를 도맡아 부렸는데, 방方이 그에게 붙어 많은 이득을 보았다.

방方의 성질이 욕심 많고 더러워 염치가 없었는데, 이제 재물과 쓰임이를 도맡게 되니 본전 이자利子의 경중을 저울질하는 법을 좋아하여, 나라를 편하게 하는 것은 반드시 질그릇·쇠그릇을 만드는

---

*한국고전번역원 | 임창순 (역) | 1969.

術에만 있는 것이 아니라 하여, 작은 이익이라도 다투고 물건 값을 낮추어 곡식을 천하게 하고, 화貨를 중重하게 하여 백성으로 하여금 근본(농업)을 버리고 끝(상商)을 좇게 하여 농사에 방해를 끼치므로 간관諫官들이 많이 상소하여 논했으나 위에서 듣지 않았다.

방方은 또 재치 있게 권귀權貴를 잘 섬겨 그 문門에 드나들며 권세를 부리고, 벼슬을 팔아 올리고 내침이 그 손바닥에 있으므로, 공경들이 많이 절개를 굽혀 섬기니, 곡식을 쌓고 뇌물을 거두어 문권文卷과 증서가 산 같아 이루 셀 수가 없었다.

그는 사람을 접하고 인물을 대함에도 어질고 불초함을 묻지 않고, 비록 시정市井 사람이라도 재물만 많이 가진 자면 다함께 사귀고 통하니, 이른바 시정의 사귐이란 것이다.

원제元帝가 위位에 오르자 공우貢禹가 아뢰기를,

"방方이 오랫동안 극무劇務를 맡아 보면서, 농사의 근본을 알지 못하고 한갓 장사치의 이익만을 일으켜 나라를 좀먹고 백성을 해하여 공사가 다 곤궁하오며, 더구나 뇌물이 낭자하고 청탁이 버젓이 행하오니, 대저 '지(負)고 또 타(乘)면 도둑이 이르게 된다.' 한 것은 대역大易의 분명한 경계이니, 청컨대 그를 면직시켜 욕심 많고 더러운 자를 징계하옵소서."

그때에 집정자가 곡량穀梁의 학學으로 진출한 이가 있어, 군자軍資의 부족으로써 장차 변책邊策을 세우려 하니, 그 사람을 들어 방方이 드디어 쫓겨나게 되었다.

임춘은 무신란을 피해 예천에 와서 극도로 빈한한 처지에서 불우한 일생을 마친 인물이다. 이 작품에서는 인간의 생활에 돈이 요구되어 만들어져 쓰이지만, 그 때문에 생긴 인간의 타락상을 돈의 속성과 관련이 있는 역대의 고사를 동원하여 결구結構하였다.

《국순전》과 《공방전》은 고려 후기부터 조선 전기까지의 문인들 사이에서 유행했던 가전체假傳體이다. 신진 사대부들의 당시 사회에 대한 문제의식과 사물에 대한 지대한 관심 속에서 발전하였다.

임춘의 삶의 족적은 소설뿐 아니라 지역사회 생활 개선에도 노력하였다. 오늘날 예천읍 서본리(굴머리) 오거리 모퉁이 산비탈 아래에는 사방 2m 깊이로 움푹 패인 구덩이가 있다. 임춘林椿은 당시 늪지대였던 예천의 배수 역할과 교통 편의는 물론 '서정자들' 농업에도 도움을 주는 등 3가지 유익한 터널을 임춘천林椿川이라 하였다.

예천 윤씨尹氏는 문정공文貞公 별동別洞 윤상尹祥이다. 고려 말(1373) 예천醴泉 서쪽 별골(西別洞)에서 태어나서 1455년(단종 3년)까지 살았다.

권별權鼈의 《해동잡록海東雜錄》에, 윤상尹祥의 본관은 예천醴泉으로 자는 실부實夫이며, 처음 이름은 철哲, 호는 별동別洞이다. 태조太祖 2년에 지방 아전으로서 문과급제하였다. 학문이 정밀하며 깊었고 사람을 가르치는 데 게을리하지 않았다. 성균관 대사성으로 16년 동안 있으면서 예문관제학藝文館提學에 이르렀다. 늙어서 고향으로 물러가니, 배우려는 자가 구름같이 모여들어 사석師席에 앉은 선비로는 근래에 으뜸이었다. 향년 83세로 죽었다.

윤상은 학문이 정밀하고 깊어서 성균관 대사성이 되매 모든 학생들이 스승으로 공경했다. 글을 오라기처럼 분석해 내고 귀를 당겨 친절히 가르치어 종일토록 부지런히 하여 권태함을 알지 못하였다. 1448년(세종 30년), 세손 단종의 스승이었다.

윤상은 1450년에 예천 미호리로 돌아와 후학을 가르쳤으니, 세종이 본관을 예천 윤씨로 정했다. 임진왜란 때 화장산 전투에서 장렬히 전사한 봉화 춘양 의병장 윤흠신尹欽信·흠도欽道 형제는 윤상尹祥의 후손이다.

예천 권權씨는 본래 고려 중엽 보승별장을 지낸 흔적신이 시조이다. 충목왕의 이름이 '흔昕'이어서 당시 임금의 휘자를 임금 이외 사람은 쓰지 못하게 하는 동양전제왕권의 관례에 따라 흔昕씨는 이름 아닌 성을 쓸 수 없게 되어 신종 원년에 권씨權氏로 고쳤다.

예천 권씨 집안을 '오복문'이라 일컬었다. 오행·오기·오복·오륜·오상 등 5형제 중 수헌 권오복은 점필재 김종직의 제자로서, 홍문관

고리를 거쳐 사관에 뽑혔다. 훗날 사화의 발단이 된 〈조의제문〉에 김종직의 사전을 적어 넣었다. 권오복은 김일손·권경유·이목·허반 등과 함께 세조를 비방했다는 이유로 죽음을 당하였다.

퇴계의 문인 초간草間 권문해權文海는 대구목사로 있을 때 단군에서 선조 때까지의 우리 역사와 문학예술, 풍속 등을 1백 7가지 운韻으로 분류, 저술한 《대동운부군옥大東韻府群玉》전 20권을 편찬했으나 임란으로 소실되고, 목판본 677매가 《초간일기》 등과 전해지고 있다. 일제의 강점기 예천 권씨는 권원하가 의병을 일으켰으며 권석호·권철원·권석효·권석인 등은 예천 권씨 세거지 용문면 금곡장터에서 3.1만세운동을 주도하였다.

세종 때(1449) 태어나서 중종 2년(1507)까지 살았던 연헌蓮軒 이의무李宜茂는 《동국여지승람》과 《성종실록》 편찬에 참여하였는데, 그는 〈예천쾌빈루기記〉를 기록하였다.

「신유년(1501)에, 나는 봉명사신奉命使臣이 되어 영남으로 내려갔다. 나는 장차 안동으로 가려고 하는데, 길이 예천을 경유하게 되어서, 예천의 객관 동헌에 유숙하게 되었다. 동헌의 북쪽 모퉁이에 누樓의 옛터가 있었는데, 바야흐로 새로 창건하고자 하여 재목을 모아놓은 채 공사를 시작하지 못하고 있었다. 그 누의 이름을 물으니 쾌빈快賓이라 하였으며, 그 신축을 시작하지 못한 이유를 물으니, 태수 민후閔侯가 사건으로 인하여 갈려 갔기 때문에 성취하지 못하였다고 하였다.

　얼마 뒤에 윤후尹侯가 이 고을에 수령으로 와서, 제일 먼저 이 누樓부터 준공시키기를 계획한다는 것을 듣고, 혼자서 스스로 다행하게 여겨 기뻐하면서, 또, 과연 한 번 그 누에 올라가 봄으로써, 우리 일행을 쾌하게 할 수 있을까 생각하였다. 두어 달이 못 되어서 일을 마치고 이곳에 와보니 쾌빈루라는 것이 높다랗고 빛나게 서 있어서, 마치 며칠이 못 되어서 이루어진 것 같았다.」

　예천을 지나던 서거정徐居正은 그 쾌빈루快賓樓에 올라서 시를 읊었다.

> 양양襄陽(예천)의 누樓 위에 늦은 바람 차운데,
> 청산靑山을 향하여 주렴 걷고 홀로 난간에 의지해 선다.
> 죽령竹嶺 높아 하늘이 낮으니 북두北斗를 보고,
> 화산花山(안동)에서 나오는 길 동관東關에 이어졌네.
> 호걸스럽게 읊으니 도리어 이 강산 좁은 것을 깨닫게 되고,
> 크게 취醉하니 우주가 너그러운 것을 알겠다.
> 정말 웃을 만하구나. 공명功名이 무르익기만 생각하고,
> 몸과 세상이란 남가일몽南柯一夢인 것을 알지 못하니.

김종직金宗直은 새로 정한 익위병翊衛兵을 점열하여 서울로 보내고 수일 동안 예천에 머물렀다.

그의 시 〈차예천북루次醴泉北樓…〉*에서 당시 예천의 산수경관을 짐작할 수 있다.

桑麻楡柳藹平川　뽕과 삼 느릅나무 버들이 평천에 무성한데
臥看襄陽半壁天　누워서 양양의 반벽 하늘을 쳐다보노니
身是碧油幢下客　본디 벽유당 아래 있던 나그네이기에
登樓懷抱更悠然　누각에 오른 회포가 한층 더 한가롭구려.

鳴鳩乳燕弄新晴　우는 비둘기 새끼 제비가 개인 날 희롱하는데
斜日空樑蝃蝀明　지는 해 빈 들보에 무지개가 환히 밝구려.
莫向離筵唱三疊　이별하는 자리에서 삼첩을 노래하지 말라,
襄陽絲管已多情　양양의 관현악 소리에 이미 정들었다오.

벽유당碧油幢은 군막軍幕에 쓰이는 벽색 유막碧色油幕을 가리킨 것으로, 즉 군막이다. 삼첩三疊은 시나 노래에서 같은 구절을 세 번 반복하는 첩음법疊音法으로, 당나라 시인 왕유王維가 친구를 송별하면서 불렀던 〈양관곡陽關曲〉에서 온 말이다. 그 뒤에 악부樂府에 올려 송별곡으로 유행된 것이다.

---

*한국고전번역원 | 임정기(역) | 1996.

퇴계는 예천 가는 길에 먼발치서 고자평 마을을 바라만 보고 돌아서 예천으로 들어갔다. 버들이 즐비하게 늘어선 시냇물에 거위와 오리들이 흩어져 자맥질하는 한천을 지나서 관아와 민가들이 번화한 시내에 들어섰다.

흉년에 처자식을 구원하지 못하는 처지에 말을 타고 재주부리는 사내가 못마땅하고 방탕한 젊은 계집의 웃는 모습이 뱀같이 느껴졌다.

그날 밤, 예천의 한 민가에서 잤는데, 흉년 때문에 비참한 백성들이 불쌍해서 쉬 잠을 이룰 수 없어 〈양양 가는 길에서(二十九日 襄陽道中)〉* 시를 지었다. 양양襄陽은 예천醴泉의 별호이다.

我行襄陽道　내 예천의 길을 지나가는데,
早春下旬時　때는 초봄의 하순이어서
東風動官柳　봄바람에 관아의 버들이 흔들리고
鵝鴨散川池　거위와 오리는 시내와 못에 흩어져 있구나.

郡城高蒼蒼　예천 관아 성곽은 높이가 아득하고,
樓觀鬱參差　누각은 빽빽하고 들쭉날쭉한 나무에 둘러싸여 있네.
家家好修整　집집마다 고쳐 정돈하기를 좋아해,
簾幕半空重　발과 장막은 반공半空에 겹으로 쳐 있구나.

─────────
*장광수(역) | 2007.

此地信繁華	이곳은 꼭 이렇게 화려함만 추구하지만,
兇歲猶若玆	흉년에 오히려 이렇게 화려함만 추구하다니….
習藝誰家郞	말 타는 재주 익힌 저 사람은 어느 집 사내인고?
飜身橫且馳	말을 타고 몸을 자유자재로 뒤집었다가 달리는구나.
冶遊少兒女	방탕하게 노는 젊은 계집애,
歡笑何委蛇	환대하며 웃는 모습 구불거리는 뱀 같구나.
汝輩愼驕淺	너희들 헛웃음으로 남을 속이는 것을 삼가야지만,
天災寧不知	하늘의 재앙(흉년, 살년)을 어찌 모른단 말이냐.

富者苟朝夕	부자들도 끼니를 겨우 때우고,
貧者已流離	가난한 자들은 이미 떠돌이가 되었네.
路中僵仆人	길 가운데 엎어 넘어진 사내,
不救妻與兒	처자식을 구원하지 못하는구나.

長官豈不憂	예천 군수가 이런 것을 어찌 걱정 않을까만,
廩竭知何爲	곳간이 비었으니 어찌할 줄을 알랴.
每見情懷惡	보는 것마다 마음만 아파,
佇立久嗟咨	우두커니 서서 오래도록 탄식하네.

我行已草草	내 이미 갖출 것 못 갖추고 초라하게 지나가다 보니
馬尪僮僕飢	말은 고달프고 마부 애는 굶주리는데,
晩憩聊自慰	황혼에 쉬며 애오라지 스스로 위로하는구나,

來尋驛亭詩　역정驛亭에 와서 시를 살펴보며.

沙川遠以微　모래가 많은 내는 멀어서 희미하게 보이고,
落日風更吹　해 질 무렵에 바람은 다시 불어오는구나.
作客知處困　나그네 되면 위태로운 처지인 줄은 알지만,
渡橋思防危　다리를 건너며 위태로움 막을 방도를 생각하네.
入谷投人家　골짜기로 들어가 인가에 몸을 의탁하니,
猶能供暮炊　오히려 능히 저녁밥을 지어 올리누나.

　퇴계가 본 예천 시가지는 봄바람에 관아의 버들이 흔들리고 시내
와 못에는 거위와 오리가 헤엄쳐 다니는 목가적인 풍경이었다.

郡城高蒼蒼　예천 관아 성곽은 높이가 아득하고,
樓觀鬱參差　누각은 빽빽하고 들쭉날쭉한 나무에 둘러싸여 있네.
家家好修整　집집마다 고쳐 정돈하기를 좋아해,
簾幕半空重　발과 장막은 반공半空에 겹으로 쳐 있구나.

　예천 관아와 누각이 숲에 둘러싸여 있고 민가들은 발과 장막을 쳐
서 집집마다 정돈되어 있으나, '가난한 자들은 처자식을 먹이지 못
하고 떠돌이가 되었는데도, 부자들은 오히려 이렇게 화려함만 추구
하다니…' 못마땅하여 탄식하였다.

훗날(1541년), 퇴계는 재상어사災傷御使로 나가게 된다. 전국적으로 흉년이 들고 경기도 영평현에는 수해가 특히 심했다. 그해 9월에 퇴계는 경기도 어사로 영평·삭녕 등 경기도 동북부 지방을 돌아보게 된다.

전의현 남쪽을 가다가 산골에서 굶주린 사람들을 만났다. 〈산곡인거우기민山谷人居遇飢民〉을 지어서 탄식하였다.

> 집은 헐고 옷은 때에 절었으며 얼굴엔 짙은 검버섯 피었는데,
> 관아 곡식 떨어졌으니 들에는 푸성귀마저 드무네.
> 사방 산에 꽃만 비단 같이 곱게 피어 있으나,
> 봄 귀신이야 어찌 알리오 사람들 굶주린 것을.

> 屋穿衣垢面深梨　官粟隨空野茱稀
> 獨有四山花似錦　東君那得識人飢

1월 30일, 이황은 예천에서 남행을 하면서, '가난한 자들은 처자식을 먹이지 못하고 떠돌이가 되었는데…' 걱정을 떨쳐버릴 수 없었다.

이황은 용궁을 지나, 흐르는 강물 따라 가다가 강 언덕 정자에 오르고 구름 흘러가는 고개를 넘었다.

流雲水道七百里　　구름 흘러가는 물길은 칠백 리
酒熟江村斜陽霞　　술 익는 강마을의 저녁노을이여!
江津越便麥畈路　　江나루 건너서 밀밭 길을
雲上月行客同途　　구름에 달 가듯이 가는 나그네.

2. 활의 노래

풍산의 豐을 파자하면 曲[곡]과 豆[콩]이다. 낙동강 홍수가 유기물질을 쌓아서 비옥하지만 해마다 수해를 입기 때문에 벼농사보다 봄에 콩을 심고, 가을에 채소를 경작했다.

풍산들은 우기 때의 넘친 홍수를 저장하는 창녕 우포늪과 같이 낙동강 강물이 고였다가 빠지기를 반복했지만, 낙동강 상류의 안동댐과 매곡천 상류의 만운지에서 수위를 조절하고 제방을 쌓아서 기름진 농경지로 바꿨다.

우렁골 앞 상리천은 학가산에서 발원하여 풍산에서 낙동강에 흘러든다. 뒷산과 집들이 어우러져 있는 모습이 하늘의 옥녀가 내려와서 베틀에 앉아 날줄과 씨줄을 고르며 베를 짜는 형상과 같다고 한다.

풍산읍에 들어서자 체화정의 백일홍이 길손의 발을 멎게 했다. 체화정棣華亭은 풍산읍 동쪽 하지산下枝山 아래 풍산들을 바라보며 자리 잡은 우렁골芋洞 예안 李씨(전의)의 정자이다.

용눌재 이한오가 노모(성산이씨)를 채화정棣華亭에 모셨던 곳으로, 이민적이 이민정과 함께 살면서 우애를 다지던 장소로 채화정 현판은 사도세자의 스승인 삼산 유정원이 썼다고 한다.

체화란,《시경詩經》에 형제간의 우애를 노래한 시 '체화승악棣華承萼' 즉, 형제간의 우애가 지극함을 이른다. 아가위나무의 꽃과 꽃받침이 서로 의지하여 꽃을 피우는 것에 비유하여 형제간의 화목과 우애를 뜻하고 있다.

채화정棣華亭의 서재 편액으로 '담락湛樂'은《시경詩經》의 '화락차담和樂且湛'에서 인용한 말로, 형제간의 화합은 진정으로 즐겁다는 뜻이다. 글씨는 단원檀園 김홍도金弘道가 1786년 안동의 안기역 찰방의 직책을 마치고 한양으로 가던 중에 썼다고 전해지고 있다. 단봉短鋒에 간결한 붓놀림으로 원필의 부드러우면서도 강한 골격이 느껴진다.

채화정 앞 '체화지' 연못은 마르지 않는 샘물이 솟아나와 풍산평야로 흐르며, 연못은 길고 모나게 만들고 못 가운데 세 개의 원형 섬을 만들어 천원지방을 나타내고, 인공 섬은 신선이 사는 삼신상三神山을 상징하여 방장, 봉래, 영주산이다.

정자는 중층의 팔작지붕으로 전면의 3칸 마루와 후면에 온돌방 한 칸, 좌우에 마루방을 둔 구조이다. 들창문에는 쪽문이 설치되어 있어 계절이나 필요에 따라 쪽문을 한 짝, 두 짝, 전면 등으로 개방하면서 전방의 경치를 감상할 수 있다.

배롱나무는 뼈만 있는 목백일홍木百日紅, 간지럼나무 등으로 불리며 선비들은 배롱나무에 피는 꽃을 자미화紫微花라 하였다. 5월, 6월에 꽃의 여왕 모란牧丹이 잠깐 폈다 지고 나면, 배롱나무는 7월에 꽃을 피우기 시작하여 100일 간 꽃이 핀다 하여 백일홍이라 한다.

체화정의 여름은 배롱나무꽃이 화려하다. 한국 화가 오용길은 수려한 소나무와 화사한 배롱나무꽃이 어우러진 정자가 연지蓮池의 물결에 살랑이는 물빛과 소나무 가지에서 매미소리가 들리는 듯한 여름의 정취를 그렸다.

자미화를 노래한 점필재의 〈자미화를 읊다(詠紫薇花)〉*

千枝刻作玉瓏鬆　일 천 가지에 옥롱송을 조각해 놓은 듯
東閣西樓爛熳紅　동쪽 서쪽의 누각에 붉게 만발하였네.
憶昔草綸花下醉　그 옛날 조서 초하고 꽃 아래서 취할 적엔
寂寥池館又秋風　고요한 지관에 또 가을 바람이 불었었지.

---

*한국고전번역원 | 임정기(역) | 1996.

풍산읍 괴정 삼거리는 교통 인프라(infra)와 공업용수, 풍산평야 및 대지(垈地) 등의 공장조성의 기반을 갖춘 풍산농공단지가 있다.

풍산농공단지의 SK바이오사이언스는 2012년 설립한 백신공장 L하우스에서 세포배양, 세균배양, 유전자재조합, 단백접합 등 백신을 생산하고 있다. L하우스의 코로나19 백신 제조 시설은 유럽 EU-GMP(우수 의약품 제조 및 품질관리 기준)를 획득하고 자체 개발한 독감백신과 수두백신이 WHO(세계보건기구) PQ(사전적격성평가) 인증을 받은 세계적 수준의 기술력을 갖추고 있다.

감염병을 일으키는 병원체는 생물 무기로 사용되기도 하고, 연구 단계에서 발생하는 감염 및 외부 유출에 대한 주의가 필요하다.

국립종자원경북지원은 대구광역시와 경북지역의 농가에 벼, 보리, 콩 종자를 채종하고 수집한 종자를 저장하고 포장하는 시설을 갖추고 농가에 보급하고 있다.

'농부는 굶어죽어도 종자는 먹지 않는다'는 말이 있듯이, 식량의 안정적인 확보를 위해서는 우량종자의 개발과 보급이 필수적이다.

종자는 유전형질과 발아에 필요한 영양분을 내포하고 있다. 우량 종자란 유전적 품질(genetic quality), 성숙도, 수분함량, 발아능력 등의 품질이 우량한 종자이다.

광복 후 대한민국은 식량 문제를 해결하기 위해 우량종자의 개발과 보급이 필요했다. 1935년, 우장춘 박사(Nagaharu U)는 배추

속(Brassica)의 게놈분석을 시도하여 배추와 양배추의 교잡을 통해 '종간 잡종과 종의 합성'을 밝혔다. 1950년, 일본에서 귀국한 우 박사는 한국토양에 맞는 벼와 감자, 무와 배추의 종자를 개량하였다.

1959년, 한 번 심어 두 번 거두는 수도이기작水稻二期作 품종을 개발하던 중 사망하여 안타깝게도 볍씨 품종개발은 중단되었다.

1965년, 이집트 종자를 들여와 시험 재배한 결과, 기존의 벼보다 수확량이 30% 이상이었다.

1967년, 이를 일반 농가에 보급했을 때 씨받이조차 어려울 정도로 수확량이 크게 떨어졌다.

1972년, 통일벼가 탄생하였다. 필리핀의 미작연구소에서 일본형 품종 '자포니까(Japonica)'와 인도형 품종 '인디카(Indica)'를 교잡하여, 키가 작아서 바람에 강하고 광합성 효율이 높아서 수확량이 획기적인 한국형 '통일벼(IR667)' 개발에 성공한 것이다.

나는 나이 60이 되던 해에 방송통신대학 농학과에 편입학하여 학점 부담이 없으니 만학晚學을 즐길 수 있었다. 벼의 교배하기(受粉 pollination), 잉태하기(발아發芽), 새끼치기(분얼分蘖) 등 인간의 성장 발달과 흡사하여 교육철학적 관점에서 접근하였다.

한국방송통신대학교 유수노 총장은 방송대 농학과 1회 졸업생, 첫 방송대 출신 교수, 첫 방송대 출신 총장이었다. 그는 검정 쌀에 들어 있는 특수성분을 이용하여 항산화 기능이 뛰어난 품종 등 7개의 쌀 품종을 개발함으로써, '쌀 박사'로 불리게 되었다.

출석수업 때, 유수노 교수는 토종 당귀와 일본산, 중국산을 직접 맛보게 하여 약효가 다르다는 것을 발견하게 하였으며, 올레인산의 함유량이 높은 캐나다 유채(Canola)를 제주도에 파종해도 에루스산(erucic acid) 성분의 유채로 환원된다고 하였다. 제주도의 샛노란 유채꽃이 아름답게만 느껴지지 않았다.

농작물은 바람, 새, 곤충에 의해 수분受粉(pollination)이 자연적으로 이루어져 왔으나, 수확량, 병충해 저항성, 환경적응성, 맛과 색 등의 질적인 개선을 위해 유전자변형작물(GMOs)을 시도하여 제초제 저항성이 높은 옥수수 등을 개발하고 있다. 그러나 인체에 유해성을 배제할 수 없다.

수분受粉(pollination)은 벌이 가장 이상적이다. 진정한 '농자農者천하대본'은 사람이 아니라 벌[蜂]이다. 환경오염으로 벌이 폐사하거나 벌의 생존을 위협하고 있다. 지구상에서 벌이 사라지는 날, 인간도 사라지게 된다.

정지용 시인의 〈해바라기씨를 심자〉를 읽으면, 씨앗을 심는 시인의 '마음 밭'이 머릿속에 그려진다.

해바라기씨를 심자.
담 모롱이 참새 눈 숨기고
해바라기씨를 심자.

누나가 손으로 다지고 나면
바둑이가 앞발로 다지고
괭이가 꼬리로 다진다.

우리가 눈 감고 한밤 자고 나면
이슬이 나려와 같이 자고 가고,

우리가 이웃에 간 동안에
햇빛이 입 맞추고 가고,

해바라기는 첫 시악시인데
사흘이 지나도 부끄러워
고개를 아니 든다.

가만히 엿보러 왔다가

소리를 깩! 지르고 간 놈이—
오오, 사철나무 잎에 숨은
청개고리 고놈이다.

    풍산읍 신양리 신양저수지 삼거리에서 우회전하여 2km 학가사 서미리 마을이다. 서미리 마을은 서애 류성룡과 청음 김상헌의 은둔처이기도 하였다.

    1586년, 45세의 서애 류성룡은 하회 마을 강 건너 부용대 절벽 끝에 옥연정사玉淵精舍를 지었다. 자호를 서애西厓(서쪽 벼랑)로 지었다. 옥연정사에서《징비록》을 저술하였다.

    1598년(선조 31) 12월 6일, 57세의 서애 류성룡은 스스로 관직을 사직하였는데, 홍문관이 부제학 송순宋諄, 수찬 이이첨李爾瞻이 류성룡의 삭탈관작을 요청하는 차자를 올리자, 선조가 답하기를,

    "차자를 보니 너무도 말이 많다. 이미 파직시켰으면 그만인데 어찌 삭탈까지 하겠는가. 그리고 매번 화의를 했다는 일로 풍원을 성토하여 죄주자는 자료를 삼는데, 그에 대하여 트집을 잡을 수 있는 계책이야 되겠지만, 아마도 그의 실정이 아닐 것이다. 사람을 논핵하는데는 그 실정을 알아야 한다.

풍원이 이유 없이 그런 짓을 한 것이 아니니, 이는 대체로 중국 장수의 협박을 받았던 때문일 것이다. 수길에게 좋게 보인들 그 자신에게 무슨 이익이 있겠는가. 그러나 이에 대한 처사는 잘못이 없지 않은 것이다. 애초에 심유경의 화의를 논하자, 온 조정의 신하들이 그의 말을 좋게 여겨 모두가 그의 주장에 호응하였다.

　　나는 그러한 양상을 눈여겨 보아왔는데, 어찌 유독 풍원만을 논할 수 있겠는가. 그리고 자신들의 논의를 호전에 비유하여 스스로 고상한 체하는데 송나라의 호전은 진회가 정승의 지위에 있으면서 화친을 건의하던 초기에 논죄했던 것이다. 그런데 지금 대간들은 풍원이 정승 자리에서 물러난 뒤에 공격하여 제거하려고 하니, 송나라 때 호전도 역시 그랬는지 모르겠다. 풍원의 관작을 삭탈한다 해도 나에게 무슨 관계가 있을까마는 국가의 체모만을 손상시켜 해되는 것이 적지 않을 듯싶다.”

　　선조가 의주까지 파천하여 압록강을 건너 도망할 궁리를 할 때, “안 됩니다. 대가大駕가 우리 국토 밖으로 한 걸음만 떠나면 조선朝鮮은 우리 땅이 되지 않습니다.”

　　류성룡은 극구 만류하고, 1592년 7월 15일 명나라 군사를 불러들여 1593년 1월 6일, 이여송李如松의 5만의 군사와 조선 관군과 휴정休靜과 유정惟政의 승군도 합세하여 평양성을 탈환하였다.

　　풍전등화風前燈火의 위기에서 국체를 보존하고, 7년 전쟁에 굶주린 백성을 구하였는데, 영의정 류성룡은 강화를 주장하여 나라를 그

르친 인물, 즉 '주화오국主和誤國'이라는 비난을 받았다.

일찍이 류성룡이 급제하자, 류응현이 퇴계에게 편지를 보냈을 때, 퇴계는 〈류응현에게 답하다(答柳應見)〉詩를 써주면서, 정치판을 예상하여 '얽힘을 조심하라'고 경고하였다.

> 更憐賢弟初攀桂　그대 어진 아우 갓 계수나무 잡았는데,
> 萬事將纏欲脫纏　세상일에 얽힘에서 벗어나려는 뜻 가상하다.

퇴계의 충고대로 서애 류성룡은 병란 위기에서 국체를 보전하고 백성을 살려 내었다.

서애는 이순신이 전사하자 고래가 솔피의 공격을 받았다고 애도했는데, 서애 또한 솔피의 공격을 받았다.

다산은 경상도 장기長鬐로 유배를 갔을 때 〈솔피의 노래(海狼行)〉* 를 지어서, 고래(정조)를 죽인 솔피〔海狼, 범고래〕를 노론 벽파로 표현하였다.

---

*한국고전번역원 | 양홍렬(역) | 1994.

평양성 전투, 국립중앙박물관 소장

솔피란 놈 이리 몸통에 수달의 가죽으로
간 곳마다 열 놈 백 놈 떼지어 다니면서
물속 동작 날쌔기가 나는 듯 빠르기에
갑자기 덮쳐오면 고기들도 모른다네.
고래란 놈 한 입에다 고기 천 석 삼키기에
고래 한 번 지나가면 고기가 종자 없어
고기 차지 못한 솔피 고래를 원망하고
고래를 죽이려고 온갖 꾀를 다 짜내어
한 떼는 고래 머리 들이받고, 한 떼는 고래 뒤를 에워싸고
한 떼는 고래 왼쪽을 맡고, 한 떼는 고래 바른편 맡고
한 떼는 물에 잠겨 고래 배를 올려치고,
한 떼는 뛰어올라 고래 등에 올라타서
상하사방 일제히 고함을 지르고는
살갗 째고 속살 씹고 어찌나 잔인했던지
우레 같은 소리치며 입으로는 물을 뿜어
바다가 들끓고 청천에 무지개러니
무지개도 사라지고 파도 점점 잔잔하니
아아! 불쌍한 고래가 죽고 만 게로구나.
혼자서는 뭇 힘을 당해낼 수 없는 것
약삭빠른 조무래기들 큰 짐을 해치웠네.
너희들아, 그렇게까지 혈전을 왜 했느냐,
원래는 기껏해야 먹이 싸움 아니더냐.

가도 없고 끝도 없는 그 넓은 바다에서

너희들 지느러미 흔들고 꼬리 치며 서로 편히 살지 못하느냐.

1601년(선조 34) 9월, 서애는 학가산 중턱 서미동西美洞으로 이사하였다. 이때 하외가 새로 홍수를 겪어서 수목이 모두 없어지고 바람이 매우 어지러워서 조양調養하기에 불편하자, 서미동이 깊은 산중에 있고 또한 손님들을 응접할 번거로움도 없을 것이라 하여 드디어 이사하였다.

이듬해 3월, 서미동에 초당을 지었다. 초당은 겨우 삼 칸으로 구조도 매우 꾸밈이 없고 누추하였으나, 선생은 거기에 거처한 것을 기쁘게 생각하여 '농환弄丸'으로 지었다. 농환弄丸翁은 누추한 초막에서 안빈낙도하는 늙은이를 뜻한다. 자제에게 이르기를,

"사람이 이욕에 빠져서 염치를 잃어버린 것은 다 자족한 줄을 알지 못한 데에서 나온다. 이 집이 비록 꾸밈이 없고 누추하지만 비바람을 가리고 한서寒暑를 지낼 수 있으니, 이 이상 더 무엇을 구하겠느냐. 무릇 사람이 자기가 처한 바에 안정해서 걱정이 없다면 어느 곳인들 살지 못하겠느냐."

초당 서쪽에 조그마한 시내가 암석 사이에서 나왔는데 물이 맑고 얕아서 아름다웠다. 거기에다 조그마한 못을 파고 시냇물을 끌어다가 정원을 따라서 물을 대고, 그 사이에서 시를 읊었다.

〈조명설釣名說〉을 지었다. 선조 즉위 초에는 유술儒術을 숭상하고 권장하자, 선비들이 학문에 나아갈 때에 정주程朱의 글이 아니면 읽지 않았는데, 얼마 후에 시속 숭상이 점점 변하여 혹은 이것을 가장해서 나아갔다가 말절末節에 낭패하는 경우가 있었다.

그리하여 세상에서는 드디어 《심경心經》이나 《근사록近思錄》을 이름 낚는[釣名] 미끼라 지칭하여 학습하는 자가 전연 없었는데, 선생의 둘째 아들 단褍이 《심경》을 배우기를 요청하자 선생이 기쁘게 생각해서 이 조명설을 지었다.

《성유록聖諭錄》 자신이 받은 비답과 교지를 한데 모아 한 책으로 만들어 그 뒷면에 다음과 같은 발문을 지었다.

"소신이 변변치 못하여 군부君父의 끝없는 은혜만 입고 한 가지도 보답하지 못한 채 끝장에 많은 죄과만 저질러 이토록 낭패하였는데도, 오히려 목숨을 보전하여 시골에서 생활하는 것은 성상의 넓고 큰 조화가 아님이 없다. 그러나 소신의 개미같이 미약한 정성을 끝내 바칠 날이 없기 때문에 삼가 평일에 받았던 교지를 수록하여 한 책을 만들어 아침저녁으로 공경히 절하고 읽기를 바라니, 슬프고 또 감격하여 스스로 그칠 수 없었다."

12월 11일, 병을 무릅쓰고 망매亡妹(여동생) 숙인淑人의 여친旅櫬을 광주廣州에서 반장返葬하여 신양리新陽里에 곡송하고 돌아온 후 병이 악화되었다.

심히 아프지 않으면 반드시 의관을 바르게 하고 단정히 앉아서 자제들과 함께 《퇴도선생문집退陶先生文集》을 교정하며 의리를 강론하다가 간혹 한밤중이 되기도 하였다. 문집의 편집이 방대하여 강구講究하기가 어려울까 하여 《주자서절요朱子書節要》의 예를 모방하여 약간 절목을 덜어 별도로 한 질을 만들어 후학들이 읽기에 편리하도록 하려고 했으나, 병으로 이루지 못했다.

林間一鳥啼不息　숲속에 새 한 마리 쉬지 않고 우는데
門外丁丁聞伐木　문밖에는 나무 베는 소리가 정정하누나.
一氣聚散亦偶然　한 기운이 모였다 흩어지는 것도 우연이기에
只恨平生多愧怍　평생 부끄러운 일 많은 것이 한스러울 뿐.

1607년(선조 40) 5월 6일, 66세의 풍원 부원군豊原府院君 류성룡柳成龍이 정침正寢에서 고종考終하였다.

1636년(인조 14) 12월, 청나라 군사가 쳐들어왔다. 인조가 남한산성南漢山城으로 피신할 때, 김상헌은 행재소로 뒤따라 나갔다.

오랑캐가 남한산성을 둘러싸고 조선 국왕에게 협박을 하였다.
"지금 그대가 살고 싶다면 빨리 성에서 나와 귀순하고, 싸우고 싶다면 속히 일전을 벌이도록 하라. 양국의 군사가 서로 싸우다 보면 하늘이 자연 처분을 내릴 것이다."

최명길이 항복 문서를 작성하였는데, 그 글 가운데,
'애처롭게 여겨 주고 항복하게 해 주기를 청하는 말'이 비루하고, '신의 죄가 머리카락을 뽑아 헤아려도 다 헤아리기가 어렵다〔臣罪擢髮難數〕.'는 등의 말이 있었다.
김상헌은 채 반도 읽기 전에 통곡하면서 국서를 찢어버리고,
"명분이 일단 정해진 뒤에는 적이 반드시 우리에게 군신의 의리를 요구할 것이니, 성을 나가는 일을 면하지 못할 것입니다. (…)
국서를 찢어 이미 사죄死罪를 범하였으니, 먼저 신을 주벌하고 다시 더 깊이 생각하소서."
청음은 물러나와 자정自靖(자결)을 결심하고 6일 동안 굶고,
또 목을 맸으나 아들이 발견해 뜻을 이루지 못했다.

1637년(인조 15) 1월 30일, 삼전도에서 항복하였다. 인조가 단壇
아래에 북쪽을 향해 자리하여 청나라 사람이 여창臚唱하여,
'인조가 세 번 절하고 아홉 번 머리를 조아렸다.〔三拜九叩頭禮〕'
삼전도 비문三田渡 碑文에 새겨서, 그 자리에 세웠다.

> 우리 임금이 공손히 복종하여 서로 이끌고 귀순하니
> 위엄을 두려워한 것이 아니라 오직 덕에 귀의한 것이다.
> 황제께서 가상히 여겨 은택이 흡족하고 예우가 융숭하였다.
> 황제께서 온화한 낯으로 웃으면서 창과 방패를 거두시었다.

이육사 시인은 그의 시 〈남한산성〉*에서 목이 째지라 울었다.

> 넌 제왕에 길들인 교룡蛟龍
> 화석 되는 마음에 이끼가 끼여
>
> 승천하는 꿈을 길러준 열수洌水
> 목이 째지라 울어 예가도
>
> 저녁 놀빛을 걷어 올리고
> 어데 비바람 있음직도 안해라.

———
*이육사, 손병희 엮음, 《광야에서 부르리라》, 이육사문학관, 2004.

안동삼구정의 소나무와
배롱나무를 신추년 여름에 그리다
海古

2월 7일, 김상헌은 남한산성 동문東門을 통해 나가 고향 안동 소산으로 내려갔다. 다시 학가산 서미동西美洞으로 들어갔다.

서애 류성룡이 학가산 서미리에서 떠난, 30년 후에 청음 김상헌이 서미리에 들어간 것이었다.

처음에 풍산에 청원루靑遠樓를 짓고 머물렀는데, 삼전도의 수모를 견디지 못하여 걱정과 울분으로 밤에도 편안히 잠을 이루지 못하고 홀로 일어나 서성거렸는데 추위와 더위도 피하지 않았다.

南阡北陌夜三更　남쪽 밭길 북쪽 논길 밤은 깊어 삼경인데
望月追風獨自行　달을 보고 바람 쫓아 외로웁게 길을 가네.
天地無情人盡睡　하늘과 땅 무정하고 사람들은 다 잠자니
百年懷抱向誰傾　백 년간의 이 회포를 누굴 향해 쏟아낼꼬.

〈풍악문답豊岳問答〉을 지었다. 어떤 사람이 묻기를, '대가大駕가 남한산성을 나갈 때 그대가 따라가지 않은 것은 어째서인가?'

"만약 성 밖으로 한 걸음이라도 내디딘다면, 이는 순리順理를 버리고 역리逆理를 따르는 것이다.

옛사람이 한 말에,

「신하는 임금에 대해서 그 의리를 따르는 것이지, 그 명령을 따르는 것이 아니다.」라고 하였다. 예의를 돌보지 않고 오직 명령대로만 따르는 것은 바로 환관들이 하는 충성이지, 신하가 임금을 섬기는 의리가 아니다."

1640년(인조 18) 11월, 김상헌이 관작官爵도 받지 않고, 청의 연호도 쓰지 않는다는 이유로 오랑캐가 심양으로 불러들였다.

1643년(인조 21), 최명길崔鳴吉 역시 잡혀가서 구류되어 있었다. 최명길이 시를 지어 경권經權의 뜻에 대해 말하기를,

湯氷俱是水　끓는 물과 언 얼음이 모두 물이고,
裘葛莫非衣　가죽 옷과 갈포 옷이 모두 옷일세.

청음이 그 운을 받아서 말하였다.

成敗關天運　성패는 다 하늘 운에 달려 있거니
須看義與歸　의에 맞는 것인가만 보아야 하리.
雖然反夙暮　제아무리 아침 저녁 바뀐다 해도
詎可倒裳衣　어찌 옷을 뒤바꾸어 입어서 되랴.
權或賢猶誤　권도 쓰면 현인도 혹 잘못될 거고
經應衆莫違　정도 쓰면 뭇사람들 못 어기리라.
寄言明理士　이치 밝은 선비에게 말해 주나니
造次愼衡機　급한 때도 저울질을 신중히 하소.

오늘날 서미동西薇洞은 청음 김상헌이 고사리 뿌리를 캐어 연명해서, 중국의 백이·숙제가 주나라를 따를 수 없다며 숨어 지낸 '수양산'과 도연명이 자연으로 돌아간 '율리'와 같다는 뜻에서,

서미西美를 서미西薇로 개명했다고도 전해지고 있으나, 오늘날 서미리에는 서애와 청음이 은거했던 초가 삼 칸의 흔적은 남아 있지 않다.

망국의 한을 품고 은거했던 곳으로, 새들이 알을 까고 떠나면 이소離巢라도 남는데, 농환弄丸도 목석헌木石軒도 아무것도 없으니 수양산首陽山이요, 율리栗里가 아닌가.

서미동에는 바위 위에 바위가 얹혀서 입을 벌린 것처럼 보이는 '아들 바우'가 있는데, 잔돌을 던져서 위에 얹히면 아들을 낳고, 아래에 얹으면 딸을 낳는다고 전해진다.

마을 뒤쪽 산 정상부엔 거대한 중대바위가 있다. 기둥으로 처마네 곳을 받친 '빗집바위'라는 너럭바위 위에 사모지붕 비각이 비석을 둘러싼 채 아슬아슬하게 세워져 있다.

'목석거木石居 유허비'다. 비문에는 내력과 함께 '앞으로 누구라도 나무 하나 돌 하나 허물지 말라'고 적었다. 목석거 유허비 건너편에는 '강린당講麟堂'이란 건물이 잡초 더미에 싸여 있다. 유림과 주민이 후대에 청음을 추모해 지은 '서간사西磵祠'란 서원 형식의 사당 중 남은 강학 공간이다.

풍산읍 괴정리 수박골에서부터 내성천 고평교를 지나서 예천읍 남본교차로까지 지방 도로는 조선시대 안동-예천의 관도이었으며, 오늘날 상주-안동 간 '경서로'와 마을버스가 다니는 도로변에는 레미콘 공장들이 들어서 있다.

직산리는 보문산(642m)과 광석산(305m) 사이의 협곡이어서 산기슭의 천수답에 기장이나 보리농사를 짓는 피실〔稷山〕이라 불리기도 한다.

1533년 정월, 이황이 풍산에서 예천 가는 길에 직산을 지나면서, '지나온 풍산들의 마을들이 부유하고 가축들까지 살이 쪘으나, 예천에 가까워질수록 가뭄으로 폐농한 마을이 눈 속에 떨고 있었다. 추위에 얼어 죽고, 굶주림에 처자식조차 내다버렸다.'고 하였다.

路中僵仆人   길 가운데 쓰러져 엎드린 백성
不救妻與兒   아내와 아이를 구하지 못해
長官豈不憂   예천군수는 어찌 근심 않을까만
廩竭知何爲   곳간이 비었으니 어찌 할 줄을 알랴.
每見情懷惡   매양 봄에 정회만 나빠져
佇立久嗟吟   우두커니 서서 오래도록 탄식하네.

직산리 마을 아이들은 걸음마를 시작하면서부터 내성천 하얀 모래톱에서 뒹굴었다. 강가 풀밭에 소를 풀어놓고, 강물에 '풍덩' 몸을 담그고 물장구를 치다가 해질녘이면 온 동네 아이들이 빙 둘러 서서 씨름판을 벌인다. 샅바도 없이 허리춤과 바짓가랑이를 잡고 두 사람이 빙글빙글 돌면 모래먼지가 구름처럼 일었다.

어릴 때부터 두 형님을 따라서 씨름판에 다닌 '삼갑三甲'이는 상대의 힘을 유도하여 전광석화 같이 공격하였다. 그는 승자가 되어도 조금도 우쭐대지 않고, 손을 내밀어 패자를 일으켜 세우고 모래를 털어주었다.

모래판에서 단련된 '삼갑三甲'은 우람하고 당당한 젊은이로 성장하여, 1977년 예천여자고등학교 체육교사가 되었다.

예천군은 '예천진호양궁장'을 중심으로 전국대회·세계대회 등을 개최하는 양궁의 메카가 되었으며, 부탄·몽골·중국 등과 전통 활을 소재로 '세계문화유산' 등재를 준비하고 있다. '세계문화유산'의 지정은 역사적 배경이 뒷받침되어야 한다. 그 배경에 예천의 국궁과 예천여고의 양궁부가 있다.

고구려 무용총 수렵도 벽화에서 우리 조상들은 말을 타고 달리며 활을 쏴서 사냥하고, 영고迎鼓, 동맹東盟, 무천舞天 등 제천행사에서 활쏘기와 사냥을 즐겼다. 예천은 조선의 궁창弓倉이 있던 국궁國弓의 고장이다. 쇠뿔과 쇠심줄로 활(각궁角弓)을 만드는 궁장弓匠, 화살을 만드는 시장矢匠 등 전통적인 궁시장이 도제식으로 전수되어 왔다.

예천 국궁의 시원始原은 낙랑단궁樂浪檀弓에서 시작된다.

권오복權五福의 예천 〈향사당기鄉射堂記〉에,

"사射로써 편액한 것은 향사鄉射의 예禮는 오래된 옛 풍속으로 공자가 확상矍相(땅 이름)의 포전圃田에서 활을 쏘니 구경하는 자가 담처럼 둘러섰었다. 이제 예교禮敎를 숭상하여 향사鄕射의 예의를 마련하였다. 무릇 활 쏜다(射)는 것은 한 무예武藝이지만, 손님을 차례 있게 하고 벌배罰杯를 드는 예가 이 의식에서 거행된다. 그리하여 한 고을의 숙덕淑德함과 사특邪慝함을 구별할 수 있게 된다."

조선 선비들은 심신단련과 호연지기浩然之氣로 활쏘기를 즐겨서 오늘날까지 각 지역에 국궁장과 국궁장인이 있다. 퇴계의 숙부 송재 이우李堣의 시 〈용도의 활쏘기(龍島觀德)〉에서, 옛 선비들은 활쏘기에서 승부보다 호연지기를 즐겼다.

鳥晴畏景絶	섬이 개이니 여름 경치 끝나고
樹密陰濃結	나무가 빽빽하고 그늘이 짙게 깔린다.
蕭騷晚涼來	늦게 찬 바람이 불어와서
十里江藏熱	십리의 강이 더위를 감추었네.
風生弓力勁	바람이 이니 활의 힘이 세어지고
左右囊鞬綴	좌우에 자루와 동개를 매고 있다.
筒忙往來梭	통이 분주하게 베틀의 북이 왕래하는 것 같고
馬驕鳴前堨	안장 없는 말을 타고 앞에 있는 담을 울린다.
連圈以爲籌	권을 이어 셈대를 사고
勝負初屑屑	승부는 처음에는 부지런하다.
終無較得失	마지막에는 성공과 실패를 비교하지 않고
但向觥心凸	술잔이 비는 데만 마음이 쏠린다.

궁시弓矢는 활과 화살을 가리키는 말이지만 육예의 하나로써 활쏘기를 일컫는 말인데, 사예射藝 또는 사기射技라고도 부른다.

조선의 무과 과거시험은 활쏘기와 창술을 시험하였는데, 목전(나무화살)·철전(쇠화살)·편전(작은 화살)·기사(말타고 활쏘기)·기창(말타고 창쓰기)의 다섯 가지 무예와 격구로 이루어진다. 무예시험이 말타기와 함께 시험한 활쏘기의 비중이 높음을 보여준다.

조선의 무관들은 활쏘기 솜씨가 뛰어나 50발 중 최소한 40발 이상을 명중시키는 실력을 보유한 사람이 많았다고 한다.

해전海戰은 활이나 대포가 무엇보다 효과적인 무기였다. 이순신 장군은 특별한 일이 없는 한 거의 매일 활쏘기 연습을 하였는데, 활은 10순(한 순은 다섯 발) 단위로 하루에 10순을 쏘는 것이 상례였다.

양궁은 지중해 형에서 유래되고 발전되어 왔으며, 양궁의 명칭은 국궁國弓과 구별하는 이름이며 그 구조나 경기 방식이 다르다. 양궁이 스포츠 경기종목으로 발전하면서, 국궁의 고장인 예천에 학교 양궁팀을 신설한 후 지금까지 수많은 선수들이 배출되었다.

만리장강萬里長江도 그 시원始原은 산속의 조그만 웅덩이, 예천 양궁도 그 시작은 미미했다. 1975년, 예천여고의 하키부가 해체되고 양궁부가 신설되었지만, 양궁에 대한 경험이 없었으니 시행착오를 거듭하였고, 도구나 훈련장이 없었다.

　예천여고 체육교사 '삼갑三甲'은 선수들의 자유의지를 존중하고 뒤에서 지원하되 우승에 연연하지 않는다는 신념으로 양궁부의 감독·코치를 맡았다.
　운동부의 코치는 우승을 목표로 반복적 트레이닝에 집중하지만, 체육교사는 선수들의 정서적인 면을 고려한다. 학생 개인의 자유의지와 정의로운 품성을 갖도록 하고, 창의적인 훈련과 스스로의 노력에 의해서 소질을 계발하고, 경기규칙을 지켜서 정정당당하게 경기에 임하는 인성을 중시하였다.

　체력과 정신력은 모든 운동의 기본이지만, 양궁은 활시위를 당겨서 조준하는 집중력과 슈팅 순간의 자신감이 중요하다. 화살은 공기저항과 중력의 영향을 받는다. 연습을 통해서 화살과 일체가 되고 바람과 친구가 되어야 한다. 활시위를 당겼을 때 바람의 방향과 풍력에 대처하는 훈련의 도달점은 감感을 잡는데 있다.

경기에 대한 불안과 고통은 나만의 문제가 아니라 선수 모두가 겪는 문제이며, 고통의 근본이 욕망과 집착에서 온다. 내면의 떳떳한 즐거움은 마음의 집중으로 연결되며, 지나간 것은 흘려보내되 오지 않은 미래에 흔들리지 않는다.

한국 양궁선수들은 세계대회보다 국가대표 선발전이 더 어렵다고 할 정도로 우수한 선수들이 배출되고 있다. 우승은 혼자서 이루어낸 것이 아니라, 끊임없이 경쟁한 팀의 동료가 있어서 가능한 것이다.

경쟁에 지는 것은 동료가 아니라 바람 탓이다.

"네 자신이 화살이니, 바람과 친구가 되어라."

시합 결과에 일희일비一喜一悲하여 자만하거나 좌절해서는 안 된다. 성공한 선수는 이미 보상을 받았지만, 실패한 선수는 극단적으로 좌절하지 않게 용기를 북돋워주었다.

"네 탓이 아니야. 누구나 힘들어. 너는 할 수 있어."

1977년부터 1979년까지 예천여고 양궁 팀은 전국대회와 세계대회에서 우승했다. 이순신 장군의 화살 한 발이 명량해전의 효시嚆矢가 되었듯이, '삼갑三甲'의 화살은 한국 양궁이 세계 양궁으로 향하는 효시嚆矢가 되었다.

활쏘기, 국립중앙박물관 소장

예천의 이희춘은 詩로서 활을 쐈다. 시인은 〈사대射臺에서〉 홍심
紅心을 향해 만작滿酌(활을 당겨 동작 정지)을 취했다.

> 비정비팔非丁非八(발디딤)의 나붓한 발꿈치들
> 섬돌 위의 흰 고무신인 양 사선에 쪼란하다.
> 죽시는 홍심을 향해 만작의 굴레를 벗고 바람을 가르지만
> 모든 직선의 영혼은 무심을 겨냥하기에
> 궁수는 사대에서 이승의 무게가 버겁다.
> …
>
> 줌손(줌통을 흘려 쥠)이 추슬러 올린 맨발의 질주는
> 빛과 어둠을 무너뜨리고 틈과 금의 경계를 아우르고
> 눈부신 낙하의 지점 그 어디쯤에서
> 직선과 곡선은 서로를 부둥켜안고
> 몸을 섞어 마침내 지상의 이름을 벗는다.

사대射臺에 서면, 탐貪(욕심)·진瞋(화내고)·치痴(미치고)의 전차가 멈
추지 않고 달려온다. 마음은 물과 같아서 격정은 물결을 일으킨다.
물결은 일시적일 뿐 실체는 오직 물이다. 격정도 시간이 지나면 물
결이 가라앉듯이 안정을 찾게 된다.

화살 끝이 서서히 과녁을 향하고, 시선은 과녁과 조준기 사이 어
느 시점에 두고 과녁의 거리, 바람의 세기는 연습에서 홍심을 쐈을
때 느낌이 온몸에 감지하는 순간, 슈팅한다.

'시위를 떠난 화살[已發之矢]'처럼 세월은 되돌릴 수 없지만, 망팔望八의 나이에도 '삼갑三甲'은 양궁시합 중계 TV 앞에서는 기분만은 옛 예천여고 양궁 팀 감독 시절로 되돌아간다.

'화살이 포물선을 그리며 날아가 과녁에 꽂히는 찰나[一怛刹那], 그 짧은 순간瞬間, 관중들은 숨을 죽인다. 텐 텐 텐…'
'ten'은 첫째를 뜻하는 甲이다. ten ten ten은 '三甲'이다.

그는 신념대로 지도했으며, 팀의 성적은 자연스럽게 찾아왔다. 그가 우승에 연연했다면, 선수들의 얼굴이 아니라 허무한 과녁만 기억될 것이다.

예천여고 양궁 감독 '삼갑三甲'이 직산리 고향 집에서 학교까지 새벽길에 나서서 별 보며 오고가던 그 길의 도로명이 '양궁로洋弓路'가 되었다. '양궁로洋弓路'의 지정은 결코 우연이 아닌 것 같다.

예천읍 시가지가 바라보이는 남산에 올랐다. 남산은 누에의 머리를 닮았다고 하여 잠두산蠶頭山이라 이름하였다.
예천의 무학정武學亭과 경희궁에 있던 서울의 황학정黃鶴亭은 전국의 400여 개의 국궁장 중에서 오랜 전통을 지닌 대표적인 활터이며, 무학정은 세계양궁 메카의 발상지이다.

무학정 활터는 정자와 과녁 사이에 도로와 민가 몇 채가 있어서 접근성과 공간이 협소하여 진호국제양궁장 안으로 옮겨갔다.

무학정 앞을 지날 때 쯤 해가 서산으로 넘어가고 있었다. 구불구불 산길을 돌아 오르니 발아래 무학정 과녁 셋이 나란히 서서 날아오는 화살을 맞을 준비를 하고 있었다. 남산의 돌계단을 오르니, 팔각 관풍루觀風樓가 길손을 맞았다. 관풍루 2층 계단을 더듬거리며 올랐다.

남산공원은 관풍루, 체육시설, 충혼탑, 무학정이 푸른 소나무 숲 속에 있어서 예천 시민들이 휴식공간이다. 관풍루 계단 왼편의 화강석 기단 위에 돌자라가 목을 움츠리고 비시시 웃고 있다. 이 돌자라는 본래 예천 관아 앞 비석거리에 있었다. 비신을 세우려고 돌자라 등에 홈을 팠을 때, 돌자라의 등에서 붉은 피가 나왔다고 한다.

예천읍에 화재가 자주 일어나자, 비석거리에 있던 돌자라를 예천 시가지가 바라보이는 남산 위로 옮겨온 것이란다. 돌자라는 불을 끌 수 있는 전능 전지한 영물靈物이 아니라, 펄럭이는 산불방지 깃발 대신, '불조심' 상징象徵 캐릭터(character)가 된 것이다.

미국에 유학했던 한 교수는 캘리포니아 야영장에 갔을 때, 근처의 숲에서 '곰' 그림 간판을 보고 놀라서 캠프로 뛰었다고 하였다.

그는 미국의 초등학교 3학년 교과서에 이 곰 그림과 관련된 글이 수록되어 있다고 하였다.

아주 크고 힘이 센 아빠 곰, 조금 크고 자애로운 엄마 곰, 작고 재롱둥이 귀여운 아기 곰이 행복하게 살았다. 어느 날 그 곰 가족이 살던 숲속 마을에 산불이 났다.

곰 가족은 산불을 피해서 산 위로 올라갔지만, 산불은 바람을 타고 자꾸자꾸 산 위로 번져갔다. 마지막 나무 한 그루에 아기 곰을 올려놓은 곰 부부는 온몸으로 뒹굴어서 불을 끄다가 몸에 불이 붙어서 불속에 쓰러지고 만다.

죽어가는 부모를 본 아기 곰은 엉엉 울면서 나무 꼭대기로 올라갔다. 결국 그 나무도 검붉은 연기를 내뿜으며 타고 말았다.
숨을 죽여가며 조마조마하게 곰 가족의 이야기를 읽어가던 아이들은 마지막 장면에서 그만 울음을 터뜨리게 된다.

야영장이나 등산로에서 곰 그림을 보는 순간, 어린 시절에 읽었던 '곰 가족'의 슬픈 이야기를 연상하면서 누구나 '불조심' 하게 된다고 한다.

저녁노을이 사라지고 어둠이 깔려오자 가로등이 켜지고 집집마다 전깃불이 켜지기 시작했다. 갑자기 선실마다 불을 밝힌 커다란 유람선遊覽船(cruises Ship)이 한천에 떠있었다.

이튿날 아침, 흑응산에 올랐다. 길 아랫마을〔路下里〕에서 골목길을 오르다가 길우마을〔路上里〕에서 계단을 올라서니, 대창고등학교와 예천향교가 나란히 있었다.

예천향교는 1418년(태종 18) 서본리에서 옮겨왔는데, 당시의 건물은 불타 없어지고 지금은 강학을 위한 '명륜당', 선현先賢을 제향祭享하는 '대성전', '주사廚舍'와 '외삼문'이 남아 있다.

명나라 장수 마귀麻貴는 예천 사람들이 가로막았으나, 장졸들을 데리고 향교의 대성전으로 들어갔다. 마귀가 앉자마자 갑자기 대성전의 대들보가 벼락치는 소리를 내면서 뒤틀려 돌아갔다. 마귀는 혼비백산하여 대성전을 뛰쳐나와 달아나고 말았다. 마귀 장군이 달아난 후 대들보는 차츰 제자리에 돌아갔다.

향교는 토지와 전적·노비 등을 지급받아 공자와 여러 성현께 제사를 지내고, 교수敎授(종6품)와 훈도訓導(종9품)를 두어 지방민의 교육과 교화를 맡은 공립 교육기관이었다. 갑오개혁 이후 과거제도가 폐지되고 교육의 역할은 없어지고, 향교 운영을 맡은 전교典校와 장의掌議 수명이 석전釋奠 봉행奉行과 향음주례鄕飮酒禮, 향사례鄕射禮, 양노례養老禮와 같이 웃어른을 공경하는 행사를 열었다.

'마땅하다'는 뜻의 '의宜'의 파자는 '宀(집)'과 '且(조)'인데, '且'는 제수를 담아서 제사상에 올려놓는 '나무틀'의 상형문자이다.

'의宜'는 신주를 모신 사당(宀)의 제사상에 제물(且)을 올려놓고 나니, '마음이 편하고 떳떳하며 마땅하다'는 의미를 담고 있다. '의宜'와 '의義'는 '마땅하다'는 뜻의 '동음가차同音假借'이다.

의義의 '마땅하다'는 자기 자신의 내재적 합일에 의해서 결정하기 때문에 '무엇이 옳은가'는 개인의 처지에 따라 다르다.

퇴계는 "저들이 부富를 내세운다면 나는 나의 인仁을 내세우며, 저들이 벼슬을 내세운다면 나는 의義를 내세운다."

1597년(선조 30) 12월, 류성룡은 봉화 춘양 도심리에서 어머니를 찾아뵈었는데, 이때 예천醴泉에서 마귀麻貴 장군을, 용궁龍宮에서 양호楊鎬 경리를 맞이하였다.

예천향교의 '마귀 장군의 고사古事'는 위정척사衛正斥邪 정신을 의미한다. 예천 사람들은 향교를 중심으로 전통을 계승하고 불의에 항거하였다. 근대화 과정에서 단발령에 반대하여 의병을 일으켰으며, 신분 차별을 위한 형평사 운동, 무명당을 조직하여 일제에 항거하였다.

1922년 2월 15일, 대창학원은 예천향교에서 개교한 후 군의 객관을 현재의 대창중고등학교 자리로 옮겨 교실로 사용하였다.

교육구국 정신으로 개교하여 100년을 이어져 오고 있다.

예천향교와 대창학원이 자리 잡은 흑응산의 송대 언덕은 '양양팔경襄陽八景'의 '송대제월松臺霽月'이다.

鶴駕朝旭	학가산 영봉에 아침 해 빛나고
峴山落照	현산으로 지는 저녁노을 아름답구나.
蠶頭起雲	남산(잠두)에 뭉게구름 일어나고
松臺霽月	비 개인 송대 언덕 달빛에 더욱 아름답구나.
松浦耕歌	솔개들에 밭 가는 노랫소리 들려오고
西山暮鍾	서산의 저녁 종소리 하루의 시름 달래고
柳亭牧笛	유정쑤藪(늪)의 목동의 풀피리 소리 아득하구나.
漢川漁火	한천의 고기잡이 횃불 장관이구나.

예천향교 뒤 숲길을 걸었다. 다람쥐 한 마리가 나타나서 '쪼르르' 앞질러갔다. 최재호의 시 〈석굴암〉의 토함산을 흑응산으로 개사하여 흥얼거렸다.

흑응산 잦은 구비 올라서면 쪽빛 하늘 / 낙락한 장송등걸 다래넝쿨 휘감기고 / 다람쥐 자로 앞질러 발을 멎게 하여라. …

숲길을 지나 또 계단을 오르면서, 숨이 찰 때쯤 안도현 시인의 〈예천醴泉〉 시비詩碑 앞에 섰다.

있잖니껴, 우리나라에서 제일 물이 맑은 곳이
어덴지 아니껴? 바로 여기 예천 잇시더.
물이 글쿠로 맑다는 거를 어예 아는지 아니껴?
저러쿠러 순한 예천 사람들 눈 좀 들이다 보소.
사람도 짐승도 벌개이도 땅도 나무도 풀도 허공도
마카 맑은 까닭이 다 물이 맑아서 그렇니더.
어매가 나물 씻고 아부지가 삽을 씻는 저녁이면
별들이 예천의 우물 속에서 헤엄을 친다 카대요.
우물이 뭐이껴? 대지의 눈동자 아이껴?
예천이 이 나라의 땅의 눈동자 같은 우물 아이껴?

"어매가 나물 씻고 아부지가 삽을 씻는 저녁이면…"
대목에서 순박한 예천 사람들의 일상을 느낄 수 있다.

《신동국여지승람》에 흑응산(217m)은 예천읍의 진산鎭山으로 산
위에 흑응성黑鷹城이 있다. 덕봉산성은 돌로 쌓았는데, 둘레가 4천
80척, 높이가 10척 6촌, 안에 우물 둘, 못 1개가 있으며 군창軍倉이
있었다.
오늘날 흑응성 또는 봉덕산성으로 불리는 산성은 내성과 외성 이
중이며, 높이 3~4m의 성벽이 1,900m 정도 남아 있다.

흑웅黑鷹은 송골매를 가리키는 데, 등과 날개 윗부분이 검은색으로 보이는 암청색이고 배 부분은 흰색 바탕에 검은색 가로 줄무늬가 있으며, 뾰족하고 날카로운 부리와 발톱이 날카롭다.

송골매의 눈(Eagle Eye)은 인간의 시력보다 8배나 좋으며, 높은 곳에서 사냥감을 찾은 후 사냥감이 사냥 당하는지도 모르게 사냥하는데, 이때 강하 속도가 무려 시속 최대 390km이다. 인간의 자유낙하 스카이다이빙 시속 200km이니 송골매의 속도에 비할 바가 못 된다.

매·독수리·콘도르·알바트로스 등 약 225종의 맹금류 중에서 가장 으뜸인 송골매는 한반도의 토종 새인데, 해동청海東靑 또는 보라매(1년 미만 생)라고도 한다.

남원의 등가타령 〈남원산성〉은 남원의 산성에서 바라보이는 암수 두 마리의 송골매를 처녀와 총각의 사랑에 비유하였다.

남원산성 올라가 이화문전 바라보니
수지니 날지니 해동청 보라매 떴다 봐라 저 종달새
석양은 늘어져 갈매기 울고
능수버들가지 휘늘어진다.
꾀꼬리는 짝을 지어
이산으로 가면 꾀꼬리 수리루
음허-어허야 예헤야 뒤-여
둥가 어허 둥가 둥가 내 사랑이로다.

‘수지니 날지니’는 서로 짝을 이루는 말인데, ‘수지니’는 길들인 매이며, ‘날지니’는 길들이지 아니한 야생 매이다. 해동청은 수지니 가운데 깃털에 푸른빛이 나는 매이다.

흑응산은 송골매가 두 날개를 동서로 펼쳐서 예천읍을 내려다보는 형상으로 여겨서, 2009년 경상북도 도청 청사를 예천에 유치하는 기념으로 예천읍이 한 눈에 내려다보이는 흑응산 정상에 청하루淸河樓를 세웠다. ‘청하淸河’는 고려 성종 때 예천의 별호이며, 맑고 푸른 한천의 기운이 경상북도 도청으로 뻗어간다는 염원을 담고 있다.

〈청하루기淸河樓記〉 기문記文은 예천의 유래와 경상북도 도청 유치를 기념하여 예천군의 번영을 염원하는 뜻을 기록하였다.

「〈시경詩經〉의 천강감로天降甘露 지출예천地出醴泉(하늘에서는 단 이슬이 내리고, 땅에서는 단 샘이 솟는다.)에서 지명이 유래된 우리 예천은 신라 757년(경덕왕 16) 이래 1300년의 오랜 역사 속에 선조들의 훌륭한 업적들이 면면히 이어져 오고 있다.

한천과 내성천, 낙동강을 젖줄로 기름진 옥토를 일구며 살아온 우리 예천은 전형적인 농업 군郡으로 순박한 인심과 전통적인 유교정신이 이어져 예와 도덕을 중히 여기는 충효의 고장이다. (…)

도청 유치를 누대에 걸쳐 기념하고 그 뜻과 힘을 결집하여 발전의 원동력을 삼고자 남산의 관풍루를 마주보며 지역의 진산인 이곳 흑응산 정상에 도청유치기념 누각을 총사업비 10억여 원으로 2009년 2월 23일 착공하여 2009년 10월 30일 완공하고 그 이름을 군민의 뜻을 모아 '淸河樓'로 지었다.」

권영태權榮泰가 지은 청하루의 〈예천군정청응송醴泉郡政淸鷹頌〉은 흑응산의 '청하루'를 예천의 군정郡政을 살피는 청응淸鷹(송골매)으로 형상화한 것이다.

관리마다 청렴하여 또다시 빛을 보니
예천을 선양하고 칭송하는 소리 높다.
폐습을 배제함에 둘도 없는 곳이요,
새 기풍을 환기함에 제일의 고을일세.
기둥 파낸 이응李膺은 천고의 모범이요,
뇌물 물린 양진楊震은 만년토록 빛나도다.
불의를 배척하고 정의 지킨 공평 속에
군세는 번영하고 사업마다 창성하리.

이응과 양진은 《통감절요》 〈후한기〉의 청백리淸白吏 고사이다. 이응李膺은 '등용문登龍門'의 유래가 된 중국 양양襄陽 사람이다. 환관 장양張讓의 아우 삭朔이 죄를 짓고 형의 집 협벽주 속에 숨었으나, 이

웅이 기둥을 부수고 체포하여 조정의 기강을 세웠다.

양진楊震은 동래태수가 되었을 때, 창읍령 왕밀王密이 황금 10근을 바치자 '사지四知'를 들어서 내쳤다.

"밤이 깊어 아무도 알 사람이 없습니다."

"하늘이 알고, 귀신이 알고, 내가 알고, 네가 아는데, 어찌 아는 사람이 없다고 할 수 있겠는가?〔天知神知我知子知〕"

청하루에서 바라보니, 학鶴이 날아가는 형상인 학가鶴駕산에서 이어지는 산세가 마치 물결치듯 이어지고, 남산 너머 멀리 경북도청 신도시 아파트들이 능선 사이로 머리를 내밀었다.

예천醴泉의 지명이 단술 예醴, 샘 천泉자 인 까닭은 주천酒泉이라는 샘이 있어 고을 이름이 수주촌水州村, 수주현水酒縣이었으며, 낙동강과 금천이 동과 서에서 둘러싸고 가운데로 한천과 내성천 흐르는 산수山水가 교합하는 수향水鄉 1천6백 년이다.

강은 그냥 흐르지 않는다. 한천은 용문산 신선 골짜기의 금곡천이 금당실 들녘을 넉넉하게 흘러서 예천읍을 지나면서 서정자들을 넓고 기름지게 하였으며, 국사봉(729m) 아래 죽안저수지에서 흘러내린 버드내〔柳川〕는 중평의 들녘을 기름지게 살찌우고, 봉화 영주를 지나온 내성천은 강변마다 하얀 모래톱을 쌓아놓고 회룡포를 돌아내린다.

1826년(순조 26), 예천에 민가民家가 떠내려가거나 무너진 것이 1
백 93호이고, 사람이 16명이나 엄사渰死하였을 정도로 수원이 짧은
한천漢川은 한발과 홍수 피해가 잦은 한천旱川이었다.

1921년에, 천방을 쌓아 늪지를 매립하여 우시장牛市場이 생기고,
나무전, 상점이 들어섰다. 예천 5일장이 서게 되면서 장날이면 각
면 단위 주민들로 인산인해를 이루는 농산물 거래 및 유통 기능의
중심 지역이 되었다.

예천군은 동쪽과 서쪽에서 죽령竹嶺과 초령草嶺(새재) 두 재〔嶺〕사
이에 끼어 있어, 죽령으로부터 상주 낙동洛東으로 가는 자, 초령으로
부터 화산花山(안동의 옛 지명)에 가는 자는 반드시 이 고을을 경유하
게 된다. 그래서 사신의 순시巡視와 길 가는 나그네의 오고 감이 거
의 없는 날이 없었다.

오늘날 예천군은 동쪽을 중앙고속도로, 서쪽을 중부내륙고속도
로가 국도와 연계하고 있으며, 경부선 김천역에서 갈라진 경북선이
예천을 가로질러 영주에서 중앙선 철도와 연결되고 버들내〔柳川〕에
서 비행기가 날아오르는 경상북도 도청 소재지가 되었다.
나그네의 오고 감이 거의 없는 날이 없다던 예천은 예나 지금이나
사통팔달四通八達 세상으로 통한다.

3. 그해 여름

"부디, 뜻을 이루시기를 비옵고 비옵니다."
"스치듯 한 짧은 만남이 아쉽습니다."

　이황은 대과 향시에 응시하기 위해 경상도로 내려가게 되어, 성균
관에서 종유하던 여러 벗들과 작별하였다.
　하서河西 김인후金麟厚는 헤어짐을 섭섭해하면서, 이황을 찬미하
는 詩를 지어서 작별하였다.

　　　선생은 영남에서 빼어난 분이외다.　　　　夫子嶺之秀
　　　문장은 이백 두보와 같으시며,　　　　　　李杜文章
　　　글씨는 왕희지와 조맹부에 비기리다.　　　王趙筆

한양에서 도산을 갈 때, 죽령을 넘어가면 동행이라 하고 조령을 넘으면 남행이라 하였다.

영남의 선비들이 과거 보러 갈 때는 주로 조령을 넘었다. 추풍령은 추풍낙엽처럼 떨어지고, 죽령은 죽 쑤는 고개요, 문경의 조령은 예부터 장원급제의 길이었다.

1533년 6월 28일, 33세의 젊은 이황은 성균관을 나와서 남행을 시작했다. 밀양 부사로 제수되어 임지로 내려가는 권벌權橃과 마전포 (삼전동)에서 서로 만났다. 다음날 권벌 일행과 함께 광주부에 도착하여 점심을 먹고 길을 떠나 그날은 안정역 숙소에서 묵었다.

그날 밤, 숙소에 누워 생각하니, 길 위에서 보낸 날들이 스쳐갔다.

그해 정초에 도산을 출발하여 눈 덮인 산야를 여행하여 의령에서 봄을 맞아 삼월 삼짇날 꽃 피는 자굴산을 답청하고, 곤양에서 어관포와 만나 작도鵲島(까치섬)에 올랐다. 작도에 들어갈 때 타고 갔던 배가 썰물이 빠져나간 후 바닷가 갯벌에 동그마니 엎혀 있었다.

당시 이황은 학문과 출사의 갈림길에서 갈등하고 있었다.

"학문에 전념하는 것은 좋은 일이지요. 그러나 그대 스스로 어떻게 처리하느냐에 달려 있으며, 출사와 진퇴는 조수와 같으니, 한 인간의 의지만으로 될 수 없지요."

석양이 바다를 붉게 물들일 때쯤, 고향에서 온 편지를 알렸다.

'넷째 형 해瀣가 조정에서 벼슬살이를 하다가 고향에 왔으니, 빨리 돌아와서 그를 따라 서울로 올라가라.'는 내용이었다.

그 해 4월에 고향에 돌아오자마자, 성균관에 유학하였다.

향시를 치르기 위해 남으로 다시 여행을 하게 되었는데, 계절은 이미 여름이었다. 한여름 소나기 막 그치니 밤기운 맑고, 하늘 한복판의 외로운 달이 온 창에 가득해졌네. 하늘의 별은 총총한데 반딧불이 마당을 가로질러 날고, 뒷산에서 사슴 슬피 울었다. 구름처럼 떠다니는 나그네, 무엇을 위해 또 내일은 길을 재촉해야 하나?

6월 30일, 날씨가 맑았다. 오후에 소낙비를 만났으나 이천부利川府의 생원 최준崔浚의 집에 도착해, 미리 와서 권벌의 행차를 기다리고 있던 모재 김안국을 만났다. 모재慕齋는 벼슬에서 물러나 여주 이호촌梨湖村에 살고 있었다. 옛 친구 송재 공을 만난 듯 그의 조카 이황을 반갑게 맞이했다. 이때 모재의 〈여주 향약〉에 대하여 감명을 받았다. 훗날 〈예안 향약〉은 〈여주 향약〉에서 비롯된 것이다.

7월 2일, 날씨가 맑았다. 새벽에 출발하여 가는 도중에 아침을 먹고, 오후에 가흥역(충주시 가금면)에 도착하였다. 점심을 먹은 다음, 길을 가다가 충주 중앙탑 누암樓巖의 배 위에서 이자李耔, 이연경李延慶, 이약빙李若氷을 만났다. 이들은 조광조와 함께 왕도정치를 꿈꾸었던 사림파였으나 1519년 기묘사화 때 파직당하였다.

이자李耔는 송재 공이 대궐에 있을 때부터 권벌과 셋이 가깝게 지내다가, 송재의 귀전歸田 소식을 듣고 그 당시 음애는 친상親喪 중인데도 대죽리까지 내려와 송재, 권벌 세 분이 만났을 정도로 친했었다.

음애 이자李耔는 옛 친구 송재의 조카 이황을 반갑게 맞았다.

"송재 공이 부럽군."

달천은 속리산에서 발원하여 충주 탄금대에서 남한강에 합수된다.

남한강이 흘러오다가 속리산에서 발원한 달천과 합수合水한 뒤 S자 모양으로 굽이쳐 흐르면서 수태극水太極을 이루는 남한강변 언덕의 중앙탑(높이 14.5m)은 현전하는 통일신라 석탑 중 규모가 가장 크고 높다. 통일신라 후기에 민심을 다독이고 약해진 왕권을 강화하기 위해 국토 중앙인 이곳에 탑을 세웠다.

탄금대는 악성 우륵이 충주를 찾은 진흥왕 앞에서 가야금을 연주한 곳이며, 절벽 아래 깊은 소沼에 수신水神인 용이 사는 곳이라고 해서 용추龍湫 혹은 용당龍堂으로 불렸다. 한강의 수신水神에 제를 지내던 신성한 양진명소楊津溟所였다.

7월 3일, 달천의 단월역을 나와 새재(鳥嶺)를 오르기 시작하였다.

백두대간 마루금을 넘는 문경새재는 주흘산의 험한 협곡으로 천혜의 군사적 요충지이다. 신립申砬이 이끄는 관군 8,000여 명이 충주에 이르렀을 때 제장諸將들은 모두 새재(鳥嶺)의 험준함을 이용하여 적의 진격을 막자고 하였으나, 신립은 탄금대에서 한강을 배수진背水陣을 쳤다.

1592년 4월 27일, 군졸 가운데 '적이 벌써 충주로 들어왔다.'고 하는 자가 있자, 신립은 군사들이 놀랄까 염려하여 즉시 그 군졸의 목을 베어서 엄한 군령을 보였다.

고니시 유키나가[小西行長]와 가토 기요마사[加藤淸正]가 이끄는 적이 복병伏兵을 설치하여 아군의 후방을 포위하였으므로 아군이 드디어 대패하였다. 신립은 포위를 뚫고 달천㺚川 월탄月灘에 이르러 부하를 불러서는 '전하를 뵈올 면목이 없다.'고 하고 빠져 죽었다. 그의 종사관 김여물金汝岉과 박안민朴安民도 함께 빠져 죽었다.

1593년(선조 26), 명군明軍 경략經略(총사령관)이 험준한 곳에 관방關防을 세워 지키면 왜적을 막을 수 있다고 하였다.

"조선은 밖으로는 큰 바다로 둘러싸여 있고, 안으로는 겹겹이 산으로 막혀 있으니, 본래 형승形勝의 땅이며 사색四塞의 구역이라 할 수 있습니다. 즉 조령鳥嶺·화현火峴·죽령竹嶺 세 곳은 돌길이 가파르고 산봉우리가 치솟아 있으니, 이는 바로 하늘이 만들고 땅이 마련하여 왕국을 세워준 것입니다. 만일 중심으로 조령을 지킨다면 왕경王京이 편안해질 것이요, 서쪽에서 화현을 지킨다면 전라도가 안전할 것이며, 동쪽에서 죽령을 지킨다면 강원도가 편안해질 것인데, 어찌하여 천연의 험지를 그대로 방치한 채, 인모人謀를 다하지 못하여 지난해에 왜적으로 하여금 기탄없이 종횡무진하게 하였습니까?"

조령은 주흘산, 조령산의 계곡과 폭포가 어울려 계절에 따라 자연 경관이 아름답다. 용추폭포는 새재의 동화원 서북쪽에 있어, 오후에 이 용연에서 잠시 쉬면서 〈용추龍湫〉를 지었다. 폭포마다 물이 떨어지는 부분을 용소龍沼 또는 용추龍湫라고 일컫는다.

큰 바위 힘이 넘치고 구름은 도도히 흐르는데,
산속의 물 내달아 흰 무지개 이루었네.
성난 듯 낭떠러지 입구 따라 떨어져 웅덩이 되더니,
그 아래엔 먼 옛적부터 이무기 숨어 있네.

푸르고 푸른 늙은 나무들 하늘의 해를 가리었는데,
나그네 유월에도 얼음이며 눈 밟는다네.
용추 곁에는 국도 서울로 달리고 있어,
날마다 수레며 말발굽 끊이지 않는다네.

즐거웠던 일 몇 번이나 되며, 괴로웠던 일 또 몇 번이었던가?
하늘 땅 웃고 어루만지며 예와 오늘 곁눈질하네.
큰 글자 무르녹은 듯 바위에 쓰여 있으니,
이튿날 밤에는 응당 바람 불고 비 내리리라.

산맥과 물길은 말씨를 가른다. 백두대간 마루금인 조령은 충청도와 경상도의 경계이어서 말씨가 서로 다르다.

문경시 동로면 명전리鳴田里는 태백산맥 마루금 벌재 너머 충청도 지역이다. 동로면 소재지 벌재 장터 마을과 명전리는 같은 동로면이라도 장터 마을 사람들은 말끝에 '~껴' 하는 경상도 말씨인데, 명전리는 충청도 말의 '~유'자와 '~껴'자의 중간인 '~여'라 하여 억양이 부드럽고 느리다.

문경에서 도산은 지척이다. 조령을 넘으면 고향이 가까워진다는 생각에서, 이황은 〈새재를 지나던 도중(鳥嶺途中)〉를 읊었다.

雉鳴角角水潺潺　꿩은 꽉꽉 울고 물은 졸졸 흐르는데,
細雨春風匹馬還　가랑비에 봄바람 맞으며 한 필 말 타고 돌아오네.
路上逢人猶喜色　길에서 사람 만나니 얼굴에 기쁜 빛 돌고,
語音知是自鄕關　말소리 들으니 고향에서 왔음을 알겠네.

밀양의 임지로 내려가는 권벌 일행과 문경 유곡역(점촌)에서 헤어졌다. 권벌 일행은 무흘탄(삼강 나루)에서 나룻배를 타고 건넜으며, 이황은 경상좌도 향시를 치르기 위해 상주로 향했다.

이황은 27세 가을에 경상도에서 시행된 소과 1차 시험인 초시 진사시와 생원시에 합격하고, 이듬해 2월 소과 2차 시험 회시 진사시에 합격하였다.

33세의 이황은 상주감영에서 경상좌도 향시, 즉 대과 1차 시험인 초시에 응시하였다. 이 시험 과정에 제출한 책문策問이 〈고금시가古今詩家〉였다.

《시경詩經》의 詩 삼백三百은 詩 중의 詩, 역대의 시문詩門은 천백여 명가名家, 시문의 근본은 사람에게 있는 것. 곡진曲盡의 끝자락은 필경 사람과 나라, 그리고 임금에게 충성하고 나라를 사랑하는 마음을 표현하는 근본으로 삼았으니, 진晋나라에 도연명陶淵明이 있었고, 당唐나라에 두자미杜紫薇가 있었다.

심사心事와 출처出處는 서로 다른데, 충효의 본으로 그들을 손꼽는 것은 무슨 연유인가?

어떤 이는 시가詩家에서 도연명은 유가儒家에서 백이伯夷와 겨룬다 했으니, 그렇다면 사람과 나라를 일으킨 자 중에 시로써 집대성한 자는 누구인가?

두보를 평하는 이가 이르기를, 두자미는 시의 역사, 시의 육경이나, 두보의 팔애시八哀詩 안에 엄무嚴武를 넣은 것은 사사로운 정에 이끌린 것이라 애석하다 했으니, 그 설을 그대는 들어본 적 있는가?

당시唐詩의 폐단을 논하는 자가 말하기를, 《문선文選》을 숭상하는 것이 너무 지나쳐 집집마다 그것을 꽂아놓지 않은 곳이 없을 지경에 이르렀다 했으며, 송대宋代에 이르러 황정견黃庭堅·소식蘇軾 같은 대가는 다 같이 두보를 높였으되, 구양수歐陽脩만은 두보보다 한유韓愈를 더 높이면서 두보의 시에는 세속의 기운이 있다 했으니, 대저 어느 면을 보고서 그리 말한 것인가?

이에 시비를 가릴지라. 천 년 뒤에 태어난 자가 천 년 전으로 거슬러 올라가 어진 이를 벗 삼았으니 여러 유생儒生이여 묻노니, 옛날로 거슬러 올라가 벗 삼을 만한 참 시인은 누구인가?

問。詩自三百篇之後。歷代名家者無慮千百。其發於性情忠愛而不失其宗者。於晉得陶淵明。於唐得杜子美。其出處心事似異。而同謂之忠愛。何歟。論者云。詩家視陶潛。猶孔門之視伯夷。然則其集大成者。誰歟。論杜詩者曰。詩史也。詩中六經也。而置嚴武於八哀之中。出於私情。其說得乎。論唐詩之弊者曰。尚文選太過。至有家不蓄者。而杜不唯主之。亦敎其子弟。至宋黃，蘇，兩陳。皆主於杜。而獨歐陽公主韓而不主杜曰。有俗氣。何所見而云爾歟。其有取舍是非之可言歟。士生千載之下。尚友千載之上。敢問諸生之所友而主者。何人耶。願聞其說。

이황은 잠시 생각을 가다듬은 후, 책문策問에 대한 답안答案을 일필휘지로 써내려갔다.

주시周詩 이후로 시로써 일가를 이룬 자가 그 얼마이며, 당·송 이래로 시가를 숭상하여 논한 자가 또 그 얼마랴만, 능히 상론尙論하는 설로 인하여 그 사람의 시를 알 수 있다면, 그는 이미 시학에 대한 조예가 깊다 하겠습니다.

지금 책문을 내심에 있어 특별히 시가詩家 몇 사람을 드시고 다시 제유諸儒를 논한 다음 끝으로 학문의 계승에 대해 물으시니, 제가 비록 불민不敏하오나 감히 아무런 설說도 없다 할 수 있겠습니까. 생각하건대, 시의 도리는 성정性情에 기초하여 말로써 드러내는 것이니

실상實相을 두터이 지닌 자는 그 말이 화정和正하고 경박하고 조급한 마음을 지닌 자는 그 말이 겉으로만 화려합니다.

뿌리가 깊으면 지엽枝葉이 무성하고 형체가 크면 소리도 크듯이 그 사람됨이 참으로 충애忠愛의 대절大節이 있다면, 그것이 저절로 드러나 시가 되는 것이 어찌 보통 사람이 미칠 바이겠습니까?

이런 까닭에 한漢나라 이래로 말을 다듬고 문구를 꾸미는 시인이 많지 않다고 할 수 없지만, 능히 당대에 이름이 번개처럼 빛나고 백대에 천둥처럼 진동할 수 있는 사람은 겨우 한두 사람에 그칠 뿐입니다.

그 가운데 더러는 극치를 이루고 가끔씩은 절정에 오른 이가 있다 해도 시 삼백에 담긴 뜻이 어려 있습니다. 비록 벼슬에 나아가고 물러남이 마음과 일 사이에 뜻 같지 않음이 있다 해도 모두 임금에게 충성하고 나라를 사랑하는 정성에서 나왔던 것입니다. 이 때문에 여러 선비의 주장이 조금은 다르다 해도 궁극에 이르러서는 성정에서 결코 벗어나지 않았습니다.

진晉나라의 도연명은 타고난 자질이 넓고 학문은 깊고 넓으며, 굳은 절개는 세속을 벗어난 본보기로 두 왕조를 섬기지 않겠다는 결의를 지녔으니 그 영걸英傑한 풍도와 위대한 절조가 보통 사람이 들여다볼 수 없는 바가 있었습니다. 그의 시는 충담沖澹하고 한아閑雅하며 어구의 격률格律에는 아무런 관심이 없는 것 같으면서도 말을 만드는 데는 하늘이 이루어 놓은 것 같고 뜻을 세우는 데는 순박하고 예스러 웠습니다. 이로 인하여 읽는 이로 하여금 복잡한 세상을 벗어나 저 세상의 바깥에 홀로 우뚝 서 있는 것과 같은 느낌을 지니게 합니다.

이는 절의가 두터운 까닭에 일부러 그렇게 하지 않아도 저절로 그 렇게 드러나는 것이 아니겠습니까. 그렇기 때문에 논자論者는 시가 詩家에서 도잠陶潛을 보기를, 공문孔門에서 백이伯夷 보듯 한 것 입니다.

도연명이 시에서 홀로 청고淸高하고 순아醇雅한 절개를 얻어 그 극치를 이룰 수 있었던 것이, 어찌 백이가 성인에게 홀로 그 청렴함 을 얻어 그 극치를 이룰 수 있었던 것과 같지 않겠습니까.

두보杜甫는 성당盛唐 시대에 태어나 삼광오악三光五嶽의 온전함을 얻었고, 《시경詩經》의 풍아風雅를 추종하여 굴원屈原과 송옥宋玉을 능 가하였습니다.

충애忠愛의 정성이 천성에서 우러나서 시절을 걱정하고 나라를 근심함이 손에 잡힐 듯 당연하다 하겠습니다. 그러므로 〈북정〉편은 창졸간에 지었으나 국사國事의 염려를 호리毫釐(조금)도 놓치지 않았 으니, 자은慈恩의 시는 비록 유오遊遨(노닐다)에서 나온 것이라 해도 그 뜻은 여전히 천보天寶 시절의 어지러운 나랏일에 있었다는 것이 결코 빈말이 아닙니다.

그러므로 당사唐史에서 그를 일러 시사詩史라 칭찬하고 선유先儒는 육경六經에 비겼습니다. 그런즉 여러 시가詩家의 좋은 점을 모으고, 여러 유파를 하나로 통일한 것이 어찌 여기에 있지 않겠습니까.

이러한 까닭에 소식蘇軾이 시를 논하면서 「집대성集大成」이란 말로 일컬었음이 어찌 옳다 하지 않겠습니까.

그럼에도 후대에 선배를 논하는 자가 어찌하여 두보의 〈팔애시八哀詩〉에 엄무嚴武를 포함시킨 것이 사사로운 인정에서 나왔다고 생각하는 것입니까.

평생의 절개를 헤아리지 못한 마음이 말조차 생각 없이 함부로 드러낸 것입니다. 두보처럼 추상과 같은 절개를 가지고 의연히 절의를 지키는 사람이 권속眷屬을 거느리는 사사로운 마음으로 구차하게 엄무를 인용하여 칭송하였겠습니까.

《문선文選》을 숭상하는 것에 대해서 또한 할 말이 있습니다.

'태산을 쌓고자 하는 자는 작은 흙덩이도 마다하지 않고 하해河海를 깊게 하려는 자는 작은 시냇물도 사양하지 않습니다.〔泰山不辭土壤, 河海不擇細流.〕'

더구나 《문선》은 위로는 서한西漢에서 아래로는 위魏·진晉까지의 문장을 모은 것이기에 좋고 나쁨을 가리지 않고 갖추어 실은 것입니다. 이는 두보가 《문선》을 주로 하려 했던 것이 아니라 오로지 그 장점을 취하려 했던 것이니, 《문선》이 당나라 시에 폐해를 끼친 것이 아니라 당나라 사람이 스스로 폐단을 만든 것입니다.

'여러 사람의 장점을 겸하면 반드시 대성하게 된다.'는 말은 바로 이를 두고 하는 말입니다.

그러므로 한漢·위魏 이전의 시는 두보를 정점으로 하여 모여 어긋남이 없었고, 송宋·원元 이후의 시는 두보를 종앙宗仰으로 함에 다른 말이 없었습니다. 이런 까닭에 비록 소식·황정견 두 대가는 굴원 가家에서 발흥하였지만, 두보의 시를 으뜸으로 삼아 그것을 칭찬하는 데 말을 아끼지 않았고, 그것을 흠모하기를 그만둘 수 없었습니다.

다만 구양수만이 두보의 시에 세속의 기운이 있다 논하였는데, 그 뜻을 알 수 없습니다.

'노부가 이른 새벽에 흰머리를 빗질한다.'라는 구절을 들어,

'유중원劉仲原의 말에 굽힌 것이 보인다.' 하였는데, 이는 구양수가 한유韓愈의 시에 탄복하여 우연히 한 말에 불과합니다.

배우는 자는 이 때문에 두보를 헐뜯고 깎아내릴 수 없습니다. 시를 짓는 데 덕행에 바탕을 두지 않는다면 반드시 부박浮薄한 폐단이 있을 것이니, 이는 고금의 공통된 우환憂患이며 세상 사람들이 욕하는 병통이라 하겠습니다.

시 삼백 편에서 성인의 성정을 보고 그 큰 근본을 뚜렷이 세우지 못한다면, 아무리 빼어나고 어여쁜 문장이라도 모두 그 찌꺼기를 표현한 것에 불과합니다. 그런즉 세상에 시를 공부하는 자가 충애로써 어찌 근본을 삼지 않을 수 있겠습니까.

문제의 말미에 '여러 유생이 옛날로 거슬러 올라가 벗 삼을 만한 참 시인은 누구인가?'의 물음에 대하여 저의 어리석음에 감격을 일으킵니다. 저는 경학을 연구하는 여가에 시의 문호를 엿볼 뿐이어서 아직 그 깊은 뜻을 헤아려보지 못하였습니다. 어찌 감히 선현先賢의 고하高下를 논하여, 이를 취하고 버리고 하겠습니까.

그러나 일찍이 회암晦菴(주자)은 말하기를,

"시를 배움에는 모름지기 도연명과 유종원의 문중을 거쳐 와야 한다." 했으니, 도연명의 시를 배우지 않을 수 없음은 분명합니다.

시를 배우는 법은 학문하는 도리와 같습니다. 맹자가 학문을 논함에 있어 백이伯夷와 이윤伊尹으로 자처하지 않고 말하기를,

"원하는 바는 곧 공자를 배우는 것이다." 하였습니다.

그런즉, 여러 유생들이 마땅히 법으로 삼고 스승으로 우러러 본받아야 할 것은 시단詩壇의 성인을 제쳐두고 누구라 하겠습니까. 만일 인품과 절의를 공경하고 그리워하는 것으로 시의 근본을 삼는 자라면, 세 번 목욕하고 세 번 말리 울 겨를이 없겠습니다.

도연명과 두자미 두 분에 대하여 어찌 선후를 매기겠습니까.

삼가 대답합니다.

상주에서 시행된 경상좌도의 대과 1차 시험인 초시에 1등으로 합격한 이황은 가벼운 마음으로 용궁·예천을 지나서 영주 사일마을 처가에 도착하였다.

나는 문경새재를 자전거로 넘기 위하여 문경으로 갔다. 공원 앞 상초리 여관 마을에서 하룻밤 묵었다. 이튿날 아침 일찍 자전거를 타고 새재를 향했다. 그러나 공원 입구에서 보행자의 안전을 위해서 자전거 통행을 막고 있었다.

20여 년 전, 나는 1관문 주흘관에서 영화 세트장, 조령원터, 교귀정 그리고 3관문까지 걸어갔었다. 그때 조령관 앞 주막에서 산채 안주에 좁쌀로 만든 술을 마시며 땀을 식히고 새재의 자연을 완상玩賞하였던 기억을 상기想起하면서 서운한 기분을 달랬다.

공원 입구의 '아리랑 시비 공원'에는 '밀양아리랑', '진도아리랑', '정선아리랑' 등 전국의 아리랑 시비를 전시해 놓았다.

'문경새재 아리랑 시비' 앞에 서서 3박자의 느린 세 마치 장단을 흥얼거렸다.

문경새재 물 박달나무 홍두깨 방망이로 다 나간다.
아리랑 아리랑 아라리요 아리랑 고개로 넘어간다.
홍두깨 방망이 팔자 좋아 큰 아기 손질에 놀아난다.
아리랑 아리랑 아라리요 아리랑 고개로 넘어간다.
문경새재 넘어를 갈 제 굽이야 굽이야 눈물이 난다.
아리랑 아리랑 아라리요 아리랑 고개로 넘어간다.

경복궁 중건 때 '문경새재 아리랑'의 애잔한 가락이 인부들에게 위안을 주었고 그 후 전국으로 퍼져나갔다. 아리랑은 지역이나 시대에 따라 변하듯이 '넘어간다'에서 '아리랑 고개로 날 넘겨주소'로 가사가 다른 것도 전해지고 있다.

문경聞慶의 지명은 '좋은 소식을 듣는다.'는 의미를 지니고 있으며, 새재〔鳥嶺〕는 '새도 날아가다 쉬어가는 힘든 고개'라는 뜻으로 불리었다. 당대 4대 문장가로 알려진 계곡谿谷 장유張維는 〈조령부鳥嶺賦〉에서, 새재를 '鳥道'라 하였다.

새도 넘기 어려운 길 인적 따라 오름이여　緣人跡於鳥道兮
산허리에 아슬아슬 잔도 걸려 있도다.　　　架危棧於山脊

금천錦川은 동로면 황장산 아래 생달 골짜기 조그만 옹달샘 같은 소류지에 모였던 샘물이 연주패옥혈連珠佩玉穴의 비밀을 간직한 채 천주산 골짜기를 돌고 돌아서 산양면 소재지 불암리 산양교 아래를 흘러서 영순면 달지리와 용궁면 향석리에서 내성천과 합류하여 삼탄진에서 낙동강으로 합류하여 한반도의 남부에서 가장 긴 510km의 대하大河를 이룬다.

점촌역에서 열차에 올랐다. 산양에서 금천을 건너면 예천군이다. 문경과 예천은 금천을 경계로 언어의 억양과 어미가 다르다.
문경, 상주, 선산, 김천 지방은 어미에 ~여, ~라.
예천, 영주, 봉화, 안동 지방은 어미에 ~껴, ~더.

용궁역에 열차가 닿았으나 승객 한두 명이 타고 내렸다.

용궁면은 옛 용궁현龍宮縣의 중심지였던 곳으로 현청縣廳이 향석리에 있었는데, 1856년(철종 7)에 큰 장마 때 내성천과 낙동강이 넘쳐서 현청이 떠내려갔다. 그 다음 해에 현감 이윤수李胤秀가 읍터를 포금산 아래로 옮기고 신읍면新邑面이라 하였다.

도곡 송종운은 남도의 여러 읍을 순행하면서 산천과 풍속을 기록하였다. 당시에 용궁龍宮을 용주라 불렀으며, 홍귀달洪貴達이 지은 회룡포 기문記文이 있다고 하였다. 옛날엔 수월루水月樓가 있었으나 지금은 허물어졌다.

龍州物色慣曾聞　용주의 물색은 일찍이 익숙하게 들었으니
尙有涵虛舊記文　아직도 홍함허(홍귀달)의 옛 기문 남았구나.
只惜樓墟蕪沒盡　안타깝게도 누대의 터 잡초에 묻혔는데
空留水月與平分　공연히 물과 달이 남아 있어 고루 나눠주네.

1914년, 예천군에 통합되어 용궁면이 되었다. 용담소龍膽沼와 용두소龍頭沼의 두 소沼가 이루어 놓은 수중 용궁龍宮과 같은 지상낙원地上樂園을 이루자는 의지에서 지었다 한다.

용궁은 조선시대의 공립교육기관인 용궁 향교는 1398년(태조 7)에 세워졌으나 1400년에 소실되고, 1512년(중종 7)에 이곳을 복원했으나 임진왜란 때 다시 불타버렸다. 1603년(선조 36)에 대성전과 명륜당을, 1636년(인조 14)에 세심루를 새로 지어 오늘에 이른 것이다. 이 향교에는 매년 봄·가을에 석전제를 올리고 있다.

용궁면 금남리(금원마을)에 500여 년으로 추정되는 팽나무는 사람처럼 '황목근'이란 이름으로, 감천면의 석송령石松靈과 함께 토지를 소유하여 세금을 납부하고 있다. 5월이면 누런 꽃을 피운다 하여 성을 黃씨, 근본 있는 나무라는 뜻의 목근木根이라 지었다고 한다.

금원마을에서 매년 정월 보름에 당제를 올리고 다음날 주민들이 함께 모여 뒷잔치를 열고 있다.

용궁면 소재지 읍부리 뒷산 언덕에 만파루는 용궁현청의 동헌 건물이었으나, 홍수와 세월에 훼손된 것을 이곳으로 옮겼다.

신라의 문무대왕이 죽어서 동해의 용이 되고, 피리 한 번 불면 세상의 파란을 잠재운다는 '만파식적萬波息笛'에서 따온 것이다.

안동의 영호루, 밀양의 영남루처럼 만파루는 용궁의 누각으로서 발아래 용궁 시가지와 용궁역, 멀리 내성천과 금천이 휘돌아 나가는 용궁 들판이 펼쳐진다. 만파루에 오르면 근심 걱정이 사라진다.

만파루에 척화비가 있어, 만파루는 호국의 상징이다. 흥선대원군은 서구 열강의 침탈을 막아내고 우리 땅을 지키자는 뜻으로, 전국에 세워진 척화비 중에 하나로 선정비와 어울려 있다.

　洋夷侵犯 非戰則和 主和賣國

서양 오랑캐가 침입할 때 싸우지 않으면 화해를 주장하는 것이고, 화해를 주장하는 것은 오랑캐에게 나라를 팔아먹는 것이다.

용궁면 시가지로 들어서자, 순대집이 길가에 즐비하다. 순댓국집마다 가게 문 앞에서 표를 타서 차례를 기다리고 있었다.

중앙통을 가로질러 자전거를 몰았다. 용궁순대를 지나서 용궁우체국, 푸른 용이 하늘을 향해 꿈틀거리는 용궁역전을 지나면 용궁파출소, 용궁다방, 용궁치킨, 용궁참기름, 용궁정미소, 용궁양조장이 서로 선후를 다투고, 용궁면사무소와 용궁초·중학교는 뒤편으로 멀찍이 떨어져 구경하고 있었다.

가게마다 용궁○□이니, 진짜 용궁에 온 기분이다.

《삼국유사》에 수로부인水路夫人이 바닷가 정자에서 해룡에게 납치되었다가 돌아와서 용궁에서 있었던 일을 말하는 가운데 화려한 궁전에서 맛있는 음식을 먹었다는 기록이 있다.

《심청전》의 심청은 인당수印塘水에서 바다에 빠졌는데, 용궁에서 어머니를 상봉하고 용왕은 심청을 연꽃에 태워 다시 인당수로 보냈다. 심청전을 통해서 용궁은 온갖 보물이 풍성한 별천지로 인식되어 왔다.

"기차 운행합니다."
당연한 것을 용궁역 앞에 써 붙인 까닭은,

"매표소가 없으니 기차에 타고 나서 승무원에게 표를 끊으십시오."를 줄임말이다. 역무원 무배치 간이역이기 때문이다.

1928년부터 기차 운행을 시작한 용궁역은 한때 마을 사람들의 유일한 교통수단으로 매일 북적였지만, 1990년대 들어 교통수단이 다양해져 이용객이 줄어들면서, 경북선 용궁역은 간이역으로서 카페로 변해있다.

이곳에 깊은 못이 있어서 신비스러운 용이 살고 있다고 믿었다. 이들 용은 마을의 수호신으로 여겨져 가뭄이나 질병이 발생하면 주민들이 함께 모여 제사를 올렸고, 마을 이름을 용궁龍宮이라 하였다.

용궁역 입구에 〈별주부전〉을 장식하여 용궁을 표현하였다.

문경의 조령산성鳥嶺山城에 용궁의 산창山倉이 있어 충청도 지역으로 물자를 조령으로 운반하였다. 하천 유역에는 부취루浮翠樓·수월루水月樓·청원정淸遠亭 등의 누정이 있었다.

퇴계는 용궁부취루龍宮浮翠樓에 올라서, 병이 깊어 돌아갈 수 없음을 읊었다.〔如何終日不歸山〕

高樓花事撩人閒　높은 누대에서 보니 꽃 일삼아 사람 붙들어 놓네,
最愛山茶映竹間　사랑스럽기는 동백꽃이 대 사이로 비치는 것이네.
好鳥豈無春晩恨　아름다운 새 어찌 봄날 저무는 한 없으리오만,
如何終日不歸山　어찌하여 종일토록 산속으로 돌아가지 않는지?

용궁면의 '읍부'라는 지명은, 읍의 중심지라는 뜻이다. 향석리가 용궁현의 중심지였는데, 1867년 현재의 위치로 관아와 함께 옮겨온 누각이 바로 만파루이다. 만파루는 옛 용궁현을 상징적으로 보여주는 누각이다.

용궁역은 용궁에 도착한 역일까, 용궁으로 출발하는 역일까?

용궁역에서 열차에 올랐다. 용궁면 월오리를 지나 개포동역에 도착하였다. 분당선의 개포역과 중복을 피해서 개포동역으로 개정하였으나 하루 15명 정도의 승객이 이용하므로 차내승차권을 발권하는 철도원 무인역이다.

높은 산지山地가 없는 개포開浦 사람들은 구릉지를 농지農地로 개발하고 나지막한 산자락에 마을을 이루어 살아왔다. 용궁과 예천읍을 오가는 길에 행인들의 쉼터가 된 가오실 수변공원에 얽힌 전설이 있다.

소나무 숲을 병풍처럼 두르고 연못이 아름다운 가오실 마을은 다섯 가지 경치가 아름다워서 가오리佳五里라 한다.

池中小島　연못에 작은 섬이 있고
枕下鳴泉　땅속에서 샘물소리 들려오니,
龍山明月　용산에 밝은 달 두둥실 떠오르고
鳳崗宿雲　봉각산에 구름이 자는 듯 걸려있고
杜樹淸風　팥배나무 푸르러 맑은 바람 불어온다.

가오실 마을은 상심헌賞心軒 이경백李景伯이 개척한 가평加平 이李 씨 집성촌이다. 마을 앞에 용처럼 생긴 바위가 있었다. 마을에 멀쩡 하던 장정 넷이 죽는 액운厄運이 겹치자, 마을 사람들은 용바위 탓이 라 여겨서, 한 노인이 그 용바위를 깨트리자 천둥소리와 번개가 번 쩍이면서 용바위는 고목처럼 쓰러졌다. 마을 사람들은 연못을 만들 고 용바위가 있던 연못 한가운데에 소나무와 버들을 심고 와룡담臥 龍潭이라 하였다.

개포역을 지나면, 버들내〔柳川〕가 흐르는 중평 들녘의 유천柳川 이다. 국사봉國師峰(728m) 아래 죽안 저수지에서 흘러서 중평 들녘 을 기름지게 한 버들내〔柳川〕는 예천읍 상동리에서 한천으로 흘러 든다.

어린 시절에 버들내〔柳川〕에 살았던 이희춘 시인은 종달새 소리 들으며 늘 꽃잎에 바람이 일었으며, 망고개 너머 고종사촌누나가 찾 아오면 더는 아무도 그립지 않았다.

거기 달빛 고인 곳
북으로는 바람에 닿고
남으로는 양 떼에 닿아있는 곳
밤이면 별들이 벌떼처럼 붐벼서 몸을 씻는다.
볕이 바르고
호수가 보이는 언덕배기에 나는 감자를 심으리라.

아이들의 웃음소리 고샅길에 넘치고
어머니의 미소로 아이들이 자라는 땅
처녀들 앉았다 떠난 자리에 수선화 피는 마을
골짜기에 서린 전설은 백조처럼 어질고
흠 없는 소문들이 서풍에 아름다이 나부끼리.
한나절 흘린 땀방울 호수로 흘러들어
손을 뻗으면 무슨 풀잎이라도 낙원에 닿아 있다.
아, 나는 보았네
아는 것을 내려놓으면
모르는 것도 달아나서
고개 들면 밤하늘에 별들이 돋아났지.

유천면 화지리에서 유천을 건너면, 예천읍이다. 유천과 한천이
흐르는 서정자 들녘이 펼쳐진다. 한천은 그냥 흐르지 않았다. 척왜
斥倭, 안민安民의 반외세 반봉건을 내건 동학군이 일본군과 전투를
벌인 민족의 강이다. 한천에는 예천 사람들의 한이 서려 있다.

예천 지역에서 의병이 지속적으로 발생한 것은 퇴계의 학맥을 이
은 강렬한 척사적 정신과 왜·호 양란 등 국가의 위기 앞에서 몸을
바쳐 나를 수호했던 것은 불의(injustice)에 항거하는 예천 사람 특유
의 은근하고 끈기 있는 기질이다.

1894년, 전규선 등 동학도 11명이 관군에게 잡혀 한천에 생매장되었다. 당시 예천 소야리(현 문경시 산북면)에 본부를 둔 경상도 북부 동학 농민군 가담자는 48개 접소에 7만여 명의 경북지역 동학농민군과 충주에서 급파된 일본군 공병대와 예천 유생들이 조직한 민보군民堡軍 연합군 간의 '서정들 전투'는 당시 전국을 통틀어 농민군이 일본군과 벌인 첫 전투이다.

예천은 지주세력의 수탈이 심했다. 유천면 개포면 일대에 면화와 닥나무 재배가 성행했는데, 읍내의 관아와 지주들이 지나치게 수취함으로써 마찰을 빚었다. 1894년 갑오개혁으로 신분제가 폐지되었음에도 여전히 신분 차별이 지속되었고, 일제 강점기에도 학교 입학을 제한하는 등 백정은 차별 대우를 받고 있었다.

1923년, 경상남도 진주에서 백정들이 신분 해방을 위한 단체를 설립하고, 그해 8월 예천 형평사 분사를 창립하였다.

1925년 8월, 백정들이 전개한 신분 해방운동인 '형평사衡平社' 운동을 반대하여 수천 명의 농민이 예천 형평 분사를 습격한 사건이 일어났다. 형평사 본부에서는 긴급회의를 열어 전국 형평사원이 예천으로 총출동할 것을 결의하였으며, 8월 9, 10일 이틀 동안 친일·극우 인물들이 형평사예천지회 사무소를 파괴하고 사상자를 발생시켰다. 김남수는 〈조선일보〉 특파원으로 그 경위를 계속 보도하여 형평사 운동에 대한 전국적 지원을 끌어냈다.

1925년 11월, 도산서원에서 소작료 납부를 미루는 소작인들에게 태형을 가하자, 무산자동맹에서 활동하던 김남수金南秀는 도산서원 철폐 운동을 펼쳤다.

"'도산서원陶山書院'이 아니라 '도산서원盜產鼠院'이라야 옳다."

'도둑을 생산하는 쥐 소굴'이라면서, 도산서원을 비난하였다.

일제 강점기에 예천 사람들은 일제에 항거했다. 1932년 2월, 한일청, 박창호, 김기석 등은 무명당(무명의 비밀결사)을 조직하고 영주·봉화적색농민조합과 연계한 혁명적 농민조합운동을 전개하였다. 1933년 12월, 대구지방법원에서 징역 5년, 박호철은 3년을 복역하였다.

조국이 광복하던 날, 예천 사람들은 태극기를 들고 대한독립만세를 부르며, 예천읍 시가지를 행진했다. 대구상업 중학생이었던 박충서는 해방 당시 예천의 풍경을 회고하였다.*

"8월 15일 오후 4시경, 청년들이 손에 태극기를 들고 지금의 서울약국 옆 보광세탁소, 현대 도료 주변에 모였다. 일부 읍민들이 가세하여 100여 명의 군중이 애국가를 부르고 '대한독립만세!'를 외치면서 지금의 국민은행, 군청, 경찰서를 지나 백병구 한의원 자리에서 남본동 상가 도로를 거쳐 동본리 우牛시장(지금의 상설시장)

---

* 전현수, '예천군 민간인 학살 연구'

에 모여 집회를 가졌다. 우시장 입구에 즉석 연단을 만들어 김응기 선생이 연단에 올라 약 15분간 광복의 기쁨을 연설한 다음, 김 선생의 선창으로 '대한독립만세!', '만국 프롤레타리아(Proletariant) 만세!'를 외쳤다."

8.15 광복 이후 해방공간에서 독립국가 건설이 과제였다. 1945년 12월 신탁통치 찬반을 둘러싸고 좌우가 첨예하게 대립하다가, 6.25전쟁을 전후한 시기에는 전국 도처에서 보도연맹원 집단학살, 군경토벌 학살 등 다양한 형태의 민간인 학살이 벌어졌었다.

1948년 12월 시행된 국가보안법에 따라서 '극좌사상에 물든 사람들을 사상을 전향시켜 이들을 보호한다.'는 취지의 국민보도연맹이었으나, 전쟁이 발발하자 국군 및 경찰이 보도연맹원들의 인민군 가담이나, 부역행위를 우려하여 학살하였다.

1950년 7월, 예천지역의 국민보도연맹원들이 소집·연행당해 이중 150여 명이 국군 1개 소대와 경찰들에 의해 세 번에 걸쳐 서로 다른 곳에서 희생되었다. 예천 경찰서 근무자들은 7월 13일 예천읍 고평과 7월 14일 개포면 경진에서 국군에 의해 희생당했으며, 7월 16일 용궁면 원당고개(산택)에서 경찰대가 총살하였다.

2018년 12월 19일, 예천군은 한국전쟁 전후 민간인 희생자 합동위령제를 개최하여 김학동 군수는 유족들을 위로하였다.

"이 땅에 비극의 역사가 되풀이되지 않도록 서로의 아픔을 보듬어주고, 앞으로 서로 이해하며 배려하는 군민의식이 함양되도록 노력하겠으니 부디 영령들이 편안히 눈감고, 더불어 유가족들의 상처가 치유될 수 있기를 기원한다."

'동학군, 무명당, 야산대, 인민군, 국군, 미군, 네이팜탄, 폭격…'

들불처럼 일었던 동학군도, 무명당도, 야산대도 모두 예천 사람이다.

광복의 기쁨에 태극기 흔들고 애국가 합창했던 예천 사람이다.

한천은 예천 사람들의 가슴에 맺힌 응어리를 품어 안고 흐른다. '예천 사람들은 물속 30리를 간다.'는 말의 의미를 알 것 같다.

예천역을 출발한 열차가 한천을 건너서 우측으로 휘어지면서, 흑응산과 예천읍의 시가지가 멀어져 갔다. 열차는 예천읍 청복리 동예천교를 지나 좌로 방향을 틀어서 내성천 강마을 고평역을 향했다.

1895년 12월 30일, 단발령斷髮令을 공포하고, 고종과 태자(순종)가 상투를 잘랐다. 효경孝經에 '身體髮膚受之父母, 不敢毀傷孝之始也.'

부모로부터 받은 신체·모발·피부를 손상시키지 않는 것이 효라고 여겼다. 단발은 단순히 상투를 자르는 것이 아니라, 창씨개명創氏改名으로 이어지고 기존 질서를 파괴하는 것이었다. 전국에서 단발령에 반대하는 의병이 일어났다.

1896년 6월 6일, 안동에서 경병(관군) 50여 명이 예천을 향해 들어왔다. 예천의병은 예천의 관문인 고평에 진을 치고 경병을 기다렸다. 경병은 내성천 강 건너 떡매산에서 포격砲擊하였다. 천지를 진동하는 접전으로 무기가 열악한 예천의진은 패주하였다.

1910년 7월 8일 오후 3시, 예천의진 최성천의 게릴라 부대 18명이 안동 협동학교를 습격하여, 교감 김기수, 교사 안상덕과 학생 이종화를 살해하였다. 백하 김대락의 아들 김형식은 단발했다가 다시 상투를 틀어서 화를 면했으니, 예천의진의 습격 원인은 신교육이 아니라 단발에 있었다.

동산東山 유인식柳寅植은 단발령에 반대하여 의병에 참가한 위정척사衞正斥邪파였으나, 1903년 서울에서 단재 신채호를 만난 후 호계서원의 재산을 기금으로 1907년 내앞[川前] 마을 김대락의 백하구려白下舊廬에 협동학교協東學校를 설립하였다.

협동학교 설립에 참여한 유인식과 김병후·하중환·김동삼이 안동유림으로부터 사문난적斯文亂賊으로 몰려서 파문당하는 신구新舊 사상의 혼란기였다.

1912년, 협동학교는 임동면 수곡리 정재 유치명의 양파구려陽坡舊廬로 옮겨 갔으나, 1919년 삼일운동 시위 관련으로 폐교당했다.

경북선 철로는 1928년 점촌에서 예천 구간이 개통되고, 1931년 김천과 안동 구간이 개통되었으니, 예천의 철길은 1941년 중앙선의 안동역보다 10년이나 개통이 빨랐다. 1944년 10월 1일, 일제가 전쟁 물자 공출로 철로를 뜯어가면서 점촌~안동 경북선 구간이 폐지되었다. 1966년, 경북선이 영주 방향으로 선로를 설치하면서 고평역 위치를 살짝 북쪽으로 옮겨 재개했다가 지금은 폐역이 되었다.

열차가 고평역을 지나면서부터 내성천이 가까이 다가왔다. 철로와 내성천이 나란히 굽이를 도는 신월리 마을 강 건너 절벽 위에 고성古城(castle)처럼 아슬한 도정서원이 내려다보고 있었다.

1700년(숙종 26), 예천의 유림이 정탁鄭琢의 학문과 덕행을 기리는 도정서원道正書院을 읍호정 뒤편에 창건하였다.

약포 정탁은 예천 금당실 외가에서 태어나서, 11세 때 아버지의 고향인 안동 와룡 모사골〔池內(못안골)〕에 갔다가 백담栢潭 구봉령具鳳齡과 만나서 퇴계에게서 심학心學을 배웠다.

20세 때 모사골에서 다시 금당실로 돌아왔는데, 이는 외손봉사를 위해서 온 것이다. 23세 때 관물당觀物堂 반충潘冲의 사위가 되었으며, 27세 때 생원시에 합격하고 1558년 33세 때 문과에 급제하였다.

임진왜란을 겪으면서 주로 명나라 장군들을 상대로 맞이하고 보내는 일을 맡았으며, 벼슬을 벗고 예천 고평에서 여생을 보내려고 하였다.

1599년 가을, 정탁은 노년을 마칠 생각으로 선영에 성묘하러 간다는 이유로 휴가를 받아 남쪽 예천 땅으로 내려왔다.

정탁은 기축옥사己丑獄事의 억울함을 논하거나, 황정욱黃廷彧의 옥사를 구하려 했고, 김덕령金德齡을 구하기 위해 노력했으며, 옥중의 이순신李舜臣을 백의종군할 수 있도록 했다.

1601년 봄에, 정탁은 병든 몸으로 남향南鄕에 머물면서 예천군 동쪽 고평高坪 마을에 우거하고 있었다. 그는 찰방 송덕구宋德久의 집에 보관하던 《여씨향약呂氏鄕約》*을 당시에 알맞은 것을 열에 한두 가지를 뽑아내어 속례俗例를 집어넣고, 이른바 신구新舊의 조약條約을 합쳐서 한 종이에 기록하고는 마을 안의 제공들에게 두루 보였다.

"지금 이 약조約條와 절목節目이 소략한 듯 하지만 큰 줄기는 다 갖추었으며, 지극한 도가 깃들어 있습니다. 옛날 성현들이 사람을 책선責善하고 교육을 성취하는 방법도 여기에서 벗어나지 않았으니, 만약 따르고 의지하여 바꾸지 않는다면 옛날의 아름다운 풍속도 점차 이룰 수가 있을 것입니다."

---

*안동대학교 퇴계학연구소 | 황만기, 이기훈(공역) | 2013.

열차는 도정서원을 뒤로하고 보문면 소재지 미호리를 지났다. 미호리는 별동 윤상이 벼슬에서 물러나 터를 잡은 곳으로, 예천尹씨의 집성촌이다. 어린 시절 동화로 읽었던 〈거위와 구슬〉의 주인공이 별동別洞 윤상尹祥이다.

윤상이 여행을 하던 중, 날이 저물어 어느 주막에 들게 되었다. 주막에 앉아 방밖을 내다보고 있노라니, 어린아이가 구슬 한 개를 가지고 놀다가 구슬을 손에서 떨어뜨리자 그 옆에 있던 거위가 구슬을 집어삼켰다. 한참 후 주인집에서는 야단법석이 났다. 그때 이 주막에 있는 손님은 윤상 한 사람밖에 없었으니, 그에게 구슬을 내놓으라 하였다. 그는 내일 아침까지만 기다려주면 찾아준다고 하였지만, 주인은 그를 밧줄로 꽁꽁 묶어서 관가에 끌고 가려고 하였다. 이 때 윤상은 태연한 자세로 저기 있는 거위도 다리를 새끼로 매어서 내 옆에 있게 해주면, 내일 아침 식전食前까지 틀림없이 구슬을 돌려주겠다고 주인에게 사정하였다.

이튿날 날이 밝자, 윤상 옆에 거위가 똥을 누었다. 이때 윤상은 주인을 불러서 거위의 똥 속에서 구슬이 있으니 찾으라고 하였다. 구슬을 찾은 주인은 묶은 줄을 풀어주면서, 거위가 구슬을 먹은 줄 알면서 왜 그런 말을 하지 않고 밤새도록 묶여 고생하였느냐고 물었다.

"거위가 구슬을 먹었다고 하면 급한 마음에 어제 당장 구슬을 찾기 위하여 주인장께서 그 거위를 죽였을 것이니, 내가 하룻밤만 고생하면 구슬도 찾고 거위도 죽이지 않을 것이 아니요."

예천을 고향으로 하는 토성으로 시조는 고려조의 추밀부사樞密府使 윤충尹忠이다. 윤흠신尹欽信과 동생 흠도欽道는 별동 윤상의 후손으로 봉화 춘양에 살았는데, 임진왜란이 일어나자 의병장 류종개柳宗介와 소천 화장산 전투에 참여하였다.

류종개 창의대장 이하 600여 명의 의병이 장렬하게 전사를 하였으나, 왜군은 이 전투에서 심각한 피해를 입고 울진항蔚珍港으로 철수하였다.

고려의 충신 김저의 충절을 기리는 표절사表節祠는 고려 말 충의지사 율은栗隱 김손金遜(1304~1389)과 아들 계절당繼節堂 김전金鈿(1320~1392) 손자 퇴신재退愼齋 김두金斗(1338~1400) 삼대의 위패가 모셔져 있다. 고려 말 삼은三隱 이색·길재·정몽주와 더불어 고려 말 대표적 충신이었다.

표절사 앞을 내성천이 흐르면서 맑고 고운 모래톱이 명사십리明沙十里를 펼치고 태양이 학가산 위로 떠오른다. 충신은 세월의 뒤안길로 사라졌으나 그 후손은 면면이 이어져 왔다. 김손의 후손으로 영주시 평은면 내성천 강마을에 살았던 김영숙 교수는 대학에서 은퇴한 후 영남퇴계학연구원장을 맡아서 퇴계학 연구를 이어갔었다.

점촌탄광 작, 수내리역(보문역), m.blog.naver.com, 2012. 3. 5. 18:40

미호리를 지나면서 열차는 내성천과 나란히 강물 따라 흘러갔다. 보문역은 폐역 된 이후에도 역사驛舍는 그대로 남아 있었으나 지금은 철거되었다. 2006년 개봉한 영화 '그해 여름'의 '수내리역'이 바로 보문역이다.

부잣집 아들 석영은 '수내리'로 농활을 떠났으나 농활에는 관심이 없었다. 그 마을 도서관의 사서 정인에게 반한다. 부모님이 월북하여 고아가 된 정인은, 석영을 경계하였으나 차츰 마음의 문을 열게 되었을 때, 삼선개헌 반대 데모를 위해 학생들이 급히 상경하게 된다. 함께 서울로 가자는 석영을 보내고 정인은 안타까워했는데, 석영이 혼자 떠나지 못하고 정인을 찾아 돌아온다.

두 사람은 함께 서울로 향하고, 정인이 데모에 연루되어 잡혀가게 된다. 정인이 월북자 가족이란 것을 알고, 석영의 아버지는 두 사람 모두를 위해서 서로 모른체하라고 설득한다. 석영이 정인을 모른다고 하여 석영은 풀려나고, 석영 아버지의 도움으로 정인도 출소하여 두 사람은 어딘가로 떠나려고 서울역에 간다. 석영이 잠깐 자리를 비운 사이 정인은 어디론가 사라졌다.

거짓말 한 것을 평생 짐으로 살았던 백발의 석영은 우여곡절 끝에 정인의 흔적을 찾아 나섰으나….

영화, '그해 여름'은 '가을동화' 같이 서정적이다. 영화 속 '수내리역'의 건너편이 내성천 강마을 '수계리' 마을이다. 해마다 여름철이면 수계리 학교 마당이 시끌벅적해진다. '학가산 달빛 내성천에 일렁이고' 음악회와 문학회, 동창회도 열린다. 영화 속의 '수내리'와 '수계리'는 우연의 일치일까? 촬영이 끝나자마자 '보문역' 역사驛숨는 철거되고 역무원 관사만 남아 있다.

간방리 마을 앞을 지난 열차는 멀리 학가산을 바라보면서 내성천을 따라가다가 내성천과 헤어져서 어등역을 지나게 된다. 경북선 철로 공사 때만 해도 어등역이 들어서는 붉은재 마을에는 일꾼들의 숙소가 지어졌고, 역전에는 차표 파는 집과 식당이 들어서고, 철도관사 건물 앞에는 이발관과 가게가 연달아 문을 열었으며 양조장도 생겼다.

어등역을 중심으로 마촌리, 장산리, 옥천, 붉은재 등 자연부락 사람들은 고개 너머 감천장까지 걸어 다녔다. 어등역이 생기면서 기차 타고 예천이나 영주까지 편리하게 다닐 수 있었다.

만약 어등역이 폐역이 된다면, 주민들은 기차를 타기 위해서는 예천역까지 갈 수밖에 없다.

예천역에서 영주역까지 약 30km 구간에 교행역이 없게 되자, 어등역은 열차 교행을 위해 하루 1번 열차가 정차하게 되었으나 여객은 이용할 수 없다.

영주시 안정면에서 발원하여 장수면 일대를 흐르다가 영주시 문정동에서 발원한 소하천과 장수면 화기리 부근에서 합류한 옥계천은 예천군 보문면 옥천리 어등역 부근에서 내성천으로 흘러들어 간다.

이 지역의 지질은 화강암으로 이루어져 있어 옥계천의 모래가 하류로 흘러내리면서 수계리 앞 내성천은 모래가 흐르는 강이다.

마촌리·간방리 아이들은 내성천을 건너서 수계리의 초등학교까지 십리 길을 걸어 다녔다. 내성천의 강물이 갑자기 불어나는 장마철이면 학부모들은 강 언덕에 서서 하교하는 자녀들을 애타게 기다려야 했다.

어등역을 지나면 영주시 장수면이다. 장수면 소재지 화기리의 인동장씨 종택은 세조 때 이시애의 난을 정벌한 공신 장말손의 종택이다.

건물은 16세기 중엽에 처음 지어졌으며, 안채와 사랑채가 'ㅁ'자형을 이루고 있다. 사랑채는 앞면 4칸 규모의 건물로 난간이 있는 2층 누각처럼 지어졌다. 뒤편에는 위패를 모시는 사당을 두고 있다.

유물각은 장말손 백패·홍패(보물 501호), 장말손 초상(보물 502호), 장말손 적개공신교서(보물 604호), 장말손 유품(보물 881호), 장말손 종가 고문서(보물 1005호) 등 유물들을 소장하고 있다.

열차는 폐역이 된 미룡역과 반구역을 지나서 퇴계의 처향妻鄕 한정 마을 앞 서천을 건너서 바로 영주역에 닿았다.

1533년 가을, 이황은 상주에서 과거를 마치고 용궁·예천을 지나서 영주 사일마을 처가에 도착하였다.

이황은 이미 5년 전에 사별한 허씨 부인 생각에 잠을 이룰 수 없었다. 경상도 향시, 소과 과거 1차 시험을 치러 떠나던 날, 꼭 입방入榜하라고 당부하던 아내의 퀭한 눈과 메마른 입술이 눈앞에 어른거렸다.

'아들 출생, 향시 합격이 호사다마好事多魔인가…'

그는 진사시에 1등, 생원시에 2등을 하였으니 양손에 행운을 거머쥔 것이다.

다음날 이황은 고향 온혜 마을 지산와사芝山蝸舍로 돌아왔다. 이황은 정월부터 길을 나서서 예천을 거쳐서 곤양昆陽까지 여행하면서 지은 시를 엮어서 《남행록》이라 하였으며, 그 해 여름, 성균관에 유학하고 상주에서 향시를 본 후 예천을 거쳐서 귀향한 기록을 《서행록》이라 하였다.

《남행록》과 《서행록》을 책으로 엮어 보관하는 것은 후일의 와유臥遊를 위한 것이다. 와유臥遊는 기행시를 읽거나 명승지의 산수화를 방에 걸어두고 누워서 유람한다는 뜻이다.

이황이 기행시를 엮은 이유를, 문집의 말미에 언급하고 있다.

"이 기행 시집을 본 사람들은 갓끈이 끊어질 정도로 웃을 것."

자신이 지은 기행시에 대한 겸양의 표현이기도 하지만, 여러 지인 知人들과 공유했음을 짐작할 수 있다. 그러나 의령 처가에서 허씨 부인을 생각하면서 지은 〈매화梅花〉 시는 죽는 순간까지 자신만 꺼내 보고 장롱 깊숙이 간직하였다.

이황은 이듬해 봄에 있을 식년문과 대과 2차 회시에 대비하기 위해 청량산에서 글을 읽을 계획을 세웠다.

처남 허사렴許士廉에게 청량산에 함께 들어가 글 읽기를 청하면서 장정을 더하여 양식을 넉넉히 준비해 올 것을 부탁하는 한편, 영주에 살고 있는 절친한 친구 금축琴軸과 김사문金士文에게 함께 글을 읽고 싶다는 뜻을 전해달라고 하였다.

4. 겨울 학가산

"내가 불민하여 현자를 좋아하는 성의가 없었던 것 같다. 전부터 여러 번 불렀는데 늙고 병들었다는 이유로 사양하고 있으니, 내 마음이 편치 않다. 경은 나의 지극한 마음을 알아주어 역말을 타고 올라오라."

1565년 12월 26일, 퇴계는 자신을 가선대부嘉善大夫·동지중추부사同知中樞府事에 임명한 뒤 서울로 오라는 명종의 교지를 받았다.

「이황은 기질이 순수하고 학문이 정명해 성현의 글을 깊이 연구했고 천인天人의 이치에 통달했다. 그가 이로써 배양한 바가 깊었기 때문에 세상에 나와 시험함에 청백을 스스로 지켰고 불의를 행하지 않아 사람들이 모두 그의 풍모를 선망했다. 급류처럼 어지러운 세태에서 용감히 물러나 임간林間에서 소요하였다.」

집안일로 그 마음을 더럽히지 않았고, 마음을 가라앉혀 학문에 힘쓰는데 미치지 못할까 두려워하는 듯이 하였다. 참다운 지식의 축적과 힘써 행함의 꾸준함으로 나이가 높을수록 덕이 더욱 높아져 일대의 현사라 이를 만하다. 불러도 오지 않거나 왔어도 머물지 않았던 것은, 임금께서 현인을 대우하는 성의가 부족한 바가 있어 그러했던 것이다.

지난 무오년 간에 여러 번 소명이 있었는데, 이황은 다섯 가지의 알맞지 않은 이유를 들어 사양했으나 상의 교지가 준엄해 깊이 잘못이라고 하니, 이황은 부득이 부름에 나아갔지만 그의 본뜻은 아니었다. 그가 올라올 때 사람들은 모두 '간관이 되지 않으면 반드시 논사論思의 장이 될 것이다.'라고 했는데, 끝내 왕명이 내려졌다는 말이 들리지 않았다.

이황이 비록 그가 배운 바를 진언하고자 하나, 구중궁궐에 깊이 앉아 한 번도 불러보지 않는 데야 어찌할 것인가. 나중에 정유길이 성균관 동지를 사직하며 '경술과 사장은 뚜렷이 적임자가 있다.' 하였으니, 그 뜻이 대개 이황에게 있었던 것인데도 상은 또 이에 따르지 않았다. 이와 같은데 군덕의 성취와 사풍의 진작을 바라고자 한다는 것 또한 어렵지 않은가. 현인賢人이라고 불러 놓고 어질지 않은 사람으로 대우하니, 이것이 이황이 종신토록 조정에 나아오지 않은 이유였다.

그 해 겨울, 퇴계의 생애 중에 가장 추운 겨울이었다.

1566년 1월 26일, 퇴계는 소명召命을 받고, 자신의 병을 무릅쓰고 임금의 부름에 응해 길을 떠나 성천사聖泉寺에 묵었다. 성천사는 녹전면 둔번리 뒷산 요성산邀聖山에 있다. 성천사 스님과 신도들이 성천의 우물물을 마신 후 불공을 드렸고, 이 물로 산신에 올리는 노구메를 지어 올렸다고 한다.

김사호金士浩와 박덕명朴德明에게 시를 지어주었는데, 한양으로 상경하는 도중에 발길을 돌려 귀로할 수밖에 없었던 심정을 표현한다.

1566년 1월 27일, 퇴계는 영주에 도착하였는데, 눈이 내려 날씨가 몹시 추운데다 병이 심하여 이곳에 머물면서, 두 번째 사면장「사면동지중추부사소명장2(丙寅正月)」을 올리고, 병으로 영주에서 임금의 명을 기다리며 〈病留龜城 上狀乞辭 待命 書懷東軒韻〉 시를 지었다.

病尼嚴程臥一城　병 빡빡한 여정 멈추게 하여 한 성에 누웠네.
誤身何地不緣名　몸 그르침 어디서건 이름 때문 아니겠는가?
歸田本爲逃名計　귀전은 본래 이름 피할 계책 도모함인데,
却被名驅枉此行　오히려 이름에 내몰려 잘못 행보 내디뎠다네.

1368년(공민왕 17), 영주 부사 이용李蓉이 명원루를 창건하였으나 임진왜란 때 소실되었다. 1637년(인조 15), 군수 한덕급韓德及이 누각 15칸, 협각 칸3을 중창하여 조양각을 지었다. 조양각의 동실을 청량당, 서실을 쌍청당으로 이름 지었다.

퇴계는 쌍청당에서 조송강趙松岡이 지은 시를 차운하여 쌍청당의 눈 덮인 뜰에서 매화 향기를 맡을 수 없음을 안타까워하면서, 〈雙淸堂趙松岡韻〉 시를 읊었다.

旅病淹留自作涼   병이 오래 지속되어 서늘한 기운에 사로잡혀
雪庭春信閟梅香   눈 내린 쌍청당 뜰에서 봄소식 듣고도 매화 향기 맡을 수 없네.

2월 4일, 영주에서 풍기로 옮겨와서 명종의 사면을 기다렸다.

큰 눈이 내리고 바람이 몰아쳤다. 새벽에 담수痰嗽가 폭발해서 기침이 종일토록 그치지 않았고, 오른쪽 옆구리가 결리고 밤에는 입이 마르고 해소가 드문드문 났다.

병이 심한데다 눈바람이 몰아치자, 죽령을 넘어서 서울로 올라갈 길이 더욱 막막해졌다.

〈이월초육일대풍설二月初六日大風雪〉

雪嶺截半空	눈덮인 죽령 고개 하늘 높이 솟았는데,
陰風如逐萬牛雄	소 떼가 달려가듯 세찬 바람 불어대네.
九天恩何時下	은혜로운 임의 명령 언제나 내릴는지
百病孤臣正渴衷	온갖 병든 외로운 신하 간절히 바라노라.

2월 8일, 조목趙穆이 공릉참봉으로 임명되었다는 소식을 알리면서, 퇴계의 이번 상경 길을 축하하는 내용의 詩를 보내왔다.

조목이 퇴계의 상경上京을 '그물에 걸린 새'에 비유하여 비웃자, 퇴계는 그가 공릉참봉으로 임명된 것을 詩로써 희롱하였다.

〈풍기 객관에서 조상사 사경趙上舍士敬에게 답하다〉*

有鳥辭林被網羅	어떤 새가 숲을 떠나 그물에 걸렸더니
林中一鳥笑呵呵	숲속의 다른 새가 깔깔대며 웃는구나.
那知更有持羅者	그러나 어찌 알리, 그물 가진 어떤 이가
就掩渠巢不奈何	제 둥우리 덮쳐도 어찌할 수 없을 것을.

2월 10일, 지난 6일에 내린 명종의 교지敎旨를 받아보니, 퇴귀退歸를 허락하지 않는 대신, 서서히 조리해서 올라오라 하였다.

---

*한국고전번역원 | 권오돈 외 11명(공역) | 1968.

죽령은 얼어붙어서 길이 험하여 조령鳥嶺으로 길을 고쳐 잡고, 예천으로 가서 다시 사장을 올리거나 다른 방도를 강구해 볼 계획을 세웠다. 이때, 명종은 내의를 보내 문병하였다.

"경의 사장을 보니, 나의 마음이 섭섭하다. 경은 모쪼록 잘 조섭하고 서서히 올라와서 나의 누차 부르는 정성을 저버리지 말라.

이황이 올라올 때에는 일로一路의 각관으로 하여금 특별히 후대하여 편안히 올라오도록 하게 하라. 그리고 내의內醫 연수담延壽耼은 약을 가지고 가서 문병하고 와서 아뢰도록 하라."

2월 13일, 풍기 창락역에서 예천으로 와서 세 번째 사면장〈사면동지중추부사소명장辭免同知中樞府事召命狀(三丙寅正月)〉을 올리고, 이곳에서 명종의 명령이 내리기를 기다렸다.

「신이 풍기군豊基郡에 이르러 전교를 받아보니 신의 사직 정소停召에 관한 계청은 윤허하지 않으시고 신에게 잘 조리한 뒤에 서서히 올라오라고 하시는 한편, 내의內醫를 보내 병세를 진찰하고 아울러 양약良藥까지 하사하셨습니다. 이같이 세상에 드문 비상非常한 예우禮遇를 천만 의외에 받게 되니, 떨리고 감격하여 어찌할 바를 알지 못하겠습니다. 신이 삼가 생각하건대, 예로부터 인군이 이 같은 성례盛禮를 그 적격자에게 베푸는 것은 진실로 좋은 일이나 신같이 용렬한 존재는 군신 중의 최하류입니다.

일찍이 벼슬길에 참여하여 그 지위가 2품에 이르렀으나 털끝만큼의 도움도 없고 단점만 백출百出하였습니다. 이는 온 세상이 다 알고 모든 사람이 다 본 사실인데, 무슨 까닭으로 성조에서 이전에 없었던 성례를 잘못 최하류에게 베푸십니까?

신이 만약 은총과 영화만을 탐내어 분수를 모르고 부끄러움을 잊은 채 예의를 불고하고 나아간다면, 일시의 청의와 만세의 정론이 조정의 이 처사를 무슨 예禮라 하겠으며, 소신의 이 행동을 무슨 의義라 하겠습니까? 우인虞人을 정旌으로써 부르자 우인이 감히 가지 않았는데, 우인愚人을 현인賢人 부르듯 한다면 우인이 어찌 감히 가겠습니까? 비록 소신에 대하여는 의논할 나위가 없겠으나 다만 애석한 바는 조정의 사체입니다. 그러므로 성상의 수렴하시는 정성이 너무 과할수록 소신의 모진하는 죄가 더욱 커집니다.

더구나 소신의 노약한 몸에 온갖 병이 뒤얽힌 실정을 전후에 죄다 진술하였고 이번 의관도 이미 환히 진찰하였습니다. 지척咫尺 천위天威에 어찌 감히 속임이 있겠습니까? 또한 남의 신자臣子가 되어 군부君父에 대해 충노忠勞를 다하는 데도 오직 이 마음에 달려 있는 것인데, 마음이 병들면 어떻게 위를 섬기며 어떻게 정사를 처리하겠습니까?

소신은 온갖 병중에서 심병이 더욱 심하여 조용히 거처하면 조금 나아지고, 조금만 피로하면 문득 재발하곤 합니다. 전번의 노역으로 허손이 극심하여 바야흐로 병이 마침 더해진 것 같습니다.

　놀랍고 민망함의 박절함이 밤낮으로 더욱 걱정이 되어 안정하려고 해도 다시 황홀해지기만 합니다. 이런 증상이 계속되면 장차 성명性命을 보전할 수 없어서 죽은 사람과 같을 것이므로 더욱 답답합니다. 신이 명을 받은 이후 억지로 부축을 받으며 간신히 예천군에 당도하니, 이전의 모든 증세가 피로를 틈타 한꺼번에 발작하여 기력이 탈진되고 정신없이 쓰러져 다시 앞으로 나아갈 수 없어 하늘을 우러러 진심을 호소하고 땅에 엎드려 명을 기다립니다.

　신은 이제 위급하여 감히 전리田里로 돌아가기를 바랄 수 없습니다. 이 목숨이 붙어 있을 때 해골骸骨이라도 귀장歸葬하도록 할 것을 윤허하시면 죽어도 여한이 없겠습니다. 신은 구구 절박한 바람을 금할 길 없습니다.」

　퇴계가 다시 사장辭狀을 올리니, 명종이 이를 받아보고,
　"경의 사장을 보니, 그 뜻이 간절하다. 그러나 나의 호현好賢하는 정성이 독실하지 못한가 하여 매우 개탄하는 바이니, 경은 번거로이 사양하지 말고 편안히 조리한 뒤에 서서히 올라오도록 하라."

명종이 이황을 '공여호현지성미독恐予好賢之誠未篤'하는 까닭은 모두 열거할 수 없으나, 왕이 곁에 두고 정책 고문顧問으로 삼기 위함이었다. 1554년, 경복궁 중수기를 삼공이 이황에게 짓도록 하자, 사인舍人이 삼공三公의 뜻을 아뢰기를,

"경복궁 중수기는 지을 만한 사람 여럿으로 하여금 짓도록 하여 가려서 써야 하니, 부제학 정유길과 첨지 이황李滉에게 모두 지어 올리게 하소서. 또 전각의 액자와 대보잠大寶箴·칠월편七月篇 및 억계抑戒는 모두 이황이 쓴 것을 사용했으니 관례대로 상을 주어야 합니다. 이황의 사람됨은 성리학과 문장을 겸비하였고 몸가짐이 청렴 근신하니 마땅히 경연관에 두고 고문顧問에 대비하도록 해야 합니다."

2월 15일, 자헌대부·공조판서 겸 예문관 제학으로 임명되었다. 사양할수록 벼슬이 높아졌다.

사신이 기록하였다.

「이황은 학문이 정수하고 문장이 아려雅麗하여 사림이 종주宗主로 여겼다. 여러 차례 징소徵召를 받았으나 소장을 올려 물러나기를 빌곤 하였다. 대사성·공조참판을 다 오래지 않아 사퇴하였는데, 이번에 이 명이 있자 물정物情이 다 흡연洽然하게 여겼으나 끝내 올라오지 않았다.」

예천에 있으면서 이곳 출신 유학장 윤상尹祥과 조용趙庸을 기리는 詩를 지었다. 세종 때 제학提學 윤상尹祥이 성균관의 대사성이 되었는데, 학문이 더욱 정밀하여 제생諸生들이 앞을 다투어 찾아가 물으니, 공이 문리文理를 세밀하게 분석하고, 자상하게 가르쳐주며 종일토록 쉬지 아니하고 지칠 줄을 몰랐다.

윤상尹祥은 예천의 별동리에서 출생하여 그의 호를 별동別洞이라 하였다. 그는 〈차영의정황상국걸해시次領議政黃相國乞骸詩〉를 지어서 황희黃喜 정승을 기리었다.

盛業巍巍冠百揆　눈부신 업적 홀로 높아 백관의 우두머리요,
孤忠耿耿奉天顔　빛나는 충심으로 언제나 임금을 받들었나니
縱然嫌老歸休計　늙음이 싫어 설령 물러나 쉬고자 한다 해도
其奈宸衷重泰山　임금의 마음에는 공의 존재 태산같이 높으리.

퇴계는 예천에 있을 때, 한 과부가 노비를 보내어 말하기를,

"저는 아무개의 아내로 아무개의 딸이니, 영감令監에게는 먼 친족親族이 됩니다. 그래서 감히 저의 딱한 사정을 말씀드리려 합니다. 저는 오랫동안 가난하게 살아오면서 조금도 남의 신세를 진 적이 없습니다. 그런데 이웃에 못된 젊은이가 있어서 가사家舍에 대한 쟁송爭訟을 하게 되었는데, 지금은 비록 저에게 결급決給이 되기는 하였지만, 속포 30여단을 바쳐야 하기에 관리가 집에 찾아와 독촉이 성화와 같으나, 집에는 단 한 자의 베도 없습니다.

이런 딱한 처지를 하소할 곳이 없으니, 바라건대 부디 덕음을 내리시어 이 궁한 친족을 구제해 주소서."

퇴계는 평소 사사로운 일로 인정을 베풀지 않았기 때문에, 비록 가까운 친족들의 일로도 다른 사람에게 청탁한 적이 없었다. 노파의 딱한 처지를 전해 듣고 나니, 그 노파가 몹시 불쌍한 생각이 들었으나, 그래서 거듭 물리쳤으나 다시 찾아와 간청하는 모습을 보니, 불쌍한 마음을 견딜 수가 없었다.

퇴계가 예천 군수에게 송사를 사실대로 고하였더니, 군수가 그 노파의 억울함을 알고 속포를 모두 면제해 주었다고 한다.

2월 16일, 퇴계는 한양으로 가는 길을 긍정적으로 받아들이지 않는다. 그는 객사에서 잠을 청하면서 유림으로서 속세의 가치를 단호하게 거절하지 못한 채 안절부절하는 모습에 부끄럽다는 생각이 들었다. 예천에서 16일 병들어 2수 읊다.〈十六日 病吟 二首〉*

날짐승 빈 공관에서 울고 낮에도 어둑어둑,
나그네 베개 맡에서 느끼는 정회 어제나 오늘이나 같네.
험난하기 산과 내보다 심하니 세상살이 슬프고,

---

*이장우·장세후, 퇴계 시 풀이, 영남대학교출판부.

헛된 이름 남기 북두와 같으니 유림에 부끄럽네.
대붕 날개 하자면 두터운 바람 치고 올라야 하고,
표범 기름 또한 모름지기 안개 깊이 숨어야 하네.
하늘 위의 분들이 내 헛된 명성 저절로 판별할 수 있을 것이니,
강호 어디서인들 시 읊을 만하지 않으리?

요즘 사람 각각 울어 댄다 굶주린 까마귀 싫어하는데,
어찌 이내 오종종한 몸 세상 시끄러움을 쫓을까?
천리에 다만 맑은 궁궐의 달 그리울 뿐이나,
두 눈동자 임금님 동산의 꽃 곁눈질하기는 어렵다네.
천지에는 시간이 바뀌니 찼다가 또 따뜻해지고,
원하는 것은 오직 병든 신하의 몸에 합당한 명령 내려주시는
것 편안히 여길 따름이지.

나는 퇴계의 《병인도병록》의 여정을 따라서 예천을 둘러보기로
했다. 풍기에서 예천으로 가는 소백로와 테라피로가 모두 소백산맥
속의 숲속을 지나는 사람과 동식물이 함께 건강한 생태계를 이루고
있는 산수가 아름다운 길이다.

소백로는 용암산과 천부산 사이의 협곡을 따라서 영주시 봉현면
을 지나서 예천군 감천면 방향이고, 테라피로는 도로의 명칭이 치유
(therapy)를 뜻한 국립산림치유원을 지나서 예천군 은풍면 방향으로
난 길인데, 두 도로는 모두 숲속의 협곡을 지나는 길이다.

소백산 풍기온천과 영주 인삼박물관이 위치한 창락은 조선시대 때 창락역昌樂驛이 있던 곳이다. 창락에서 예천으로 향하는 옥동로는 국립산림치유원에서 테라피로와 두 길이 만나게 된다.

창락에서 남원천을 건너면 죽령으로 향한 중앙고속도로가 보인다.

고가도로高架道路 아래를 지나서 양길치 고개까지 오르막길이다. 양길치에서 내려가면 옥녀봉가든 사거리에서 테라피로와 만나서 국립산림치유원을 지나가게 된다.

국립산림치유원은 천부산(852m) 장군봉과 흰봉산(1,261m) 사이의 2,889ha(중심시설 지구 152ha)의 숲에 숙박시설과 각종 산림치유시설을 조성한 것이다. 숙박시설만 있는 산림휴양원에 비해서 삼림욕 치유시설과 치유 프로그램이 운영되고 있다.

국립산림치유원은 영주시 주치 지구와 예천의 문필 지구에 걸쳐 있다. 숲이 갖고 있는 다양한 환경요소는 인체의 면역력을 높이고, 신체적·정신적 건강을 회복시키고 면역력을 높인다. 숲이 뿜어내는 피톤치드(Phytoncide)는 식물을 의미하는 피톤(Phyton)과 살균력을 의미하는 치드(Cide)가 합성된 말이다. 피톤치드의 주성분은 테르펜이라는 물질이다. 바로 이 물질이 숲속의 향긋한 냄새를 만들어낸다. 피톤치드는 심리적인 안정감 이외에도 말초혈관을 단련시키고 심폐기능을 강화시켜서 천식과 폐결핵 및 심혈관 치료에 도움이 되며, 피부를 소독하는 약리 작용에도 효과가 있다.

숲속에서 숲의 향기를 깊이 들이마시고 조금씩 내뱉는 복식 호흡이 효과적인데, 숲을 바라만 보아도 뇌에서 발생되는 알파(a)파가 증가하고 심리적으로 안정되면서 우울증·고혈압·아토피 등이 치유되는 효과가 있다고 한다.

영주 주치 지구에는 개인 또는 가족단위의 체류자를 위한 숙박 마을, 예천 문필 지구에 위치한 장기간 체류를 위해 각종 편의시설이 구비된 정주형 숙박시설, 그리고 청소년, 기업 및 공공기관 워크숍을 위한 수련 센터가 산림치유동과 숙박시설이 구비되어 있다. 이 숙박시설은 숲속에 거주하면서 다양한 치유 프로그램에 참여하도록 조성되어 있다.

숲 산책·숲 나들이·숲 트래킹의 산림운동 치유 프로그램, 스모비 테라피·밸런스 테라피·가든 테라피 등 숲을 헤엄치듯 신체 균형 운동 치유 프로그램, 치유 명상·숲을 담은 차·편백 힐링 카프라·향기 테라피·자연물 드림캐쳐·별빛 숲 마실 등 마음 균형 치유 프로그램, 그리고 건강 회복 치유 프로그램 숲속 건강 찾기를 위한 숲속 힐링 스테이 장기 체류형 프로그램과 숲속 힐링 캠프 단체 맞춤형 프로그램, 산림청 인증 프로그램(숲, 마음을 잇다) 등의 프로그램이 있다.

숲 마을에 조성한 치유정원은 방향성 식물을 활용하여 오감을 활성화하고 자연치유력을 향상시키기 위해 인위적으로 만든 정원이다. 우리나라 향토식물 위주로 64종, 100,000여 본을 식재한 향기 치유정원, 다양한 자연소재로 인체의 신경이 모두 모여 있는 발을 자극하여 심신 안정과 건강증진 피로회복과 뭉친 근육을 이완시켜 주는 맨발 치유정원, 자연친화적인 건강체험의 공간으로 활용할 수 있도록 한방처방으로 널리 쓰이는 식물을 6가지 주제로 구분하여 국내 약용식물 70종 11,600여 본을 식재한 한방체험 전시원, 계곡 주변에 인간의 신체를 활성화시키는 음이온이 풍부한 계곡과 산림에 정원을 조성하여 심신안정과 건강증진을 위한 음이온 치유정원이 조성되어 있다.

퇴계가 풍기 창락역에서 예천으로 갔던 길은 오늘날 국립산림치유의 숲이다. 소백산맥이 서북쪽으로 뻗어서 북풍을 가로막고 햇볕과 새소리 물소리와 숲이 뿜어내는 신선한 기운이 감도는 곳이다.

그 해 겨울, 이곳을 지나던 퇴계는 지난 날 어느 해 가을 이곳을 지나면서 읊었던 〈천부산天浮山 지방사 폭포〉*의 가을 경치를 떠올렸을 것이다.

灑灑仙風襲客衣　맑디맑은 신선 바람 객의 옷에 스미는데,
陰陰山木怪禽飛　우거진 수풀에는 괴이한 새 날아가네.

___

*한국고전번역원 | 권오돈·김달진·김용국·김익현·남만성·성낙훈·안병주·양대연·이식·이지형·임창순·하성재(공역) | 1968.

何人好事同來看　일 좋아하는 어떤 사람 같이 와서 구경하나
獨對蒼崖信筆揮　푸른 벼랑 홀로 대해 붓 가는 대로 쓰네.

坐石沈吟日欲斜　돌에 앉아 읊조리니 해는 벌써 기우누나
碧潭增色湛無波　못은 더욱 짙푸르고 물결도 치지 않네.
莫辭再訪淸秋後　맑은 가을 지난 뒤에 다시 옴을 사양 마오,
要看楓林爛似紗　비단처럼 무르녹은 단풍 숲을 보리니.

　'오아시스'란 사막에 반하는 말로써, 일반적으로 편안함, 휴식과 재충전에 대한 실마리를 제공하는 곳을 의미한다. 무더운 여름철의 천부산 골짜기는 매미가 자지러지고, 가을은 비단처럼 무르녹은 단풍 숲속에 짙푸른 폭포수가 흐르는 오아시스다.

　"맑은 가을 지난 뒤에 다시 가려고 했으니〔莫辭再訪淸秋後〕."

　1566년 겨울은, 퇴계에게 세상에서 가장 추운 겨울이었다. 눈 덮인 천부산 골짜기를 지나면서 '비단처럼 무르녹은 단풍 숲을 보리니〔要看楓林爛似紗〕'을 생각하는 여유는 '맑은 신선 바람 객의 옷에 스미는데〔灑灑仙風襲客衣〕' 세상 속의 오아이스를 거니는 신선이었다.

　오늘날 지방사池方寺 절은 없어졌지만, 가을 단풍과 어우러진 폭포가 흐르는 천부산은 웰니스를 목적으로 산림치유원을 설치할 만큼 숲이 울창한 곳이다.

인류와 더불어 살아온 곤충은 인간이나 가축의 몸에 붙어 직접 흡혈하는 모기·벼룩·이 등을 비롯하여, 병의 매개로서도 적지 않은 역할을 하는 해로운 곤충도 있으나, 메뚜기와 같은 곤충은 중요한 단백질원이며, 누에번데기는 의복의 재료가 되는 실을 만들 수 있고, 꿀벌은 단맛을 내는 식품을 인간에게 제공한다.

곤충은 메뚜기떼처럼 농작물에 피해를 주기도 하지만, 농작물이 열매를 맺을 수 있도록 꽃가루를 옮겨주는 역할도 한다.

인류가 개발한 살충제는 해충구제에서 큰 성과를 거두었으나, 과수 등 원예식물의 꽃가루를 매개하는 벌·꽃등에 등의 감소를 초래하여 자연계의 균형을 파괴하였다.

오늘날 해충에 기생하거나 또는 해충을 잡아먹는 천적을 이용하는 방법으로 효과를 거두고 있다는 점에서 곤충 생태계의 보호는 인간의 삶에 없어서는 안 되는 필수적인 방안이다.

국립산림유치원 인근의 예천군 은풍면(하리)에는 예천곤충생태원이 있어서 사계절 살아 있는 곤충을 직접 보고 즐길 수 있으며, 해마다 다양한 프로그램의 곤충축제를 열어서 청소년들에게 곤충체험의 장이 있고, 가정에서 곤충을 사육할 수 있도록 곤충과 여러 가지 기구를 제공하고 있다. 곤충을 사랑하는 사람은 인간에게도 애정을 갖는다. 곤충체험은 학생들의 생명존중 인성교육에 효과적이다.

예천 사람들은 숲에 살면서 숲을 이루는 나무와 그 속에 살아가는 생물들을 소중히 여겨왔다. 예천에는 세상에서 제일 부자나무[富者木]가 둘 있다. 감천면 천향리 석평 마을의 소나무와, 용궁면 금남리 용궁역 인근의 금원 마을의 팽나무이다.

이 두 나무는 토지와 정기예금을 소유하고 있어서 학생들에게 장학금을 주고 세금도 내면서 600년 성상星霜을 견뎌온 천연기념물이다.

석송령은 약 600여 년 전에 큰 홍수가 났을 때, 천부산에 있던 어린 소나무가 석관천에 떠내려 온 것을 천향리 마을 주민이 건져서 심었다.

마을 사람들은 이 나무가 떠내려 온 석관천石串川을 나무의 출생지로 하여 '석石'씨, 신령스러운 소나무라고 여겨서 '송령松靈'이라 하였다.

1927년, 석평 마을의 이수창 노인이 후손도 없이 임종을 맞으면서 자신의 대지소유권을 '석송령石松靈' 앞으로 등기하였다. 석송령 토지 안에 여섯 채의 집과 축사가 있었고, 220근의 벼를 텃도지로 받아서 110근은 석송령 제수비용으로 쓰고, 110근은 이수창씨의 제사 비용으로 썼으며, 나머지는 정기예금을 하고 있다.

석송령 그늘은 약 1,000m²(324평)나 되어서 마을의 쉼터가 되기도 하고, 6.25 때는 인민군이 야전병원 막사로 사용했다.

천부산에서 발원하여 지방사 폭포가 흘러내린 석관천은 감천면 천향리 석송령을 지나서 감천면 관현리 앞을 흘러간다.

관현리는 마을 앞 사거리에 쉼터에 작은 정자와 관현 1리(홍고개) 표지석이 마을을 안내하고 맞은편 석관천의 관천교를 건너면 예천 온천이다.

풍기에서 천부산과 용암산 사이의 좁은 협곡을 지나서 관현리 앞은 너른 들판이 펼쳐진다. 관현리官峴里 마을 뒷산이 평사낙안형국이라 하여 홍현紅峴(홍고개)이라고 한다. 홍고개 마을에 물계서당勿溪書堂이 있어서 일찍이 선비들이 많이 배출되었다.

1914년 이전에는 감천면이 안동부에 속해 있어서 안동권씨, 진성이씨, 의성김씨, 경주이씨 등 안동에서 온 분들이 모여 살았다.

홍고개 이참봉은 안동시 서후면 학가산 금계리에 살았던 용재慵齋 이종준李宗準의 후손이다. 참봉參奉 이재구李在龜는 도산서원과 봉화 백록리사에 출입하고 지역의 유림들과 교유하며 척사위정斥邪衛正의 길을 택했다.

이참봉은 어머니가 병이 나자, 얼음을 깨고 잉어를 잡아 봉양했으며, 자신의 손가락을 끊어서 피를 입에 흘려 넣어서 죽어가던 목숨을 다시 살렸다. 고종 임금이 붉은 천에 효자문 칙서를 써서 내렸고, 문중에서 그의 묘소에 효자각을 세웠다.

6.25 동란 때, 참봉댁에 인민군이 주둔하면서, 가족들이 위태롭게 되었다. 대한청년단 단장이었던 이제홍李濟弘과 그의 아우 이제갑李濟甲은 경찰서 지서장이었기 때문이다.

이제홍李濟弘은 6.25 이전에 봉화군 소천면의 산판에서 춘양목을 벌채하여 청량리 왕십리 광장에 산처럼 쌓아두었었다.

서울 수복 후 전쟁 복구를 위해 목재 수요가 늘어나면서 목재 가격이 폭등하였다. 그는 토목회사 상천산업을 설립하여 동해남부선, 영암선, 함백선, 충북선과 수영비행장 건설 등 철도와 비행장 건설에 참여하였다.

1957년, 영주의 산판업자 김형태가 짓다가 자금난으로 중단된 서울 광화문의 '국제극장'을 인수하여 공사를 완공하였다.

홍고개 참봉댁 팔작 기와집은 마당의 과일나무에 과일이 주렁 열리고, 작은 연못에 해마다 연꽃이 피었다. 방학 때면 외갓집에 온 풍기 면장 손녀 경아는 외사촌 동이와 석관천에서 멱 감고, 들꽃이 지천으로 피고, 매미 소리가 청량한 숲속을 뛰어다녔었다.

대구에 유학 중이던 이제홍의 두 아들은 전쟁을 피해서 고향집에 왔다가 인민군이 후퇴할 때 납북된 후 이제홍李濟弘 형제도 세상을 떠났다. 홍고개 참봉댁 기와집은 돌보는 이 없으니, 세월의 풍상으로 무너졌다.

홍고개 마을 앞으로 흐르는 석관천에는 물과 세월에 닳은 석관石串(돌곶이)이 바닥에 깔려 있어서 석관천石串川이라 하였다. 석관石串은 돌을 꿰어놓은 듯해서 돌곶이다.

옛날에 석관천에서 사금을 캤다고 한다. 석관천 바닥에 짚으로 만든 매트를 깔아놓고, 그 위에 자갈이나 흙을 물에 떠내려 보내면 금이 가라앉는다. 메트를 털어서 가라앉은 금을 채취하였다.

예천 사람들은 관현리에서 석관천이 내성천으로 흘러들어가는 하류까지 이르는 구간을 '수락구곡'이라 정하고 詩를 지었다.

석관천石串川은 돌 사이를 꿰뚫고 굽이치며 흐른다는 뜻의 돌곶이[石串]에서 유래한 것으로, 청송의 백석탄이나 순창 섬진강 너럭바위와 같이 시냇물에 바위가 깎이어 갖가지 형상으로 변한 것이다.

예천 사람들은 간방리 석관천이 흘러가면서 굽이마다 펼쳐지는 경관을 '수락동천'이라 하고 〈수락대구곡水落臺九曲〉을 노래했다.

석관천은 소백산맥 천부산에서 발원해 석송령 마을과 관현리 마을 등 예천 감천면의 여러 마을을 적시고 남쪽으로 흐른 뒤 보문면 끝자락의 간방리에서 내성천으로 합류한다.

간방리 '수락동천'은 예천읍에서 영주시 방향 국도의 덕율 사거리에서부터 간방리 내성천까지 구간이어서 예부터 지나는 길손이 들러서 시를 짓고 쉬어갔다. 예천과 영주 간 국도에 인접해 있으며, 예천 우주천문대와 예천 박물관, 충효테마공원이 있다.

석관천의 〈수락대구곡〉을 예천의 유학자 사물재四勿齋 송상천은 출세에 뜻을 두지 않은 유학자로, 39세로 요절하기 2년 전인 1802년 요양을 와서 수락대 주변에서 여생을 보냈다. 송상천宋相天이 처음 시를 지어서, 학림鶴林 권방權訪에게 보였다. 권방은 대산大山 이상정 李象靖의 문인으로 사헌부감찰을 거쳐 병조좌랑에 제수되었으나 사퇴하고 학가산에 살았다. 권방은 송상천과 의논하여 구곡을 다시 배열하여 〈수락대어가구곡시〉를 지었다.

〈서곡序曲〉

羅峙蓉峯併地靈	늘어선 산과 봉우리 신령한 땅의 정기 받아
糚成洞府一溪淸	수락대 동천을 둘러싸 한 줄기 시냇물 맑네.
櫂歌今作漁家傲	지금 지은 어부가를 어부들 흥겹게 부르니
水淥山蒼款乃聲	파란 물과 푸르른 산에 어부가가 들리누나.

수락대구곡 답사에 앞서 수락대의 전체적인 분위기를 묘사한 하여 〈어부가〉를 부르며 구곡 굽이를 떠나자고 말한다.

솟아 있는 산봉우리들은 신령한 정기를 품어내는 신성한 땅이다. 수락대 물줄기를 둘러싸고 흐르는 석관천도 옥빛이다. 권방은 손수 〈어부가〉를 지어 어부들과 함께 부르니, 석관천 휘도는 산하에는 아름다운 노랫소리가 메아리로 울려 퍼진다.

제1곡의 〈관어대觀魚臺〉는 소백산맥 옥녀봉의 동쪽 지맥에서 발원한 석관천 물줄기가 남류하며 내성천에 합류하기 직전에 잠시 숨 고르는 예천군 보문면 간방리 바위 벼랑 주변이다.

　　낙동강의 작은 지류라 수량은 많지 않아도 맑디맑은 냇물은 그 언덕 사이로 굽이굽이 흘러오다 이 굽이에 이르러 거북이 목처럼 북동쪽으로 쑥 내민다. 관어대를 보면 물가에는 모래톱들이 펼쳐져 있고, 물길의 공격 사면에는 벼랑이 병풍처럼 둥글게 펼쳐져 있다.

　　제2곡 〈청간정〉 권방은 물줄기가 굽어 흐르는 이 굽이진 물길의 못 위로 솟은 암벽을 보았다. 권방은 여기서 〈어부사〉 노래를 들을 수 없음을 안타까워했다.

　　제3곡 〈강남곡江南曲〉 권방은 자신에게는 배가 없음을 한탄하며, 연꽃 가득한 못이 눈에 들어왔다. 마을 사람들은 연과 더불어 살면서 아이들은 연밥을 따며 〈강남곡〉을 불렀다.

　　제4곡 〈남산수南山陲〉 남산수 서쪽의 덕거리에서 작은 개울 하나가 흘러와 석관천에 합류하는 풍경이 소박한 시골 풍경이다. '남산수'는 남산의 기슭을 의미하는데, 간방리에 오래된 옛 탑이 있는데 탑동 마을에서 보면 그 산이 남쪽에 솟아 있다.

제5곡인 〈홍교虹橋〉 시내에 돌다리를 놓은 까닭은 남산수를 지나 다시 석관천을 거슬러 오른다. 간실 마을과 음지마를 잇는 간실교를 지나면 물길은 다시 왼쪽으로 호를 그린다.

제6곡 〈석문오石門塢〉 두 바위가 마주하여 이 중의 관문인 홍교에서 500m 정도 오르면 물길은 왼쪽으로 굽어지는 듯하다가 다시 오른쪽으로 부드럽게 굽어진다. 냇가 주변의 새하얀 석관(돌곶이)들이 기기묘묘하다.

제7곡 〈석출대石出臺〉 층층의 바위들이 여울에 여기저기 솟아 있다. 깎아지른 듯 평평한 대가 구름 속으로 보였다. 석출대石出臺의 이름은 소동파蘇東坡의 적벽부에 '수위水位가 내려가니 돌이 솟는도다.'라는 구절에서 취했다.

제8곡 〈수락대水落臺〉 너럭바위 같은 암반이 즐비하고 냇가 주변으로도 바윗덩이들이 많이 흩어져 있다. 부드러운 분위기에 경치까지 좋아지니 냇가를 따라 오르는 중에 콧노래가 절로 나오는 길이다. 수락대 정자 앞 바위에는 '수락대水落臺', '수락동천水落洞天'이라는 글씨가 새겨져 있으니, 수락水落은 지나온 굽이의 석출石出과 짝을 이뤄, 소동파의 〈적벽부〉에 나오는 '산이 높으니 달이 작고, 물이 줄어드니 돌이 드러나네.〔山高月小, 水落石出.〕'이란 시 구절을 연상시킨다.

제9곡 〈등영곡登瀛曲〉은 〈수락대구곡〉의 마지막 곡으로 극치인 등영登瀛은 신령한 영주산瀛洲山에 오르는 것을 말한다. 그러나 뽕나무, 삼, 콩, 기장 등이 시냇가에 두루두루 심겨져 있었다.

사람들은 엄청난 경관을 기대했겠지만, 평범한 농촌 마을이다. 진리를 깨우친 도인은 여기에 이르러 영주산을 오를 생각을 않는다. 사람들이 사는 땅에서 마음을 편안히 하고 천명을 기다리는 곳이 바로 영주산이기 때문이다.

예천읍에서 영주 방향 국도의 덕율 사거리에서 석관천을 따라 수락대로를 S자로 돌아나가니, 커다란 바위에 새겨진 '구름도 머물다 가는 수락대水落臺' 입석 표지가 길손을 반겼다.

석관천 건너편에 수락대 정자가 손짓하였다. 자전거를 세워 놓고 다리를 건넜다. 수락대 앞 석관천에는 물에 떠내려가는 돌 자갈에 깎이고 세월에 닳은 석관石串이 시내 바닥에 깔려 있었다.

수락대 상류의 등영곡은 평범한 농가와 들녘인데 비해서 이 수락대가 수락대구곡의 극치로 보였다.

수락대 정자 안에는 〈수락대記〉, 〈수락대 중건기重建記〉가 정자의 내력을 설명하고 있다. 정자 앞 냇가 바위에 '수락대水落臺', '수락동천水落洞天'이 새겨져 있으니, 이곳이 제8곡 수락대水落臺임을 알 수 있었다.

수락대는 예천과 영주를 잇는 도로에 접해 있어서 이 길을 지나는 선비들이 수락대에 들러 경치를 구경하며 쉬어갔다.

예천·영주·안동 등지의 유학자들이 여기서 경치를 구경하며 시회를 가졌는데, 선유계를 만들어 학문을 논하기도 했다.

서애西厓 류성룡柳成龍은 한양에서 고향인 하회를 왕래할 때 이곳에서 자주 쉬어갔다. 이 지역 유림이 1602년 물가의 바위에 '서애선생장구지소西厓先生杖屨之所'라는 글씨를 새겼다. 장구杖屨는 지팡이와 신발이란 뜻이므로, 장구지소杖屨之所라 하면 선현이 다녀간 것을 기념하는 표지석이다.

이곳 수락대는 1602년(선조 35) 봄에, 서애西厓 류성룡柳成龍 선생이 제자 권기權紀 등과 단산 땅을 유람한 후 귀향길에 이곳 바위에 올라 지팡이 놓고 신발 벗어 푸근히 쉬면서 석관천 맑은 물과 기이한 수마석을 감상하고 흡족해 하면서,

"찬 물방울이 흩어져 떨어지는 것이 맑은 날에 눈이 흩날리는 것 같다."고 하였다.

군위 부계缶溪(상주-영천 고속도로 변)에 살았던 유학자 목재木齋 홍여하洪汝河가 중양절에 이곳에서 시를 지었다. 선비들은 승경을 만나면 詩를 짓는 것을 여사로 여겼다.

渡水穿雲路幾回　물 건너고 구름 지나 몇 굽이 길을 도니
滿襟淸興浩難裁　가슴 가득 호연한 흥취 주체하기 어렵네.
風煙正屬重陽節　바람과 안개의 풍광이 바로 중양절이라,

罇酒相逢水落臺　수락대에서 서로 만나 술잔 주고받는다.
天末賓鴻看漸沒　하늘 끝 철새는 바라보니 점점 멀어지고
峯頭駕鶴豈曾來　산봉우리 학 탄 신선은 언제 왔던가.
因同仙伯溪齋宿　신선 같은 사람들과 수락대에 묵으며
爲說千秋勝會開　이전에 없던 멋진 모임 연다고 말하네.

수락대 정자 옆에 돌에 새긴 시비가 있다. 여현 장현광의 문인 영주의 학사鶴沙 김응조金應祖의 詩를 예천의 서예 전각가 초정艸丁 권창륜權昌倫이 돌에 새겼다.

名區草木被昭回　명승지의 초목은 봄이 돌아옴에 미쳐
緬仰餘光意未裁　아득히 남은 빛을 우러러보니 뜻을 알 수 없네.
芳躅至今留潤壁　아름다운 자취는 지금 개울가 석벽에 머물렀고
白雲依舊鎖瑤臺　흰 구름은 옛 그대로 아름다운 대에 머물렀네.
山含元氣嚴嚴矗　산은 원기 머금어 아슬아슬하게 높이 솟았고
水接源頭裛裛來　물은 근원이 머리에 접하여 넘실넘실 흘러오네.
更喜瓊仙弭羽蓋　아름다운 신선이 깃수레 멈춘 곳을 좋아하여
淸罇且傍荻花開　맑은 술 단지 곁에 또 갈대 꽃 피었네.

수락대 아래쪽에 물레방아가 돌아가고 있다. 물길의 경사가 급해서 위쪽에 보를 만들어 물의 낙차를 이용하여 물레방아를 돌리기에 최적인 지형이다. 여러 채의 물레방앗간이 있었다고 한다.

석관천을 가로질러서 현수교가 양쪽 끝에 물레방아 형상의 구조물이 설치되어 있어 흥미를 끈다. 시냇물과 물레방아, 그리고 다리, 세 가지가 조합을 이룬다.

물레방아를 돌리고 물레방아 현수교를 설치하고 수락대 시비를 세워놓았지만, 인간의 작품보다 아무래도 물과 바람과 햇볕이 만든 닳고, 깎이고, 우그러지고 움푹 파인 석관石串은 아무도 흉내를 못내는 최상의 조형물이다. 아무리 보아도 싫증나지 않는다. 그것이 자연이다.

수락대에서 동편 기슭으로 난 오솔길을 따라 올라가면, 산의 골짜기 모양이 말처럼 생겼다 하여 마을 이름이 마촌馬村이다.

마촌의 네 개 부락 중 가좌골은 20여 호의 촌락이 마치 1970년대 농촌의 모습을 전시한 '자연사 박물관' 같았다. 가옥의 지붕, 축사와 헛간의 지붕이 새마을 사업 때 초가를 개량한 스레드 지붕이며, 마당 한편에 푸세식 정낭이 그대로 남아 있다. 젊은이가 떠난 마촌은 마치 새들이 이소離巢한 빈 둥우리 같다.

마촌馬村은 東옥계천 西석관천 南내성천 北달마산이요, 마을의 남쪽은 학가산이 하늘을 반쯤 가렸으니, 천혜의 은둔처로서 임진왜란 이후 영일迎日 정鄭씨 정태홍이 개척하였다고 한다.

영일延日은 포항시 연일읍 일대의 옛 지명이다. 고려 말의 성리학자 포은圃隱 정몽주鄭夢周는 영일의 오천에서 나서 이색의 문하에서 공부하였다. 기울어가는 고려 국운을 바로잡고자 했으나, 조선 건국 과정에서 이방원李芳遠의 〈하여가何如歌〉에 답한 정몽주의 〈단심가丹心歌〉는 후세에 회자되고 있다.

정초시네 맏손자 '환煥'이는 '정자' 누나를 따라서 강 건너 수계리 보문초등학교에 다녔다. 언덕길을 내려가면 내성천이 가로막고 있어, 여름철에는 옷을 벗어 들고 강을 건넜으며, 겨울에는 높다란 외나무다리를 엉금엉금 기어서 건널 때 세찬 강바람에 누런 콧물을 소매 자락에 연신 훔치며 앞으로 나아갔다.

'환煥'의 어머니는 삼동네의 사돈지査頓紙를 도맡았으며, 아들이 중학생이 되면서 친구들과 어울려 돌아다니자, 정몽주의 어머니가 아들에게 지어 준 〈백로가白鷺歌〉를 들려주었다.

까마귀 싸우는 골에 백로야 가지 마라,
성낸 까마귀 흰 빛을 새울세라,
청강에 깨끗이 씻은 몸을 더럽힐까 하노라.

서울의 대학 진학이 좌절되자, '환煥'이는 학가산 광흥사에 들어갔다. 광흥사 언덕에 가부좌하고 눈을 감고 생각했다.
'나는 무엇을 할 수 있고, 어떻게 살아야 하는가?'

사천왕四天王들이 춤을 추며 〈하여가何如歌〉로 정신을 흔들었다.

이런들 엇더ᄒ며 져런들 엇더ᄒ료,
만수산 드렁츩이 얼거진들 엇더ᄒ리,
우리도 이ᄀᆞᆺ치 얼거져 백년ᄭᅵ지 누리리라.

그때, 할아버지 鄭초시의 일갈一喝이 산천을 울렸다.
"너는 포은 할뱀 자손이니라."
놀라서 눈을 뜨자, 별이 총총한 하늘에서 생전에 할아버지가 읊으
시던 〈단심가丹心歌〉가 들렸다.

　　此身死了死了 一百番更死了
　　白骨爲塵土 魂魄有也無
　　向主一片丹心 寧有改理也歟

'환煥'이는 그날 이후 잠자리에 누워도, 길을 걸어가면서도 〈단심
가丹心歌〉를 흥얼거렸다. 학가산의 밤은 야행성 산짐승들의 세상이
다. 늑대 곰 같은 맹수는 없지만 혹 산돼지나 살쾡이를 만날 수 있고
우묵한 곳에서 바스락 소리가 나거나 짐승의 망막에서 나오는 빛이
번쩍일 때 머리 끝이 쭈뼛하도록 놀란다. 그러나 인기척을 내면 짐
승들이 숨거나 달아난다.

섣달 초사흘 할아버지 제삿날 깜깜한 새벽에 광흥사로 가면서 숲 속에 들어서면서 슬슬 겁이 났다. 〈단심가丹心歌〉를 읊었다.

"차신사료사료 일백번갱사료"
"Even if my body dies over and over a hundred times"
"백골위진토하고, 혼백유야무라도"
"Whether my bones become ashes and my soul stays or leaves."
"향주일편단심이야, 영유개리야여"
"My unwavering loyalty to my country will live forever."
영어를 섞어서 횡설수설하며 지나가자, 산성 마을 사람들은
"자가 공부를 너무 많이 하디만, 정신이 이상해 진 갑다."

학가산에 북풍이 몰아치면서 내성천에 얼음이 지피고 온 산천을 얼어붙게 하던 날, 나무를 베어 소 구루마에 싣고 빙판 길에 나무를 팔러 가는 아버지를 멀리서 우연히 지켜보았다.
"정씨네는 형편이 살만할 낀데, 이 추운 날씨에….”
"사남매 공부시키려면 어쩔 도리가 없잖은가."
"부모 등골 빠지는 걸 자식들이 알기는 할는지, 원."
지나가는 사람들의 대화를 엿듣는 순간,
'내가 지금까지 헛공부했구나. 나 자신을 모르고 있으니….'

'환煥'이는 서울의 대학 진학을 포기하고 교육대학을 졸업한 후 고향 예천에서 교직을 시작하여 동생들을 대학에 보내고, 포은 정몽주의 고향 포항에서 장학사, 경주시 교육장이 되어 세계문화엑스포로 우리 문화를 세계에 알리는 교육장이 되었다.

석관천은 간방리를 지나는 경북선 철교 아래에서 내성천으로 흘러들어간다. 간방리 내성천의 물길은 모래톱 사이로 이리저리 흐르는 사형蛇形이다. 간방리에서 내성천의 오신교를 건너면 학가산 기슭의 작곡리 오신리 우래리 마을이다.

학가산은 봉화 문수산에서부터 내성천의 분수령을 이루며 뻗어온 문수지맥 중에서 매우 우뚝한 산으로, 남으로는 유창한 낙동강이 흐르고 북쪽 기슭을 내성천이 휘돌아 옛날부터 조망이 좋기로 이름난 산이다.

학가산은 안동의 진산이며, 영주의 앞산이고, 예천의 동산으로 세 고을의 경계를 이루고 있는데, 영주에서는 정상이 평평하게 보여 선비봉, 안동에서는 울퉁불퉁하게 보여 문둥이봉, 예천에서는 그 모습이 수려한 인물과 같다고 하여 인물봉으로 불린다.

최고봉은 국사봉國祠峯(882m)으로 고려 공민왕이 홍건적의 난을 피해 몽진해 왔을 때 쌓았다는 학가산성이 동서로 흔적이 있고, 신비로운 능인굴, 삼모봉의 거북바위, 기골이 장대한 적섭탑 등 문화재와 볼거리가 있는 산이다. 소나무 숲으로 된 등산로는 대체로 원만하다.

수계리 보문사는 보조국사 지눌이 《화엄경》을 읽고 깨달음을 얻은 곳으로, 부처님 말씀의 사섭법 중 동사섭同事攝을 실천하는 도량이다. 높지도 낮지도 않은 산중턱의 조사전, 극락보전, 염불당, 적묵당, 나한전 넓은 마당에 삼층석탑과 연못이 있어서 비록 위용을 갖춘 당우는 없지만, 여느 한옥 마을처럼 정다운 곳이다.

1379년(우왕 5) 9월, 왜구가 단계丹溪·거창·합천에 침입해 오자, 해인사에 있던 《고려실록》을 선산의 득익사得益寺로 옮겼다.

선산 득익사의 실록은 우왕 5년과 7년 사이에 예천 보문사普門寺로 다시 이장하였다가 1381년 7월, 왜구들이 안동지방까지 침입하려 하자 충주의 개천사로 이장移藏하였다.

학가산 중턱에 서미동西美洞이 있다. 서애 류성룡은 옥연정사에서 학가산 중턱 서미동西美洞으로 이사하였다. 서미동에 겨우 삼 칸의 초당을 지어서 편액을 '농환弄丸'이라 하였다. 농환옹弄丸翁은 누추한 초막에서 안빈낙도하는 늙은이를 뜻한다.

서애 류성룡이 학가산 서미리에서 떠난 30년 후에 청음 김상헌이 청나라에 항복 문서를 찢어버리고 서미리에 들어가서 은거하면서 초당을 짓고 목석헌木石軒이라 하였다가 청나라로 압송되었다.

1951년 1월 19일(섣달 12일), 설날은 앞둔 학가산 산성 마을은 평화로웠다. 마당에는 강아지가 닭을 쫓아다니고, 하릴없는 황소는 양지쪽에 퍼질러 앉아서 되새김질하고, 사랑에서는 할아버지의 기침 소리가 새나왔다.

아낙네들은 설 준비로 방아를 찧거나 설빔을 짓고, 남정네들은 땔감을 한 짐 짊어지고 느티재를 내려오고 있었다.

그때, 산을 넘어온 비행기가 갑자기 굉음을 울리며 네이팜탄, 로켓포를 마을에 퍼부었다. 폭팔음과 동시에 초가집이 검붉은 화염이 싸이고, 주민들의 아우성 소리, 놀란 가축들이 울부짖으며 튀어 달아나고, 삽시간에 아수라장이 되었다.

그날 주민 51명이 희생되었다.

당시 산성 마을은 적의 이동경로로 적합하지 않았으며, 군사적으로 이용 가치도 없는 산골마을이었다. 주민들은 미군이나 국군 측으로부터 사전 소개명령을 받지 못한 채, 미 제5공군 소속의 6147 전술통제비행편대가 쏟아낸 폭음과 총탄에 쓰러지고 초가 마을이 검붉은 화염에 타올랐다.

1566년 2월 26일, 퇴계는 예천 관사官舍에 오래 머물기 불편하여 다시 사직을 청할 계획을 가지고 안동의 학가산鶴駕山 광흥사廣興寺 (안동시 서후면 자품리)로 갔다.

퇴계는 광흥사로 가면서, 어려서 이 절을 찾았을 때의 기억을 회상하며 詩〈二十六日尋廣興寺〉를 지었다.

童穉曾來過洞門　어린아이 적에 어귀의 문 들린 적 있었는데,
重尋白髮映山雲　다시 찾으니 흰 머리 산의 구름에 드러나네.
幾多羊胛光陰裏　얼마나 많았던가 양 어깨뼈 익을 세월 보냄,
虛度浮生道未聞　뜬 인생 헛되이 보내고 도는 듣지도 못했다네.

3월 1일, '자헌대부 겸·공조 판서' 소명의 사면을 청하는 사장辭狀 「사면공조판서소명장辭勉工曹判書召命狀一(三月一日)」을 올렸다.

「신이 지난 무오년(1558, 명종 13)에 조정에, 들어가 성균관의 우두머리가 되었으나, 신병이 이미 극에 달하여 두서너 달 동안에 출근한 날이 4, 5일도 안 됩니다. 그런데도 도리어 승직시키라고 명하시고 본조의 참판으로 삼으셨으나 두 달 동안 애써서 겨우 3일을 출근했을 뿐입니다. 이제 한 치의 남은 힘도 없어서 성상의 은혜에 보답할 가망이 없으므로 황송해서 물러나 돌아왔사온데, 이제 까닭 없이 갑자기 승진되었으니, 예로부터 어찌 이런 일이 있겠사옵니까. 엎드려 비오니, 성상께서는 신을 특별히 불쌍히 여기시

고 살펴주시와, 해골骸骨이나 고향에 가서 묻힐 수 있게 해주시옵
소서.

지난해 4월 20일에 허락하신 대로 신을 동지중추부사에서 체차하
여 직분 없는 자리로 두셔서, 조금이라도 목숨을 보전하다가 의리를
다하고 죽게 될 수 있기를 바랍니다.」

3월 2일, 제자 유중엄柳仲淹이 광흥사로 찾아오겠다고 하자, 지금
자신은 사면을 청하고 있는 데다, 3월 8~9일에 광흥사에서 봉정사
로 옮길 계획이라면서 완곡하게 거절하는 의사를 밝혔다.

학가산은 태백산의 한 줄기로, 안동 서쪽, 예천의 동쪽에 우뚝 솟
아 그 산세가 북으로는 영천榮川(영주)에 임해 있고, 암으로는 풍산
(안동시 풍산읍)에 닿아 있는 큰 산이다.

퇴계는 한평생 이 산 주위를 맴돌면서도 한 번도 올라보지 못하다
가, 이제 학가산 기슭의 광흥사에 오게 되었지만, 늙고 병들어 산을
올라보지 못하니 아쉬움이 없을 수 없었다.

광흥사의 자연 경관을 보면서 어릴 적 기억을 되새기면서 속절없이 세월만 흐르고 도道의 세계에 진입하지 못하였다는 점이 나타나고 있다.

〈廣興寺 次聾巖李先生舊題韻 二〉

佛燈聊借繼沈暉　절의 등불 애오라지 빌리어 지는 해 잇고

愁對寒窓坐斂眉　시름겨워 차가운 창 마주하여 눈썹 찌푸리네.

始信謝公憂不免　사공 죄 면하지 못할까 근심함을 비로소 믿겠고

深慙陶令喜言歸　도연명 벼슬 버린 귀전 즐거움 매우 부끄럽네.

古人行止日爭暉　옛사람 가고 머무름 날로 빛을 다투었거늘

肯學時粧半額眉　시속 화장법 따라 이마에 눈썹 그림 배우겠는가.

抱病來依山寺臥　병 안고 와서 의지하고자 산사에 누우니

杜鵑終夜勸人歸　소쩍새 밤새도록 사람 돌아가라 권하네.

3월 3일, 거듭 사장辭狀을 올려서라도 반드시 사면辭勉을 허락받고 돌아가려는 뜻을 밝혔다. 봉정사로 거처를 옮길 계획을 하고 있었지만 종마從馬를 구할 수 없자, 광흥사 가까이에 사는 제자 권호문에게 편지를 보내 종마從馬를 구해줄 것을 부탁하였다.

〈三月三日 用晦菴先生一字韻〉

出處昧所適　나아갈까 머무를까 나아갈 곳 모르다가

龍鍾抱沈疾　퍼석하니 쇠약해져 깊은 병 안고 있네.

夙尙在丘壑　평소 바라던 바 언덕과 골짜기에 있어

遯迹甘離索　자취 숨기고 무리 떠나 쓸쓸함 달갑게 여기네.

寧知落虛名　어찌 알았으리 헛된 이름에 떨어져

晦藏慙不密　자취 감춤 꼼꼼하지 못함 부끄럽네.

尺書下巖扃　한 자 조서 암혈 사립문에 내리시어

束帶恭矩律　띠 매고 법도 공손히 하네.

君看椒變棷　그대 보게나 산초 살로 변하는 것,

胡取薦芬苾　어찌 가져다 향기롭게 올리겠는가?

使蚊强負山　틀림없이 잘 끝마치게 할 수는 없으리라.

應無令終畢　안개와 이슬 온 길을 덮었는데,

霧露蒙道塗　끙끙 앓으며 세월만 묵히겠는가?

呻吟淹月日　상소문 세 번 올려 몸 물러나기 바라니,

拜章三乞骸　쑥과 기름 태우듯 경건하네.

虔若炳蕭膟　몸 움츠리고 중의 오두막에 누웠다가

局促臥僧廬　어쩌다 응나면 애오라지 붓 잡아보네.

遇興聊援筆　푸릇푸릇함 밟을 겨를조차 없으니,

靑靑未暇踏　조마조마하여 어찌 써 내려갈 수 있으리?

耿耿何能述　매번 임금님 말씀 따사로움 입으니,

每蒙天語溫　갈수록 신의 마음 두려워집니다.

轉覺臣心忧　내일 아침 풀리어 산으로 돌아가

明朝放還山　어리석음으로 돌아가는 것이 정말 첫째라네.

歸愚眞第一　모기에게 억지로 산 짊어지게 한다면.

나는 퇴계 선생이 겨울을 보냈던 광흥사를 찾아 나섰다. 광흥사는 학가산의 정상 바로 아래에 있다. 봉정사와 광흥사 가는 길이 서로 갈라지는 개천지 마을에서부터 광흥사 오르는 길은 민가가 없으며 급한 오르막이었다. 대웅전 아래 일주문과 거대한 은행나무가 청년의 기상으로 길손을 맞았다.

일주문을 지나면 널따란 마당에 새로 지은 대웅전이 날아갈 듯 추녀를 펼치고 49齋 불경이 낭랑하게 흘러나왔다. 대웅전에서 우측으로 올려다 보이는 응진전으로 오르는 길목에서 마주치는 소복素服한 여인의 슬픈 얼굴을 외면하고 뒤돌아서면, 멀리 첩첩이 겹친 산 뒤로 아스라이 팔공산이 길게 누워있다.

옛 광흥사는 화재로 사라졌지만, 응진전 입구에 차려 놓은 방문일지 옆에 놓인 광흥사 제작 '카렌다'의 표지 - 눈 속에 파묻힌 광흥사 일주문 -
1566년 겨울에, 퇴계가 드나들었던 일주문이 아닌가.

학가산 광흥사에는 세종대왕의 친서親書 수사금자법화경 1권과 영조대왕의 친서 대병풍大屛風 16帖과 어필족자御筆簇子 1개 등 왕실의 다양한 유묵遺墨이 봉안되었으며, 세조대왕은 법화경法華經, 반야경般若經 등 여러 경전經典을 간행하여 광흥사에 봉안奉安하였다는 기록이 있다.

퇴계가 묵었던 당시, 광흥사에서 목판으로 경전을 간행하고 있었는데, 세종임금 시대에 간행된 국보 제70호 《훈민정음 해례본》은 1940년 퇴계의 할아버지가 태어난 안동의 진성이씨 두루 종택에서 보관하고 있던 것으로 간송 전형필全鎣弼에 의해 간송미술관에 소장하고 있다.

광흥사에서 간행된 『훈민정음해례본』 등 많은 유물들이 도굴범들에 의해 훼손되어 지금은 그 행방을 알 수 없다. 상주의 한 골동품 가게에서 해례본 상주본을 훔친 혐의로 구속 기소된 배모씨의 재판에서 증인으로 나선 문화재 도굴 전문가는 『훈민정음해례본』 상주본을 광흥사에서 훔쳤다고 진술했다고 한다.

1827년, 광흥사 화재로 인하여 시왕전과 일주문을 제외한 500여 간의 건물과 목판들이 소실되었으나, 광흥사 일주문 옆 은행나무는 400여 년 전 그 해 겨울의 퇴계를 기억하고 있을까.

1566년 3월 8일, 퇴계는 광흥사에서 열이틀을 묵고, 봉정사로 옮겨갔다. 퇴계가 열여섯 살 때이던 병자丙子년(1516) 봄, 학가산 봉정사에서 종제 수령과 공생貢生 권민의權敏義와 강한姜翰이 함께 책을 읽었다. 그때 친구들과 봉정사 입구의 낙수대에서 놀았다.

누각에는 이조정랑 배강裵杠의 시가 있었고, 신라 때 대덕 능인이 창건할 때, 천등天燈이 앞에 내려와 있어 천등산이라 하였다. 부처가 천등산에 내렸다는 전설은 허황된 이야기일 뿐이나, 태장이란 지명은 어느 왕의 태를 묻은 곳이라 하였다.

수년이 경과한 뒤, 66세의 퇴계가 이곳에 다시 들르게 되자, 옛날 그들과 함께 놀던 봉정사 입구의 '낙수대'를 '명옥대'로 개명하고, 詩를 지어 지난 일을 추억하여, 〈鳳停寺西樓次韻〉 시를 지었다.

梵宮西畔一樓橫	절간 서쪽 가에 한 누각 비켜 서 있는데,
創自新羅幾毀成	신라 때 창건되어 몇 번이나 헐렸다 이루었나.
佛降天燈眞是幻	부처가 천등산에 내렸다는 것 허황된 이야기요,
胎興王氣定非情	탯줄이 왕실의 기운 일으킴도 사실 아니리라.
山含欲雨濃陰色	산 내리려는 비 머금어 그늘 색 짙어지고,
鳥送芳春款喚聲	새 꽃다운 봄 보내며 울부짖음 탄식스럽네.
漂到弱齡栖息處	어릴 때 깃들었던 곳 떠돌다가 와서 보니,
白頭堪歎坐虛名	흰머리에 헛된 명예 얽힘 탄식할 만하네.

비 온 뒤 개인 날씨가 청명하였다. 봉정사로 가는 도중에 다소 흥겨운 기분에 잠겨, 〈봉정사서루鳳停寺西樓〉를 읊었다.

山含欲雨濃陰色　산 내리려는 비 머금어 그늘 색 짙어지고,
鳥送芳春款喚聲　새 꽃다운 봄 보내며 울부짖는 소리 탄식스럽네.
漂到弱齡栖息處　어릴 때 깃들었던 곳 세상 떠돌다 다시 와보니,
白頭堪歎坐虛名　흰머리에 헛된 명예 얽힘 탄식할 만하네.

퇴계는 16세 때인 병자년(1516) 봄에 봉정사에서 종제 수령과 함께 글을 읽은 적이 있었다.

그때 공생 권민의와 강한이 따라왔다. 이제 와서 생각해 보니 50년이 경과한 먼 옛날의 일이라 감회가 깊었다. 그래서 옛날 함께 놀던 봉정사 입구의 낙수대落水臺를 명옥대鳴玉臺라 개명改名하고, 詩를 지어서 지난 일을 추억하였다.

"절의 입구에는 기이한 암석이 여러 층이나 있다. 그 높이가 여러 길은 됨직하며 물이 위에서 아래로 쏟아지는데, 경내에서 가장 아름다운 곳이다.

지난 병자년 봄에 나는 종제인 수령과 이 절에 깃들어 여러 차례 이곳에서 놀았다. 공생 권민의와 강한이 따랐는데, 떠난 후에는 이유도 없이 다시는 오지 않았다.

내 아우는 불행히 일찍 세상을 떠났고, 권·강 두 사람도 죽은 지가 이미 오래되었다. 내 지금 여행 중 피곤한 터라 외로이 홀로 와 지난 일들을 생각하니, 감회가 일어 어찌 슬퍼하지 않겠는가? 이에 시를 지어 말한다."

3월 13일, 영의정 이준경, 영중추부사 심통원 등이 민기·박충원·이황·오상·박순을 대제학大提學으로 피천被薦하였다.

이날 지난 3월 7일, 명종이 자헌대부·공조 판서 소명의 사면을 청하는 사장「辭勉工曹判書召命狀一(三月一日)」을 보고 내린, 안심하고 조리해서 올라오라는 교지敎旨를 받았다.

3월 14일, 이번 길의 네 번째 사장, 곧 다시 자헌대부·공조판서 소명의 사면을 청하는 사장「사면공조판서소명장辭勉工曹判書召命狀二(三月四日)」을 지었다.

3월 15일, 안동부에서 보낸 사람을 통해 사장을 올린 다음, 이 사장에 대한 명종의 명령을 기다리지 않은 채 봉정사를 떠나 집으로 돌아왔다.

3월 16일, 자헌대부·공조판서 겸 홍문관 대제학·예문관 대제학 지성균관·동지경연·춘추관사에 임명되었다. 지난 3월 13일, 영의정 등이 민기·박충원·이황·오상·박순을 대제학으로 피천하였을 때,

"권점은 후정後政 때 계하하겠다."

명종이 기어코 퇴계를 대제학으로 임명한 것이다.

퇴계는 도산 집으로 돌아와 보니, 버들이 움이 트고 산천이 봄의 기운이 생동하는데, 매화는 이때 비로소 피기 시작하였다.

매화는 매서운 추위를 여전히 품고 있는 듯하다. 매화를 그리워하면서 타고난 향기를 품은 매화가 여위어 있는 모습을 안타깝게 여긴다.

〈折梅揷置案上〉

梅萼迎春帶小寒　매화 꽃받침 봄 맞으니 작은 추위 머금고,
折來相對玉窓間　꺾어와서 옥 창문 사이에서 마주하네.
折來相對玉窓間　오랜 벗 멀리 천 봉우리 산 밖에 그리우니
不耐天香瘦損看　타고난 향기로운 모습 여위었는지 안타깝네.

도산서당에 도착 한 퇴계가 백옥 신선 같은 매화를 마주한 내면세계를 나타내고 있다. 객사에서 외로운 시간을 보냈지만 매화를 마주한 순간, 성스러운 시간으로 편입되고 있는 자아를 발견한다.

〈陶山訪梅〉

爲問山中兩玉仙　묻노니 산 속의 두 옥 같은 신선이여
留春何到百花天　늦봄가지 머물러 어찌하여 꽃피는 철 이르렀나?
相逢不似襄陽館　서로 만남 다른 것 같네, 예천의 객관에서 오는
一笑凌寒向我前　한번 웃어 추위 우습게 여기고 나에게 다가왔네

도가적 상상력을 중심으로 매화와의 성스러운 만남을 묘사하고 있다. 포선에서 신선이 된 나는 하늘에서 내려온 학과 교감한다. 양양의 세속성과는 달리 매화와의 응답 은 하늘이 부여한 찰나적 순간에 발생한다.

〈代梅花答〉*

我是逋仙換骨仙　나는 임포 신선이 선골로 바뀐 몸이요,
君如歸鶴下遼天　그대는 돌아온 학 같다네, 요동의 하늘 아래 온
相看一笑天應許　서로 만나 한번 웃음을 하늘 이미 허락하니

* 이장우 · 장세후 옮김 | 퇴계시 풀이 | 영남대학교 출판부 | 2007.

莫把襄陽較後前　예천의 것들과는 비교할 것 아니로세.

퇴계는 매화시를 통해 자연 속에서 소요하는 신선의 삶을 동경하기도 하였다. 매화는 단지 사물인 객체로 머물러있지 않고 주체인 자아와 거의 동일시 되면서 주체와 객체가 혼연 일체되어 화답和答하였다.

퇴계가 분매에게〈盆梅贈〉

頓荷梅仙伴我凉	다행히 매선이 나의 쓸쓸함을 짝해주니,
客窓灑灑夢魂香	객창은 소쇄하고 꿈마저 향기롭네.
東歸恨木携君去	고향으로 돌아갈 제 그대와 함께 못하니,
京洛塵中好艶藏	서울의 먼지 속에서도 아름다움 간직해다오.

분매가 퇴계에게 답하였다〈盆梅答〉

聞說陶仙我輩凉	도산의 신선께서 우리를 푸대접한다 하니,
待公歸去發天香	공이 돌아간 뒤에 천향을 피우리라.
願公相對相思處	공이여, 서로 마주하든지 서로 그리워하든지 간에
玉雪清眞共善藏	옥설의 맑고 참됨을 모두 고이 간직하시오.

3월 26일, 자헌대부·공조판서 겸 홍문관 대제학·예문관 대제학·지성균관·동지경연·춘추관사에 임명하는 교지敎旨를 받았다.

3월 29일, 정유일鄭惟一이 고향에 내려왔다가 도산으로 찾아와서 하룻밤을 묵고 돌아갔다. 지금 사장을 올린 다음, 명종의 명령도 기다리지 않은 채 돌아온 처지라 찾아오지 말도록 하려고 했으나, 직접 만난 자리에서 자신의 뜻을 말해주고 싶어서 찾아오게 한 것이다.

동래東萊 정鄭씨 문봉文峯 정유일鄭惟一의 자는 자중子中이다. 퇴계의 문인으로 시부詩賦에 뛰어나고 사문師門의 정통성을 이어받아 理가 발하여 氣가 이에 따르는 것이 사단四端이며, 氣가 발하여 理가 이것을 타는 것이 칠정七情이라 주장한 퇴계의 '사단 칠정론'을 더욱 발전시켰다.

퇴계는 정유일鄭惟一의 질정에 답하는 서신 中에,

「지志와 의의意에 대한 의논은 왕년에 서신을 왕복하면서 다 말하였는데, 지금 논의했던 것을 자세히 보니 대체로 공의 의견이 맞습니다. 다만 두 글자는 도리道理가 원래 서로 통합되지도 않고 수미首尾로 연관된 것도 아니니, 어찌 선·후를 나눌 수 있겠습니까? 본래 나누어선 안 될 것을 억지로 나눈 탓에 이따금 쓸데없이 무리하게 설명한 곳이 있음을 면치 못하였습니다. 선先이 되기도 하고 후後가 되기도 하는 것은 일에 따라 각기 그 나름의 도리로 보면 될 것입니다. (…)」

4월 10일, 명종이 영의정 이준경李浚慶 이하 여러 대신들을 빈청에 불러 모아 놓고 전교傳敎하기를,

"내가 어진 사람을 좋아하는 정성이 부족하여 공조판서工曹判書 이황李滉에게 여러 번 유시諭示를 내렸지만, 올라올 의사가 없는 듯하다.

국가에서 관사官司를 설치하여 직사職事를 나누었으니, 6경六卿은 오래 비워둘 수 없는 것이다. 더구나 주문主文은 중임重任이니, 더욱 빨리 차임差任하는 것이 마땅한데 어떻게 조치해야 하겠는가? 그 문제에 대해서 논의하여 아뢰도록 하라."

이에 대해 이준경李浚慶 등은 퇴계를 공조판서와 홍문관·예문관 대제학에서 체직시키는 한편, 그에게 안심하고 조리한 다음 날씨가 좀 더 따뜻하기를 기다려 올라오라는 뜻으로 하서下書하라고 회계하였다.

이러한 뜻에 따라 명종은 퇴계에게 하서下書하기를,

"경의 간곡한 사장을 보니 나의 마음이 서운하기는 하나 지금 우선 본직本職과 겸대兼帶한 문한文翰의 직임을 체임하고 그대로 한관閑官에 임명하니, 경은 모름지기 안심하고 조양調養하여 날씨가 더 따뜻해지고 병病이 낫거든 올라오도록 하라."

퇴계는 도산의 집으로 돌아온 다음, 소명을 받고 길을 떠난 1월부터 3월 집으로 돌아온 직후까지 지은 詩 40題 56首를 묶어서 《병인도병록丙寅道病錄》이라고 이름하였다.

퇴계의 《丙寅道病錄》은 도산에 있던 퇴계가 명종의 부름을 받아 조정으로 향했다. 66세의 퇴계는 동지섣달에 소백산의 눈바람을 맞으며 담수가 차서 숨도 제대로 쉬기 어려운 처지에도 초인적으로 사직원을 올리고 가는 곳마다 시를 지었다.

퇴계는 수차례 사장辭狀을 올려 여정을 중단하고자 했으나 받아들여지지 않았다. 봉정사에서 네 번째 사장을 올리고 윤허를 기다리지 않은 채 도산으로 귀가하였다.

《丙寅道病錄》에 수록된 詩에는 퇴계가 품었던 생각과 감정들이 진솔하게 표현되어 있다. 기행시임에도 새로운 경험에 대한 내용보다는 시인의 내면을 읊은 시들이 주를 이룬다.

《丙寅道病錄》의 시에는 명예를 추구하는 삶과 학문을 탐구하는 삶이 서로 대비되면서 명예는 헛되고 경계해야 할 것으로, 학문은 끊임없이 탐구하는 대상으로 나타나 있다.

5. 초간정 난간에서

백두대간 소백산맥의 저수령 고개 '야목 마을'을 가기 위해 용문면 금당실과 은풍면으로 갈라지는 대제리 삼거리에서 은풍면 방향으로 들어갔다.

대제 삼거리에서 한천을 따라 약 5km 은풍면 소재지이다. 소백산 기슭의 은풍면은 따뜻한 햇볕과 청량한 바람에 사과, 감, 엽연초를 재배하는데, 은풍준시는 당도가 높고 맛이 뛰어나 해마다 수요량이 급증하고 있다고 한다.

70세 이상은 증가하고 젊은 세대는 감소하는 농촌인구의 고령화 현상이 가속하고 있다. 소백산 산악지대 은풍면 총인구 1,378명 중 초등학생 50명, 중학생 32명으로 소규모 학교로 운영하고 있다. 은풍초등학교 교정은 460여 년 전부터 우곡서원 선비들이 글 읽던 곳으로, 여기서 호랑이 울음소리를 들으면 과거 급제한다는 전설이 있다. 은풍면 소재지의 은풍초등학교와 중학교를 차례로 지나서 도효자로를 올라서니, 산속의 호수 송월호의 푸른 물이 넘실거렸다.

저수령 아랫마을 용두리에서 발원한 한천을 막아서 저수지를 만들었다. 소내실[松川] 마을 앞 한천이 맑고 소나무 숲이 우거져서 송천이라 했는데, 송월호를 만들면서 소내실은 물속에 잠겼다.

송월호는 예천양수발전소의 하부 댐이다. 송월호의 물을 상부 댐이 있는 해발 700m에 위치한 용문산의 어림호御臨湖로 끌어올려서 다시 하부 댐 송월호로 지름 7.3m의 직관로 물을 내려서 낙차를 이용하여 터빈을 돌려서 80만kw를 발전하고 있다. 수풍수력발전소 전력이 60kw인데 비하면 그 규모가 짐작된다.

호수가 넘실대는 송월호를 지나서 사곡 교차로에서 500m에 효자면 소재지이다. 예천군 효자면은 본래 상리면이었는데, 2016년 명심보감의 효자가 이곳에 살았던 연유로 상리면을 효자면, 하리면을 은풍면으로 이름을 고친 것이다.

효자면 소재지는 소백산맥 깊숙이 있다. 효자면 소재지에서도 산 위쪽으로 오르고 또 올라서 저수령(850m) 고개를 넘으면 충청도 단양 대강면 땅이니, 효자면은 예천과 단양의 군계郡界이면서 경상도와 충청도의 도계道界의 지경地境이다. 효자면 소재지에서 꼬불꼬불 오르막길을 오르면 저수령 고개 아래 '야목 마을'이다.

조선시대의 마을 학교인 서당에서 천자문을 떼면, 그 다음 학습과정은 명심보감明心寶鑑이다. 명심보감은 어린이들의 학습을 위해 중국의 고전이나 명구를 편집한 책으로, 마음을 밝히는 교본이다. 이 명심보감 효행 편에 '하늘이 내린 효자' 이야기가 전한다.

조선 철종 때 임금이 전국에 명을 내려 충신, 효자, 열녀를 추천하라 하였다. 각 고을 원들이 행적을 적어 올리니 궁궐에 효행록들이 산더미처럼 쌓였다.

"조선에 충신, 효자, 열녀들이 이렇게 많으면서, 나라가 이 모양일 수 있느냐? 거짓이니 모두 태워버려라."

임금님 지시대로 효행록을 태우는데, 바람이 휙 불어서 3편篇의 효행록이 하늘로 솟구쳐 올라서 임금님 앞에 사뿐히 떨어졌다. "하늘이 내린 효행이다. 본보기로 삼도록 하여라."

그 3편 중 예천 도효자의 효행록이 있었다. 《명심보감》 속편에 기록되었다.

용두리 '야목 마을'에 살았던 도시복都始復은 집안이 가난해서 제대로 배우지 못한데다가 산촌이어서 나무꾼이 되었다. 22km 떨어진 예천 장까지 나무를 지고 가서 나무를 팔았다.

〈솔개〉 어머니께 드릴 고기를 사서 집으로 돌아오는데, 이미 날이 저물었다. 저녁밥을 못 먹고 기다릴 어머니가 걱정이 되어서 지름길로 뛰었다. 솔개이〔松境地〕에 이르렀을 때 갑자기 솔개 한마리가 날아와 지게에 매단 고기를 낚아채 날아가고 말았다. 그는 울면서 한밤중에 집에 돌아왔더니, 이미 어머니가 저녁밥을 먹고 주무시고 계셨다. 솔개가 툇마루에 놓고 간 고기로 그의 아내가 반찬을 해드렸다고 하였다.

〈호랑이〉 어머니가 5월에 홍시紅柿를 먹고 싶다고 하였다.

효자 시복은 감이 익어서 홍시가 될 때까지 기다릴 수 없었다. 숲속을 헤매다가 홍시를 구하지 못하고 어두운 밤길을 더듬거리며 집으로 돌아오는데, '어흥' 하며, 호랑이 한 마리가 길을 가로막았다. 시복은 놀라서 달아나려고 하였다.

호랑이는 땅에 넙죽이 엎드려서 긴 꼬리로 제 등을 툭툭 치면서 등에 타라는 시늉을 보냈다. 용기를 내어 엉겁결에 호랑이 등에 올라타고 말았다.

호랑이는 시복을 태우고 산을 넘고 강을 건너서 어느 외딴집에 시복을 내려놓았다. 그 외딴집에 들어갔더니 강원도 강릉의 산촌이었으며, 마침 그 집의 제삿날이어서 제사상에 홍시가 놓여 있었다. 시복은 자신의 사정을 얘기하였더니,

"참 이상한 일이군요. 해마다 가을이면 홍시 200개씩 골라 토굴 속에 저장貯藏하였지요. 홍시가 대부분 상하고 몇 개만 제사에 쓸 수 있었습니다. 그런데 올해는 웬일인지 쉰 개나 상하지 않아서 이상하게 생각하고 있던 중입니다."

홍시 스무 개를 보자기에 싸서 문밖에 나오니, 호랑이가 집 앞에 기다리고 있었다. 호랑이를 타고 집에 돌아오니, '꼬끼오' 하고 새벽 닭이 울었다. 하늘이 낸 효자는 산짐승까지도 감화시켰고, 호랑이에게 업혀갔다 하여, 송월리 뒷산 골짜기를 '업은 골'이라 한다.

또, 도시복은 부모님 두 분이 돌아가시자, 6년 간 시묘살이를 했는데, 호랑이가 나타나 함께 시묘侍墓를 하면서 양식을 구해 와서 효자가 굶주리지 않게 하였다.

〈수박〉 한겨울에 어머니가 수박이 먹고 싶다고 하면, 수박을 구하러 나가서, 풍산의 수박 밭에 갔으나 찬바람에 귀가 시려서, 다 찌그러진 원두막에 들어갔더니 여름철에 거두어 놓은 수박넝쿨이 있었다. 행여나 살펴보니 수박이 한 개 달려있었다.

〈잉어〉 어머니가 엄동설한에 잉어를 먹고 싶다고 하여 얼어붙은 냇가에 갔더니, 얼음구멍으로 잉어 한 마리가 밖으로 나와 있었다. 효성이 지극해서 금수禽獸들도 도왔다.

《희방사 설화》 희방사 두운스님의 초막 처마 밑에 호랑이가 새끼를 낳았다. 어미 범이 며칠째 사라져서 새끼 호랑이들을 돌보았다. 밖에서 돌아온 어미가 입을 째지게 벌리고 눈물을 흘렸다.
스님은 손을 넣어 범의 목에 걸린 여인네의 비녀를 뽑아주었다.

《콩쥐팥쥐》계모가 콩쥐에게 김을 매라고 하거나 구멍 난 큰 독에 물 채우기 등 사실상 불가능한 일들을 시키지만, 소와 두꺼비가 콩쥐를 도와줘서 위기를 넘긴다. 계모가 팥쥐를 데리고 원님 잔치에 가면서 콩쥐에게 베를 짜고, 겉피 석 섬 찧는 일을 맡기자, 선녀가 나타나서 베를 짜고 참새들이 겉피 석 섬을 찧었다.

《이솝 우화》도덕적인 것은 아니라도 교훈을 얻을 수 있는 내용이어서, 1896년 출간된 우리나라 소학교 교과서에 욕심 많은 개나 까마귀와 여우 이야기 등 몇 편이 수록된 것을 시작으로, 1908년 윤치호가 《우순 소리》라는 이름으로 《이솝 우화》 중 70편을 묶어 한글로 번역 출판하여 많은 어린이들이 즐겨 읽었다.

《반지의 제왕》저자 톨킨이 창조한 세계인 중간계의 제3시대 말을 배경으로, 인간 족과 다른 종족들 호빗, 요정, 난쟁이, 오크 등의 이야기를 다루고 있는 판타지 소설이다.

《나니아 연대기》주인공 루시가 우연히 들어간 옷장 안은 겨울이 영원히 지속되는 나니아가 있었다. 여왕은 나니아를 영원한 겨울로 만든 마녀이며, 루시를 납치한 텀너스는 루시와 친해지면서 생각이 바뀐다. 수많은 곡절 끝에 루시는 옷장에서 나왔다.

'나니아'에서 몇십 년을 살다가 현실세계로 돌아왔음에도 시간은 단 1초도 흐르지 않았다. 우주의 블랙홀이 시간까지 빨아들이듯.

《삼국유사》의 〈조신의 꿈〉은 젊은 승려 조신이 절에 온 여인에 마음이 끌린 나머지 그 여인과 절에서 몰래 나왔다. 조신이 세속에서 살면서 온갖 고난을 겪었고, 조신이 다 늙어 불도를 버리고 환속을 후회하는 순간 깨어보니, 이것 모두가 꿈이었다.

도시복이 살았던 당시 도시복의 집은 지금과는 전현 다른 환경이었다. 용두리 야목 마을은 소백산맥의 저수령(해발 850m) 고개에 있어서 임산물을 채취하여 가난하게 생활하고 숲이 우거진 산길에는 호랑이, 늑대, 여우 등 맹수들이 많았다.

우리 선조들은 상상력이 풍부하였다. 병든 어머니를 모시는 효자를 도와서 솔개가 고기를 날라다 주고, 호랑이가 홍시를 구할 수 있게 도와주었으며, 인당수印塘水에 빠진 심청은 용궁에서 어머니를 상봉하였고, 용왕은 심청을 연꽃에 태워 다시 인당수로 보냈다.

도시복은 예천 장에서 집으로 돌아가는 길에 날이 저물었다. 솔개가 고기를 날라다 주었고 홍시가 있는 집을 호랑이가 찾아주었다. 효도를 하면 동물들이 무조건 도와줄까? 도시복의 효도가 구체적 어떤 것이었으며, 동물들과의 관계는 어떻게 맺어졌는지를 토론해 볼 여지가 있다. 도시복의 이야기를 《반지의 제왕》처럼 상상하여 더 많은 동물들을 등장시켜서 스토리를 재구성할 수 없을까?

영국의 작가 톨킨의《반지의 제왕》,《호빗》,《실마릴리온》은 제3 지대를 설정하여 사우론, 간달프, 요정, 난쟁이 등 상상의 인물들을 등장시킨 스토리텔링으로 판타지 소설·게임으로 각색한 것이다.

《도시복 효행》의 스토리를 다양한 상상의 세계를 설정하여 판타지화 한다면, '도효자공원'에 상승효과(Synergy effect)가 있지 않을까.

예천은 효의 고장이다. 아비가 병이 들자, 아비의 인분을 받아서 달고 쓴맛까지 보면서 간호하였던 노존례魯存禮를 비롯하여 34개의 효열각이 있을 정도로 열사와 효자를 많이 배출하였다.

남녀평등 사회에서, 권위적이고 가부장적인 삼강오륜三綱五倫과 같은 유교적 덕목은 설득력을 잃어가고 있다. 삼강三綱의 강綱은 벼리(총괄)의 의미가 있어 다분히 권위적이고 가부장적인 것은 틀림없지만, 오륜五倫은 오히려 권장해야 할 덕목이다.

오륜五倫의 친親은 단순히 친밀함이 아니라, 사랑[仁]을 의미하는 것이며, 별別은 단순한 구별이 아니라 부부간의 역할이 다름을 존중한다는 예禮의 정신을 담고 있다.

이처럼 삼강오륜도 미래지향적으로 변화를 모색해야 한다.

도시복 판타지를 상상하면서, 명봉사 앞을 지나서 문경의 동로면으로 통하는 석항명봉로의 고갯길을 내려갔다. 주위의 산보다 유난히 고깔처럼 뾰쪽하게 솟은 산이 시야에 들어왔다. 골짜기를 꼬불꼬불 돌아 내려가면서 바다의 등대가 길을 인도하듯 시야에서 사라지지 않았다.

　처음에는 작게 보이던 그 산이 점점 커다랗게 가까이 보이더니, 동로와 산양으로 갈라지는 삼거리의 허궁다리에서 앞을 가로막는다. 이 산은 842m의 천주산이다. 산의 모양과 '하늘을 받치는 기둥'이라는 뜻의 천주天柱는 이름이 걸맞을 정도로 운달산·공덕산·대미산·문수봉·황장산을 주위에 거느리고 하늘을 떠받치고 우뚝 솟아 있다.

　멀리서 바라보면, 큰 붕어가 입을 벌린 모습이어서 붕어산이라고도 불리는 이 산의 정상은 마치 일월산처럼 큰 봉과 작은 봉이 있어 천주산 표지석 앞에 서면, 북쪽에는 동로면 소재지 노은리 마을의 촌락들이 옹기종기 모여 있고, 산의 남쪽은 파란 경천호수에 산 그림자를 드리우고 있어서, 산의 기운이 신령스럽게 느껴진다.

동로면의 관문關門인 천주산을 돌아 나오는 곳에, 봄이면 온 산천이 꽃동산이 되는 천주 마을이다. 이 마을에서 길 건너편 비단강〔錦川〕 강둑 아래에 초로初老의 부부가 수줍은 듯 돌아앉아 띠풀 집을 짓고 산다.

띠풀집 같은 작은 컨테이너 위에 천막을 둘러서 지붕을 만들고, 집 뒤에 몇 그루 오미자를 심고 바자울 없는 마당에서 순한 누렁이〔犬〕와 잡초를 뽑으면서 흥얼거린다.

"띠풀 집 한 채 지으리, 산 굽잇길 돌아 바람 낮은 곳…
바자울은 치지 않으리, 이 산천이 모두 울타리…"

그는 산을 좋아하여 전국의 명산을 두루 다녔었다. 마산이 고향이지만 정년퇴직 후 이곳에서 제2의 인생을 시작했다. 두사충杜師忠이 정탁에게 건넨 '연주패옥혈連珠佩玉穴'이 여기가 아닌 지 궁금해서 물었더니, 천주산 쪽을 쳐다보고 씩 웃고 나서,

"서울 있는 우리 손주들이 찾아오기 편하게 부산과 서울의 중간 위치를 찾아봤는데, 마침 이곳이 마음에 들었지요."

달짝지근하고 톡 쏘는 코카콜라가 아니라, 물두멍의 물을 마시듯 소박함이 은근히 풍긴다. 잘 숙성된 오미자 한 통을 실어주고, 내가 사라질 때까지 누렁이와 서있는 그들 위로 천주산 산그리매가 서서히 덮여가고 있었다.

도시를 벗어나 '맑고 고요한 곳'에서 여생餘生을 보내는 것이 도시인들의 소망所望이다. '맑고 고요한 곳'은 한 마디로 유토피아(Utopia)를 의미하는데, 이 세상에 존재하지 않는 이상향이다. 여생餘生은 유토피아에 들기 전의 짜투리 인생인 만큼, 욕심慾心을 버리고 겸손해질 필요가 있다.

오늘날 도시인들은 소망所望을 로망(romans)으로 오인誤認하는 경향이 있다. 귀촌을 로망으로 여긴다면, 심고 가꾸는 노동에서 대지의 힘을 느꼈을 때 얻는 기쁨일 것이다. 소망所望이든 로망이든 현란하고 자극적인 것에 착란을 일으킨 로망老妄이 아닌 것은 분명하다.

오늘날 귀농인들 중에는 고급스런 별서別墅를 지어서 우루루 몰려와서 바비큐 파티를 벌인다. 그것은 로망(romans)이 아니라, 로망老妄이 아닐까.

천주 마을에서 2km 지점에 위치한 경천호는 2,822만t의 물을 담을 수 있는 제법 큰 저수지이다. 대미산과 황장산 등의 소백산 백두대간의 동남쪽 골짜기로 흘러내려 온 청정한 수자원을 그냥 흘러보내지 않고 저수지를 만들었다.

1986년 12월부터 문경시 동로면·산양면·산북면·영순면과 예천군의 서부지역인 예천읍·개포면·유천면·용문면·용궁면 등 2개 시군의 9개 읍면, 75개 동리에 농업용수를 공급하고 있다.

경천호 상부의 수평 삼거리에서 좌측의 금천교를 건너면 원터가 있던 인곡리 마을을 지나서 약 5km 지점에 운암지와 금당수지 두 저수지가 있다. 이 저수지 아래의 용문사 삼거리에서 좌측으로 들면 용문사와 어림호로 갈 수 있다.

예천은 소백산맥을 따라 1,000m 가까운 산들이 줄지어 있어, 산 골짜기마다 크고 작은 호수를 안고 있다. 용문면의 운암지·금당저수지·어림호, 은풍면의 송월호, 감천면의 현내저수지·대맥저수지·새터골지, 효자면의 백석저수지, 용궁면의 송암리 우본지, 유천면의 죽안저수지 등 저수지가 골짜기마다 맑은 물을 담았다가 갈수기에 흘려보내서 농사에 이용하고 있다.

양수발전은 전력수요가 적은 심야의 저렴한 전력을 이용하여 하부 댐의 물을 상부 댐에 저장하였다가 전력수요가 증가할 때 상부 댐의 물을 하부 댐으로 낙하시켜 전력을 생산하는 방식이다.

우리나라 최초의 양수발전소는 청평수력발전소이다. 일제강점기 때 우리나라를 대륙 침략의 병참기지화하려고 1943년에 준공되었고, 6.25전쟁 발발 3일 만에 적의 수중으로 들어가 전쟁 중 대부분의 시설이 파괴된 것을 1951년에 복구한 것이다.

차량이 다닐 정도로 넓은 지하 갱도에 설치된 수로를 통해서 상부 댐의 물을 하부 댐으로 낙하시켜서 전기 터빈을 돌린다.

1986년 4월에 준공된 삼랑진양수발전소의 88m의 상부 저수지 안태호는 하늘의 호수처럼 겨울철새가 찾아오고 겨울이 풀리면 벚꽃, 개나리꽃이 관광객을 불러들인다. 유유히 흐르는 낙동강을 내려다보며 하늘 호수로 향한 드라이브는 가히 천상으로 오르는 기분이 된다.

예천양수발전소 상부 댐인 어림호도 '하늘 호수'이다. 용문사 초입의 사하촌寺下村 내지리에서 우측으로 용문산을 5km쯤 오르면 해발 700m 산꼭대기에 호수가 있다. 하부 댐의 송월호와 콤비를 이룬 양수 발전소이다. 이곳에서 연간 약 5억kw/h의 전력을 생산하여 대구·경북 지역 전력 소비량의 10.4%를 공급한다.

어림호御臨湖는 옛 어림성지御臨城址의 명칭에서 온 것이다. 어림御臨은 '임금이 임한다'는 뜻인데, 그렇다면 이곳에 어느 임금이 행차한 적이 있는지 어림호 안내판을 보았더니, 고려 태조 왕건이 다녀간 것으로 기록하고 있다.

어림호가 위치한 산 아래에는 용문사와 금당실이 있으니, 어림호가 품은 기운은 예사롭지 않다.

산 위의 큰 물두멍에 푸른 물을 가득 비장祕藏하고 있으니, 용문사 창건 설화의 용龍은 금당실의 합수(복천과 용문사 계류와 청룡사 계류)와 어림호의 물을 만나서 승천할 수 있으니, 사찰이든 촌락이든 그 기운이 안개처럼 서려 있을 것이다.

용문사 사하촌 삼거리에서 우측으로 숲속 길을 오르면 해발 800m의 양수발전소 상부 댐인 어림호御臨湖에 올랐다.

어림호는 고려 태조 왕건이 왔던 곳이다. 어림호에 호반에 서면 신선한 공기가 온몸을 감싸는 듯하고, 사시사철 신선한 산들바람이 호수의 수면을 어루만진다. 136m의 수직 나선형 계단을 돌아올라 하늘전망대에 오르면, 모든 산이 발아래에 굽실거리니 누구나 천상천하 유아독존唯我獨尊이 된다.

'소백산 하늘자락공원'은 하늘자락공원(3,530m²), 치유의 길(4.7km), 진달래 군락지(4만2300m²) 등을 비롯해 온갖 야생화가 사철 피는 천상의 화원이다.

나는 하늘전망대에 올라서 넘실거리는 어림호를 내려다보는 순간 시아버지와 백두산에 올랐던 권씨 부인을 생각했다.

황량한 중국 벌판을 지나 험준한 백두산을 오르면서, 며느리 권씨는 시아버지를 이해할 수 없었다. 힐링(healing)을 위해서라면 예천의 천부산 골짜기나 제주도 여행도 있으며, 알프스의 눈 덮인 산속이 아니더라도 동남아의 유명한 휴양지도 있다.

당시에는 미수교 상태인 중국 여행은 쉽지 않은데, 왜 백두산에 가야 하는지 궁금했다.

장우성, 백두산 천지도, 6.3m×2.1m, 국회소장(의사당 2층 의원휴게실), 1975.

권씨 부인은 백두산에 올라, 가쁜 숨을 돌이킬 새 없이 눈앞에 펼쳐지는 천지天池의 장관壯觀에 갑자기 머리가 맑아지면서,

아! 소리가 절로 새어나왔다. 말로 표현할 수 없는 진한 감청색 빛의 호수는 '천지天池' 이외에는 다른 이름이 없을 것 같았다.

그야말로 천지석벽天池石壁 깊고 깊은 속에 고요히 담겨 파면의 깨끗함이 거울같이 고왔다.

호수를 둘러싼 천인단애千仞斷崖가 사위에 치솟아서 신비神祕스럽고 영이靈異한 기색이 저절로 근심 걱정을 휘발시켰다.

찬란영롱燦爛玲瓏한 태양이 수면으로 빛을 비추니 천변만화千變萬化의 물빛은 형용할 수 없을 정도로 맑고 우아하여 경외심敬畏心이 저절로 일어났다.

권씨 부인의 남편이 50세가 채 안 된 나이에 이름 모를 악성종양으로 쓰러졌다. 유명한 대학병원에서 병원病原을 규명하지 못하자, 외국의 암 전문 병원에 의뢰하여 결과를 기다리던 중 세상을 떠났다. 치유를 기대했던 모든 노력이 허사가 되었다.

"병명도 모르고 죽다니, 왜 하필 그 병에 우리가 당해야 하나….."

與婿不相見　그대와 다시 만나지 못하고
時序去堂堂　계절이 차례로 지나가 버렸구려.
所服曾迷方　마음 다스리는 방도를 찾지 못합니다.
悵望西雲蒼　서쪽 하늘 바라보니 구름만 푸릅니다.

남편과 사별하는 순간, 분노와 상실감으로 자신을 놓아버렸다. 타인을 자신보다 소중하게 여기는 극도의 상실감은 자신의 존재의 의미를 상실하게 될 수도 있다.

"여보, 다른 사람들도 우리처럼 서로 어여삐 여기고 사랑할까요. 어찌 그런 일들 생각하지도 않고 나를 버리고 먼저 가시는가요?"

시아버지는 아들을 여윈 자신의 슬픔보다 며느리의 건강이 걱정이 되었다. 상을 치르는 동안 슬픔에 지쳐서 물 한 모금 먹지 못하고 하얗게 여위어져서 쓰러질 것 같은 며느리를 위해 무엇을 어떻게 해야할 지를 고민했다. 시아버지는 아들이 세상을 떠난 그해 가을, 손자와 며느리 권 씨를 데리고 백두산 여행을 떠났었다.

백두산 여행에서 돌아온 후 권씨 부인은 점차 평상을 찾아갔으나, 시아버지는 점점 건강이 악화되면서 여행에서 돌아와 수개월 후 세상을 떠났다. 그는 며느리의 건강을 위해 자신의 지병持病을 내색하지 않았던 것이다.

"애미야, 슬픔을 거두고 들어라. 이 세상에 태어나서 죽지 않는 것은 없고, 인연 따라 생긴 것은 변하고 바뀌지 않는 것은 없다. 죽지 않고 변하지 않게 할 수 없으니, 나는 이미 늙어서 생을 다했으니 흙으로 돌아가는 것은 자연스러운 일,

나는 이제 자유롭고 편한 곳으로 가리라. 너도 괴로움을 벗어나 한낱 생사의 굴레를 벗고 한 점 후회 없는 삶을 살기 바란다."

시아버지로부터 이어 받은 권씨 부인의 가게는 좀 특이한 가게이다. 주인이 없어도 손님이 찾아오면, 이웃이 누구나 가게 주인이 된다. 예천 사람들의 고장에 대한 애정은 어느 지역보다 깊고 그들의 중심重心은 지역 이기적일 정도로 흔들리지 않는다. 그러나 정의로운 사람이라면, 당파를 따지지 않고 마음을 열고 애정을 갖는다.

어림호에서 오르던 길을 되돌아 내려와 용문사 사하촌 삼거리에서 좌측의 숲속으로 들어가면, 두운杜雲 선사가 870년(신라 경문왕 10년)에 창건한 용문사龍門寺는 예사 사찰이 아니다.

신증동국여지승람 제24권 경상도 예천군 편에, 용문사는 용문산에 있다. 고려 태조가 두운을 위하여 창건한 것이다. 뒤에 명종 때에 태자太子의 태胎를 절의 왼편에 있는 봉우리에 장치藏置하고 이름을 창기사昌期寺라 고쳤다. 서거정徐居正의 시에,

「두 번째 용문사에 이르니, 산이 깊어서 세속의 소란함이 끊어졌네. 상방上方(중 있는 곳)에는 중의 평상[榻침대]이 고요하고, 옛 벽에는 불등佛燈이 환하다. 한 줄기[一道] 샘물 소리는 가늘고, 일천 봉우리 달빛이 나누인다. 고요히 깊은 반성에 잠기니, 다시 이미 나의 가졌던 것까지 잊어버린다.」

왕건은 팔공산에서 견훤甄萱(867~936)의 공격을 받아 장수 김락과 신숭겸이 전사했고 자신도 겨우 몸만 빠져나왔다. 왕건은 안갯속에서 길을 찾아 헤매다가 청룡 두 마리를 따라간 곳이 용문사였다는 설화가 있다.

사찰의 일주문은 산문으로 들어가는 성聖과 속俗을 구분 짓는 경계를 의미한다. '소백산용문사小白山龍門寺' 현판을 달고 2개의 기둥 위에 서있는 용문사 일주문은 차량이 드나들 수 있도록 오른편 옆으로 다소곳이 비켜서있다.

일주문을 들어서면, 여느 사찰과 다름없이 산문을 지키는 사천왕상이 각기 당幢과 보주寶珠와 비파와 검을 들고 있는 발아래에는 악귀들이 천왕의 다리를 받쳐 들고 구원을 청하고 있다. 험상궂은 표정을 하면서도 눈썹과 수염 등에서 부드럽고 해학적인 분위기를 느낄 수 있다.

대장전에 들어서면, '예천 용문사 윤장대輪藏臺'가 있어서 누구나 돌려볼 수 있다. 회전축이 마루 밑에 박힌 거구의 윤장대는 머리 꼭대기를 천장에 매달고 있다. 불단佛壇 좌우에 쌍으로 놓여있는데, 화려한 팔각 정자 형태이다.

경장은 단면이 8각으로, 치밀하면서도 정교하게 짠 공포栱包를 놓고서 겹처마의 팔작지붕을 올린 다포多包계 목조건물의 축소판이다. 난간을 두른 팔각의 집에는 각 면마다 1개씩 문을 달았는데, 꽃무늬 창살과 빗살무늬 창살이 각각 4개씩 정교하게 꾸며져 있다.

윤장대 안에는 불경이 있어 시계방향으로 돌리면 번뇌가 소멸되고 공덕이 쌓여 소원이 성취된다고 하니, 그 자체만으로도 신앙의 대상이다.

〈용문사중수기〉에, 신라의 두운선사와 범일국사가 배를 타고 당나라에서 들어가 법을 전해 법을 전해 받고 돌아왔다. 이어 이 땅을 점쳐 가시와 덤불을 베어 평평하게 하고, 처음에 초암을 짓고 오랫동안 정근하였다고 기록하였다.

우리나라에는 용문사龍門寺가 세 군데 있다. 마의태자의 은행나무가 있는 경기도 양평의 용문사, 임진왜란 때 승병을 일으켰던 경남 남해군의 용문사, 그리고 윤장대를 보전하고 있는 예천의 용문사. 양평 용문사와 예천 용문사는 조선 왕실과 밀접한 연관을 맺었다. 양평 용문사는 세종의 정비正妃 소헌왕후 초상화를 모셨고, 예천 용문사에는 소헌왕후의 태를 안장했다. 이 두 사찰은 모두 왕실 보호를 받고 사세寺勢를 유지했다.

윤장대

용문사 삼거리에서 금당실 방향의 인근의 소나무 숲에 초간정이 있다. 초간정에서부터 펼쳐지는 용문면 소재지가 예천 금당실 마을이다. 이 마을 앞 금곡천에 사금砂金이 나왔다고 하여 금곡金谷, 또는 연못을 상징하는 연화부수형蓮花浮水形 지형이어서 금당실金塘室이라고 한다. 임진왜란 때 명나라 장수가 이곳을 지나가면서 '달구리재(학명현)가 앞에 있고 개우리재(견곡현)가 오른쪽에 있으니, 중국의 양양 금곡과 지형이 같다.'고 한다.

마을 주변에 고인돌 등이 산재해 있어 이미 청동기시대부터 촌락을 이루고 살았던 곳으로, 들판과 소나무 숲이 어우러진 금당실 마을은 평화롭고 아늑한 분위기에 누구나 살고 싶은 곳이다. 태조 이성계가 이곳을 도읍지로 정할 생각이 있어, 신하에게 닭을 주면서 닭이 울기 전에 용문을 도착하면 도읍을 정하겠다고 했는데, 그가 이곳에 도착하기 전에 닭이 울었다는 전설이 있을 정도로 전란과 천재지변이 미치지 않는 십승지지十勝之地라고 한다.

금당저수지에서 흘러 온 맑은 계류가 소나무 숲 사이로 굽이쳐 흐르는 암반 위에 막돌로 기단을 쌓은 초간정은, 초간 권문해가 지었으나 임진왜란 때 불에 타버린 것을 1612년에 복원하였지만, 병자호란으로 다시 불타버렸다. 전란으로 정자가 불타고 현판까지 잃고 근심하던 종손이 오색영롱한 무지개가 떠오른 정자 앞의 늪을 파보았더니, 거기서 현판이 나왔다고 한다.

정자 건립 당시 권오기의 사위 소고嘯皐 박승임朴承任이 쓴 '초간정사草澗精舍' 현판이다.

1642년에 후손 권봉의가 다시 세웠을 만큼 세월의 이끼가 기왓장마다 묻어나는 이 정자는, 예천 권씨의 자존감의 표상이다.

초간정에 올라 마루의 뒷문을 열면, 송림 사이로 시원한 바람과 정자를 감돌아 흐르는 맑은 계류는 사심邪心에서 벗어나게 한다. 초간정은 기둥에 '도끼 자국'이 생긴 전설이 있을 정도로 선비들이 정자에서 글을 읽고 호연지기를 길렀다는 것을 짐작할 수 있다.

준雋은 비너스(Venus)와 초간정 난간에서 재회하였다.

남편의 상장喪章을 꽂은 머리 올이 가을 햇살에 하얗게 날리고, 앵두같이 상기하던 볼이 퍼석하니 초간정 나무 기둥 같다.

50년 전, 두 사람은 내성천 강둑길을 걸었다. 눈 내리던 날 입대한 후 첫 만남이었으니, 함께 걷는 것만으로도 좋았다. 그네의 숨결이 귓가에 느껴졌을 때, 기적汽笛과 동시에 철교의 '철거덕 철거덕' 소리가 천둥소리로 들리는 순간, 가슴에 흐르던 은하수는 산산이 부서져 파편이 되어 흩어졌다. 준雋은 강둑에서 들판을 가로질러서 어둠 속에 등대같이 불을 밝힌 기차역을 향해 냅다 뛰었다. 신병新兵의 외출은 너무 짧았고 부대까지는 너무 멀었다.

준儁이 탑승한 C-46 수송기가 베트남의 정글(jungle) 위를 비행하던 중 오른쪽 프로펠러가 검은 연기를 뿜으며 추락할 때, 그네의 기도가 통했으리라 믿었다.

준儁이 돌아왔을 때, 내성천은 이미 어제의 강이 아니었다.

'차라리 전장戰場에서 돌아오지 않기를 바랐겠지.'

생피 비릿한 증오로 '순淳'이를 'sun escape vamp'라 저주하였다. 'sun escape vamp'의 약자인 'sunev'의 거꾸로는 'venus'이다.

저들은 저들이 하는 바를 모르고 있습니다.
이들도 이들이 하는 바를 모르고 있습니다.
이 눈먼 싸움에서 우리를 건져주소서.
두 이레 강아지 눈만큼이라도 마음의 눈을 뜨게 하소서.*

그날, 비너스(Venus)의 십자가 목걸이를 보는 순간, 영혼이 맑아지면서 준儁은 쪼잔하게 늙은 자신을 발견하였다.

'배반'의 거꾸로는 '증오'가 아니라 '망각'임을 깨닫고 스스로 만든 굴레에서 벗어 날수 있었다.

초간정은 푸른 초장의 쓸만한 물가에 있어, 초간정 난간에 앉으면 누구나 사심邪心에서 벗어나게 한다.

---

*구상, 《나는 혼자서도 알아낸다》의 기도, 한국대표명시선, 시인생각, 2013.

금당실은 용문사 계류와 청룡사 계류가 합수하는 곳이어서, 여름철에는 하천의 범람을 막고, 겨울철에는 북서쪽의 찬바람을 막기 위하여 이 마을 사람들은 소나무 숲을 조성하였다.

1863년, 동학운동 초기에 최제우의 동학사상에 민심이 동요되어 큰 나무들이 일부 벌채되고, 1894년, 동학운동 당시의 노비 구출 비용으로 벌채되면서 숲이 훼손되었으나, 지금도 수령 200년 된 900여 그루의 나무가 정원수처럼 숲을 이루고 있어서 수해방지와 방풍림, 빼어난 경관은 휴식처로 마을의 보호를 받고 있다.

송림 안의 용문중학교 서편의 금곡천을 사이에 두고 800m쯤의 들판 건너 예천권씨 종택이다. 초간 권문해의 조부祖父 권오상이 지은 별당과 권문해가 지은 안채 등으로 이루어진 종택은 별당과 연결되어 ㅁ자 아래에 ㄴ자를 연결한 형이다. 잡석으로 축대를 쌓아 세우고, 중간 앞에 여러 단의 돌을 쌓아 건물 자체가 높고 웅장한 별당은 선비의 품격이 잘 드러나 있다.

안동권씨와 예천권씨는 글자가 같은 권權 자字이면서 근본은 다르다. 예천권씨醴泉權氏는 본래 예천 지방의 3대 토성土姓 중의 하나인 흔昕씨였다. 시조는 고려 때 보승별장을 지낸 흔적신昕迪臣이며, 그의 6세손 예빈경禮賓卿 흔섬昕暹은 충목왕 흔昕과 이름이 같아서 흔昕씨를 권權씨로 바꿔야만 했다.

조선시대에 이곳에 살았던 권선權善의 아들 오행五行, 오기五紀, 오복五福, 오륜五倫, 오상五常 등 5형제가 급제하여 예천권씨 가문을 '오복문五福門'이라 하였다.

초간 권문해는 1582년 공주목사를 파직하고 예천으로 귀향하여 초간정을 지었다. 그는 장모 진양정씨의 친정 조카 아들 우복 정경세鄭經世와 그 형제들과 유대를 지속했다. 처 현풍곽씨가 사망하고, 금당실의 함양박씨 우계 박수서朴守緖의 누이를 재취하였다.

초간草澗은 대구부사이던 1587년 어린 딸 달아達兒가 두창으로 사망하고, 1589년 권별이 태어났다. 권별權鼈은 1591년 아버지 초간의 죽음과 임진왜란을 거치면서 성장하여, 초간정이 왜란 중에 소실燒失되자 1612년에 복원하였다.

초간草澗 권문해權文海의 예천권씨 초간 종택에는 우리나라 최초의 백과사전인 《대동운부군옥大東韻府群玉》, 《초간일기草澗日記》를 보관하고 있다. 《대동운부군옥大東韻府群玉》은 단군이래 1589년까지의 지리·역사·인물·문학·식물·동물 등을 임관자를 왕조별·성씨별로 분류(韻別)해 놓은 보물〈제878호〉의 우리나라 최초의 백과사전이며, 이 책에 인용된 《삼국유사》·《계원필경桂苑筆耕》등 172종 중에 40종이 임진왜란 이후 소실됨으로써 서지학적인 면에서도 중요한 가치를 지닌다.

《초간일기草澗日記》는 초간이 47세이던 1580년부터 임진왜란 전해인 1591년까지 총 12년 동안의 일기이며,《죽소부군일기竹所府君日記》는 인조반정 이후 1625년에서 정묘호란 이전인 1626년까지의 죽소竹所 권별權鼈의 친필 일기이다.

예천권씨 종택과 초간 권문해 선생이 건립한 초간정, 병암정, 야옹 권의의 야옹정, 연곡 권성익權聖翊의 연곡 고택, 춘우재 권진權晉의 춘우재 고택 등 문화재가 곳곳에 산재해 있다.

초간은 소고의 문인이기도 하지만, 퇴계의 문하에서 백담 구봉령과도 함께 글을 읽었다. 백담 구봉령이 용인에서 권문해를 만나서, 詩〈양벽정에서 장령 권문해를 만나다(龍仁漾碧亭遇權掌令 文海)〉를 지어 주었다.

적막한 용구현 맑은 그늘에 양벽정이 있네.
연꽃 향기 안갯속에 피어나고 샘물소리 옥처럼 맑게 울리네.
혼탁한 기운 떨쳐버리고 사무친 근심에서 시원하게 깨어나네.
그대 만나 한바탕 웃음 펼치니 이런 회포를 누가 알겠나.

초간 종택에서 서쪽으로 2km쯤의 들판에 남악 종택이 있다.
이 저곡渚谷 마을 앞 개천이 아홉 여울로 됐다 하여 구계(구렐)라고 하였다.

1634년에, 용문사의 승려僧 운보雲補가 지었다는 남악 종택의 사랑채 가학루駕鶴樓의 누하주樓下柱는 휘어진 곡재를 그대로 사용하고, 사랑방의 반자는 우물반자로 꾸며서 문간채의 초가와 더불어 아름다운 모습을 연출하고 있다.

안동시 내앞〔川前〕 마을의 청계淸溪 김진金璡의 아들 5형제, 약봉藥峯 김극일金克一, 구봉龜峯 김수일金守一, 운암雲巖 김명일金明一, 학봉鶴峯 김성일金誠一, 남악南嶽 김복일金復一 다섯 형제가 모두 급제하여 5龍이라 일컫는다.

〈사시찬요〉는, 996년 중국 당나라 때 한악韓鄂이 편찬한 농업 서적이다. 중국은 물론이고 한국과 일본에도 초간본은 전해지지 않는다.

초간본에 가장 근접한 것으로 1961년 일본에서 발견한 책이 있지만, 1590년 울산에 있던 경상 좌병영에서 목판으로 인쇄한 것이라고 한다.

이번에 발견한 계미자는 태종 3년(1403년) 계미년에 만든 조선 최초 구리활자로, 1420년 경자자庚子字를 만들 때 모두 녹여 썼다는 기록이 전해진다.

서울대 규장각이 소장한 십칠사찬고금통요十七史纂古今通要 권6(국보 148호), 간송미술관이 소장한 동래선생교정북사상절東萊先生校正北史詳節 권4·5(국보 149호) 등이 계미자본이다.

책은 사계절을 구분하고 봄 부분만 2권으로 구성해 '5권 1책' 체계를 갖췄다. 남악 종택에서 발견된 〈사시찬요〉는 정월부터 섣달까지 매달, 24절기에 필요한 농업 기술과 금기사항, 가축사육 방법, 월령을 어길 경우 생길 수 있는 재앙 등을 담았다.

권문해의 여동생인 김복일의 처는 권문해의 아버지 권지가 별세한 다음 해인 1578년에 사망하자, 김복일은 안동권씨 권심언의 딸을 채취한 후에도 권문해의 어머니 동래정씨는 2남 2녀의 외손자녀를 거두어 길렀다. 권문해의 어머니 동래정씨는 무남독녀로 용궁에 있던 외조부의 토지를 처분하여 용문과 저곡에 대토하였다.

권문해는 생질들을 아끼며 재산상속을 친자식들과 균등하게 하였으며, 그의 아들 권별은 향교의 장의掌議와 정산서원의 원장을 지내면서 고모부 김복일의 손자 김시진과 김시통, 외삼촌 박수서와 그의 아들 박래와 왕래하였다.
권별은 벼슬을 하지 않았지만 저자누대에 걸쳐 맺은 통혼을 소중히 여기고 지역의 사족들과 유대를 공고히 하였다.

금당실은 십승지답게 빼어난 인물이 많이 났으니, 아래 금당실의 하자 마을에서 정탁鄭琢 선생을 비롯해서 권문해 등의 학자들이 태어나서 어린 시절을 보낸 곳이다.

투박한 돌들을 낮게 쌓아올린 막돌담장과 토석담장, 기와담장 등 낮은 돌담 사이로 고샅길이 구불구불하다. 구불구불한 고샅길을 따라 걷는다면 돌담 너머로 고택과 반가班家들이 즐비한데, 정탁과 권문해가 어린 시절에 뛰어다녔다고 상상해 보면 골목길의 돌담이 정겹다.

옛 모습을 잘 간직하고 있는 북촌과 동촌이 연결되는 고샅길에는 감천문씨 문호검文孝儉이 15세기 초에 금당실 일대를 개척한 이래, 예천권權씨·의성김金씨·감천문文씨·원주변邊씨, 그리고 함양박朴씨의 세거지로서, 함양박씨의 종택인 추원재 및 금곡서원, 조선 숙종 때 도승지 김빈을 모신 반송재 고택, 원주변씨 입향조 변응녕을 모신 사괴당 고택, 구한말의 법무대신 양주대감 이유인李裕寅의 99칸 저택의 터가 남아있다.

함양박씨 입향조 박종린朴從鱗은 감천문씨 문억향의 사위가 되어 함창에서 이거해 왔다. 그는 보백당 김계행의 외손자이며, 그의 고모가 퇴계의 외조부 박치의 어머니이다. 박종린을 비롯해 거린, 형린, 홍린, 붕린 등 5형제가 모두 급제하여 향5린鄕五鱗이라 불리었다.

월천 조목趙穆의 선대는 강원도 횡성에서 문경현 천곡리로 옮겨왔다가 다시 금당실로 옮겨와서, 조목의 아버지 조대춘趙大春이 예안의 현령 권수익의 사위가 되어서 예안의 월천月川 언덕으로 옮겨왔다.

약포 정탁鄭琢은 아버지 정이충鄭以忠과 어머니 평산한씨의 둘째 아들로, 1526년(중종 21) 10월 8일, 외가인 금당실 삼구동(용문면 하금곡리, 버들밭)에서 태어났다. 정탁의 외조부인 진사 한종걸韓終傑은 상주에서 금당실 삼구동으로 옮겨왔다.

정탁은 23세에 관물당觀物堂 반충潘冲의 사위가 되어 3남 1녀를 두었다. 정탁은 중간에 잠시 안동 본가에 머물렀으나 이내 외가와 처가가 있는 예천으로 나와 지냈다. 외가와 처가에서 분급 받은 전장과 노비가 상당하여 예천에서 사족으로서 품위를 유지하였다.

청주정씨 정오鄭䫜가 외가인 김방경金方慶의 별업으로 내려와 안동 동면 가구촌佳邱村 모사골(못안골)에 거주하면서, 그의 아들 정침鄭眅의 후손들이 안동 일대와 예천에 살고 있다.

정탁은 9세에 어머니, 21세에 아버지가 세상을 떠나 외롭게 성장했다. 숙부 정이흥鄭以興에게 수업하다가 17세 무렵 모사골에서 구봉령과 만나서 퇴계 문하에 출입하면서 조목趙穆, 금난수琴蘭秀 등과 종유하였다.

정탁은 임진왜란을 맞아 7년 동안 왕을 영변까지 호종하였고, 전장에서 세자 광해군을 호종하였다. 명나라 경략經略 송응창宋應昌을 영접하는 등 명나라 장수나 지식인들과 우호적인 분위기를 유지하였다.

1592년 4월 30일, 67세의 약포는 내의제조內醫提調로서 선조를 의주까지 호종하였으며, 이듬해 계사년(1593) 명나라 구원병에 의해 삼경三京이 수복되었고, 선조가 서울로 귀환하고 명나라 병사들이 본국으로 되돌아갔다. 정탁의 시 〈용만록龍灣錄〉 서문序文에,

"나는 교지를 받들어 용만에 전별사로 나갔다. 명의 장수 중에 유격장 이상은 차례차례로 연회를 베풀어 그 행렬을 전별하였는데, 가을부터 엄동설한까지 몇 개월째 오랫동안 머물러 있었다. 이때 적의 잔당들이 아직 섬멸되지 않고 여전히 양변兩邊을 차지하고 있어서 백성들의 고통이 그치지 않았다. 이러한 때에 나는 서관西關 한 구석에 발이 묶여 있다가 나도 모르게 걱정과 울분으로 병이 났다."

용만에서 번민을 달래다 2수〔排憫 二首〕* 중 첫 번째.

弊貂羸馬又寒僮　해진 갖옷과 야윈 말에다 추위에 떠는 종
物色天涯自不同　천애 변방의 물색은 저마다 같지 않네.
古堞遙連龍塞月　오랜 성가퀴는 멀리 용만의 달과 이어졌고
荒臺近挹鴨江風　황량한 누대는 가까이 압록강 바람 이끄네.
二年金革身先老　2년의 전란 속에 몸이 먼저 늙었고
千里鄕關信不通　머나먼 천리 고향은 소식마저 끊어졌다네.
復望王師何日到　언제쯤 다시 서울로 돌아갈 수 있을까나
一方氛氣未全空　한 지방의 나쁜 기운 완전히 걷히지 않았다네.

*안동대학교 퇴계학연구소 | 황만기(역) | 2013.

1597년 3월, 통제사 이순신이 체포되어 추국을 당한 일로 인해 헌의하였다. 이순신 구원을 논하는 차자〔論救李舜臣箚〕*

「최근 왜노들이 또다시 쳐들어왔을 때 이순신이 주선周旋하지 못한 것은 그 사이에 정세가 또한 논할만한 사정이 있었을 것입니다.

대개 지금은 변방 장수들이 한번 움직이려고 하면, 반드시 조정의 명령을 기다려야 하므로 다시는 지방의 군사를 마음대로 지휘할 수 없었습니다. 왜노들이 아직 바다를 건너오기 전에 조정에서 비밀리에 하교하였으나, 제때에 제대로 전달되었는지의 여부도 알 수 없으며, 바다의 바람이 순풍이었는지 역풍이었는지, 배가 운항하기에 좋았는지의 여부도 알 수 없었습니다. 수군들이 번을 나눌 수밖에 없었던 부득이한 사정은 이미 도체찰사都體察使가 스스로 탄핵한 장계狀啓에 분명히 실려 있고, 수군이 위기에 임해 힘을 쓸 수 없었던 것은 형세가 또한 그러하니, 이것을 이순신에게만 전부 책임 지워서는 안 될 것 같습니다. (…)

옛날에 장수를 교체하지 않아서 마침내 큰 공을 세우게 한 예가 있습니다. 바라옵건대, 은혜로운 하명으로써 특별히 형신을 감하여 주시고 그로 하여금 공을 세워 은혜에 보답하도록 하신다면, 성상의 은혜를 천지부모와 같이 받들어 목숨을 걸고 보답하려 할 것입니다.」

이 차자를 마련하였으나, 이순신이 특명으로 사면되어 백의종군

*안동대학교 퇴계학연구소 | 황만기(역) | 2013.

을 떠나자 진달하지 않았다.

1596년(선조 29) 2월, 차자를 초하여 김덕령金德齡을 신구하자는 논의를 하려 했으나 올리지 못하였다. 이몽학의 초사가 김덕령에게 연루되어서 나포하여 국문하였으나 실제가 아닌 것이 많았다. 정탁이 차자를 올려 신구하려고 초본을 이미 갖추었으나, 다시 신구에 보탬이 없을 것을 염려해 그만두었다.

1756년, 정탁의 5대손 옥玉이 좌승지左承旨로서 입시하였을 때, 영조가 정탁의 화상畫像을 보자고 하여 보였더니, 어제御製 화상찬畫像讚*을 지어 옥玉에게 축두軸頭에 쓰도록 명했다.

筵中偶聞　　경연 중에 우연히 듣고서
取覽遺像　　유상을 가져다 보니
厥像偉然　　그 화상 참으로 거룩하고
穆廟名相　　목묘穆廟(선조)의 명재상이었네.
百年之後　　백 년이 지난 뒤에
入于楓宸　　대궐로 들여와서
特題其銘　　특별히 그 명을 써서
以聳嶺人　　영남 사람들 격려하노라.

---

*안동대학교 퇴계학연구소 | 황만기(역) | 2013.

정탁鄭琢 초상(보물 487호), 한국국학진흥원(정경수 소유), 89cm×167cm.

황현은 《매천야록》*에서 양주대감 이유인李裕寅을 궁천무뢰배窮
賤無賴輩라 하였다.

북관묘北關廟(관우묘)를 송동松洞(성균관 뒷산)에 세웠다. 송동은 북
촌과 동촌 사이 북한산 기슭에 있었는데, 가장 깊숙하고 조용한 곳
으로 알려졌다. 우암 송시열이 일찍이 이곳에 살았기 때문에 지금까
지 송자동宋子洞으로 불려진다.

1876년 '강화도조약' 이후 조선은 쇄국정책을 버리고 강제적 문호
개방을 하면서, 훈련도감에서 해고된 군인들의 13개월 동안 체불된
임금을 불량 쌀로 지급하여 불만이 있는데다 실각한 흥선대원군과
위정척사파들이 정권 재창출을 위해 중전과 외척 민씨 제거 및 비리
척결, 그리고 일본과 서양 세력에 대한 배척 운동으로 확대시키면
서, 1882년 임오군란이 일어났다.

오라버니 민겸호가 난군에게 맞아 죽었으니, 앞날이 캄캄한 민비
는 피란지 장호원에서 용하다는 무당을 만났다.

민비는 그 무당에게 대궐로 돌아갈 날을 점치게 하니,

"시일을 어기지 말라."

그 무당은 예언하였는데, 팔월 보름 전에 환궁을 하게 되자 중전
은 그를 신뢰하기 시작하여 그를 데리고 환궁했다.

---

*황현 저, 이장희 역, 매천야록, 명문당, 2008.

그 후 몸이 좋지 않을 때 무당의 손이 아픈 곳을 만지면 아픈 증세가 점점 줄어들어 날로 효험이 커졌다. 매일 중궁전에 머물러 그의 말이라면 듣지 않는 것이 없었다고 한다.

그 무당에게 김창렬이라는 아들이 있었는데, 비옥緋玉(당상관복)을 걸치고 다녔다고 한다. 어떤 이가 말하기를, 그 무당은 본래 제천과 청풍 사이에 살았었다고 한다.

이유인李裕寅은 김해 사람이다. 그는 미천한 궁천무뢰배窮賤無賴輩로서 무과에 천거되어 서울 장안에서 떠돌아다녔다. 마침내 진령군이 국병國柄(권력)을 휘두르며 기술伎術(재주부림)을 좋아한다는 소문을 듣고 사람을 시켜, 거짓 소문을 퍼뜨렸다.

"이유인은 귀신을 부리며 능히 풍우도 일으킨다."

그 소문을 전해들은 진령군은 깜짝 놀라면서, 곧 그를 초대하여 놓고 먼저 귀물鬼物을 부려볼 것을 청했다.

"그것은 쉬운 일이나 놀라실까 두렵습니다. 단 며칠간 목욕을 하고 정결하게 하여야 합니다."

이유인은 일단 시간을 벌어놓고 밖으로 나와서 떠돌아다니는 영남의 악소배惡少輩들을 불러서 비밀히 방략方略을 말해주고, 정한 기일에 이르러 진령군을 끌고 밤에 북악산의 가장 깊숙한 곳으로 들어갔다. 소나무 숲이 깊고 칠흑 같은데, 반딧불이 번쩍번쩍하여 이미 사람이 사는 곳과는 달랐다.

이유인이 진령군에게 단단히 이르기를,

"내가 있으니 두려워하지 말라."

머리동이를 휘두르며, 동방청제장군東方靑帝將軍을 불렀다.

그러자 한 귀신이 엄숙히 팔짱을 끼고 앞에 나타났다. 몸 전체가 청남색이고 열 걸음까지 와서는 더 가까이 오지 않았다. 키가 10척이나 되어 보이는 귀신이 있었다.

진령군은 작은 소리로,

"이 정도에서 그치니 어찌 떨리겠느냐?"

"큰소리치지 말고 좀 기다려라"

이유인은 남방청제장군南方靑帝將軍을 불렀다. 그러자 전신이 새빨갛고 머리는 키〔箕〕와 같고, 사각 눈〔四角眼〕으로 툭 튀어나온 것이 홍유리紅琉璃 같았으며, 입에서는 붉은 피를 내뿜는데 비린내가 역겹게 확확 끼쳤다. 무서움이 사람을 해치는 야차夜叉와 같았고 소리를 지르며 양 손가락을 펴고 세우니, 진령군은 잠깐 쳐다보다가 이유인의 발을 밟으며 속히 거두라고 하며 다 보려 하지 않았다. 대개 적귀赤鬼는 가면을 쓴 것이었다.

진령군은 돌아가서 양전께 이 사실을 아뢰니, 드디어 입시入侍를 명했고 이유인은 한 해 사이에 양주 목사에 이르렀다.

무당 진령군과 이유인이 왕비 옆에 들러붙어,

"금강산 일만이천봉에 쌀 한 섬과 돈 열 냥씩 바치면 나라가 평안하다."

진령군의 허무맹랑한 계시에도 국왕 부부는 꼼짝없이 나랏돈을 제수비로 바쳤다. 이유인과 진령군은 모자母子 관계를 맺고 북관묘 北關廟에서 머물러 묵었는데 추잡한 소문이 많이 들렸다.

이유인이 어렸을 때 흉년이 들어 먹고살기가 어려웠는데, 한 늙은 중이 눈 속에서 탁발하고 다니는 것을 보고 불쌍히 여겨 밥을 먹여 보냈다. 중이 그 집에 이르렀을 때 가로막힌 벽 쪽에서 설거지하는 소리가 들려왔다. 그 당시 인가에 밥 짓는 연기가 끊어져서 한 사람의 손님도 맞기가 어려운 형편이었다. 그런데 부엌에서는 여자의 불평하는 소리가 없어서 노승은 속으로 갸륵하게 여겼다.

노승은 식사를 마친 후 고맙다고 인사하고 가더니 곧 돌아와서,

"내가 거칠기는 해도 묏자리 쓰는 법을 해득했는데, 그대는 들어 줄 수 있겠소?"

어느 한 묘역에 데리고 갔다. 무덤들이 여기저기 즐비하게 있는데, 그 입구의 별 볼품없는 한 곳을 지적하며,

"이곳에 묻으시오. 삽장법插葬法을 써서 하오. 귀하기로는 재상도 나올 자리이며, 이곳은 벼슬을 재촉하는 땅이오."

"이곳은 우리 고을 김씨의 선산이오. 힘 있는 집안인데 어떻게 하겠소?"

"장사를 지내고 즉시 다른 곳으로 이사를 가시오. 2년이 안 되어 반드시 김해 부사가 나올 거요. 그때 가서 봉분을 만드시오. 그러나 하늘의 도리는 가득 찬 것을 싫어하니 오로지 지리에만 의지하지 말

고 꼭 김씨를 잘 예우하시오. 그렇지 않으면 반드시 화를 당할 것이오."

이유인은 노승의 말대로 그곳에 장례를 치렀다. 1884년 이후에 그의 아우가 김해 부사가 되어 그 김씨들을 협박하여 그들의 고총古塚을 파가도록 하고, 마침내 봉분을 만들었다.

1894년, 이유인은 함경남도 병사로 임명되었다. 1897년 12월, 이유인은 법부대신이 되었으나, 러시아 공사 마주녕을 고종에게 알리고 밀칙을 지어 러시아에 의지하려다가 일본이 염탐하여 공개적으로 문책하자, 이듬해 7월 이유인李裕寅을 고금도에 귀양 보냈다.

이유인은 오뚜기 같았다. 1899년 5월, 남명선을 경무사로 삼았는데, 며칠 만에 이유인으로 대신했다. 1900년 5월, 경무사 이유인이 안경수와 권형진을 밤중에 교살絞殺하고 방문榜文을 내걸었다.

이유인을 철도鐵島에 귀양 보냈다. 안경수와 권형진을 교살한 죄를 이유인에게 돌리고 그를 해직했다. 유배됨에 이르러 그를 구하려는 소를 올리는 신료와 민서民庶들이 줄을 이었다.

1899년부터 이유인의 아들 이소영이 예천군수로 임명돼 있었는데, 1902년 2월 1일 이유인을 경상북도 관찰사로 삼았는데, 그는 예천군에 자기 집을 크게 꾸몄다.

금당실의 병암정은 원래 이유인이 지은 옥소정이었다. 그 옥소정이 지금의 병암정으로 사용하고 있다.

1906년, 도둑이 이유인의 아비 묘를 파헤치고 그의 두개골을 베어갔다. 이듬해, 안경수를 신원해 주려고 이유인을 체포하여 신문하려고 했는데, 이유인은 겁을 지레 먹고 죽었다.

안경수의 처가 안경수의 죽음은 임금의 뜻이 아니라, 이유인이 마음대로 죽인 것이라고 하여 보상할 것을 청하였다. 이유인은 그때 김해군에 있다가 체포되어 즉일로 밀양의 농막에 이르렀다가 깊이 잠이든 채 일어나지 못했다. 일본인 의사가 검시한 결과, "놀라서 氣가 막혀 뇌막腦膜이 적체되어 죽은 것으로 다른 이유는 없다."

황현의 〈매천야록〉은 사관이 기록한 《조선왕조실록》과 달리 매천 개인이 기록한 것으로, 사실 자체를 정확히 파악할 수 없을 수도 있을 것이며, 사실을 정확히 이해하더라도 주관적인 견해로 인해서 객관성이 무시될 수도 있다.

특히 갑오 이전의 기록은 수문수록隨聞隨祿한 것이어서 잘못 전달될 수도 있고, 갑오 이후의 기록도 자신이 중앙에서 직접 보고 들은 사실이 아닌 이상 잘못 기술된 부분이 있을 수 있다.

일정 부분은 《고종실록》과 대조하여 사실을 확인하였는데 일치하였다고 한다.

금당실은 십승지가 틀림없다. 십승지는 선한 자는 더욱 흥하게 하고, 악한 자는 여지없이 파멸시키기 때문이다.

안식일에 베데스다 연못가에서 38년 된 병자를 고쳐준 죄로 십자가에 못 박히게 되는 예수는 제자들에게 일렀다.

"선한 일을 행한 자는 생명의 부활로, 악한 일을 행한 자는 심판의 부활로 나오리라."

금당실 예천권씨 권오복은 김일손과 함께 김종직金宗直의 문인으로, 같은 해에 사마시와 대과에 잇달아 장원하였으나, 연산군 무오년에 사화가 일어나자 김일손과 함께 죽었다.

권오복의 후손 권별이 지은《해동잡록》에 권오기權五紀의 사위 소고 박승임은 처숙부 권오복權五福의 〈만사輓詞〉를 지어서 영혼을 위로하였다.

「흉악하고 망극한 변을 만나, 사형에 쓰는 도구가 앞에 있어도 굳게 버티고 어지러운 모습이 없이 조용히 죽임을 당하였으니, 그 의기와 절개의 굳셈은 천성임을 어찌하랴. 아! 만사가 끝났고 구원九原(황천黃泉)은 닫혔다. 홀로 그 기침과 침의 작은 방울과 정하게 빛나서 발해 내는 것이 하늘에 비치면 북두성을 쏘고, 땅에 던지면 쇳소리를 내는 것은 오히려 전형典形을 방불하게 남기고 무궁한 먼 생각을 붙였다. 책 가운데의 여러 작품은 하나하나가 마음의 깊은 속에서 흘러나와서 정성스럽게 임금을 그리워하고, 나라를 걱정하는 깊은 생각과 간절하게 어버이를 그리워하고 아우를 생각하는 절실한 심정이 있다.

한 조각 정성이 어구語句 곁에 섞여 엉키었으니, 저 무도한 그릇된 형벌이 또한 어찌 백세에 없어지지 않고 흘러내려가는 꽃다운 이름을 끊을 수 있으랴. 교리校理로서 어버이를 공양하려고 외직을 요청하여 야성野城에 나왔는데, 원이 된 지 3년 만에 잡혀 가서 나이 겨우 32에 죽었다. 그 글의 문채가 매우 맑고 기격氣格이 삼엄森嚴하니, 글을 보는 사람이 스스로 마땅히 알 것이다.」

초간 권문해의 《대동운부군옥》은 은나라 음시부의 '운부군옥'을 본떠 단군에서 초간이 살았던 선조 당시에 이르기까지 우리나라의 지리·역사·인물·문학·동식물 등에 대해 지리·국호·인명·효자·열녀·수령·선명仙名·나무 이름, 화명花名·금수禽獸 등 11개 유목으로 총망라해 운별韻別로 차례대로 배열한 20권 20책의 우리나라 최초의 백과사전이다. 대동大東은 동방대구東方大國, 운부군옥韻府群玉은 운자별로 분류하여 차례대로 배열한 사전이라는 뜻이다.

임진왜란 이후 소실된 서적의 일면을 참고할 수 있어 서지학적인 면에서도 중요한 가치가 있고, 신라시대를 배경으로 한 설화들의 원전으로 알려진 《신라수이전新羅殊異傳》의 일문佚文 가운데 수삽석남首插石枏·죽통미녀竹筒美女·노옹화구老翁化狗·선녀홍대仙女紅袋·호원虎願 등 일부가 수록되어 설화문화적인 면에서도 귀중한 자료가 된다.

"조선 사회는 조선 정부의 공도정책空島政策에서 울릉도 및 독도를 망각했으며, 17세기 안용복과 일본의 충돌, 19세기 일본의 한반도 침략으로 비로소 조선인들이 울릉도·독도를 재발견했다." 일본 학계는 그동안 주장해 왔다.

《대동운부군옥大東韻府群玉》에 수록된 섬, 사나움〔悍〕, 사자〔獅〕 등의 일반 명사에 울릉도가 인용되고 있었다는 점을 볼 때, 조선인들의 사고체계 속에서 울릉도가 일상적으로 유통·활용되고 있음을 알 수 있게 되었다.

예천 지역의 학자들은 고향사랑과 이웃사랑의 마음이 각별했다. 누구나 고향을 떠나 객지에서 벼슬살이를 전전하게 되면 고향을 그리워하게 된다. 지방관으로서의 벼슬살이에 회의를 느꼈던 초간 권문해가 지향하던 바는 고향으로 돌아가는 일이었으나, 돌아갈 수 없음에 詩를 지어 향수를 달랬다.

초간이 고향을 떠나 산 것은 27세에 과거에 합격하여 서울과 지방, 그리고 고향 예천을 오가면서 벼슬살이를 하였다.

〈낙성객중우음洛城客中偶吟〉*은 초간 권문해가 서울에서 나그네

---

* 경상대학교 윤호진 교수의 〈초간 권문해의 사향시 연구 논문〉

생활의 어려움을 노래한 시이다.

客久囊垂罄　오랜 나그네 생활에 주머니는 비었고,
愁多病不饒　근심만 많고 병들어도 배불리 먹지 못하네.
心同漢水遠　마음은 한강물과 같이 먼 곳으로 가고,
眼入楚雲遙　눈에는 남쪽 아득한 고향의 구름만 들어온다.
白髮梳邊亂　흰 머리를 빗으니 더욱 헝클어지고,
朱顔鏡裏凋　거울 속 붉은 얼굴은 쇠락하였네.
歸裝何日理　돌아갈 짐을 언제나 쌀 것인가?
千里夢吾寮　천 리 먼 곳의 내 집만 꿈꾼다.

　한강물만 바라보아도 아득한 고향의 강이 떠오르고 꿈속에서도 고향의 집만 그렸다. 〈우음偶吟〉은 고향의 자연 속에서 유유자적하던 삶을 읊은 사향시이다. 송림 사이로 불어오는 싱그런 솔바람 소리, 초간정을 감돌며 노래하는 맑은 계류가 꿈속에서 흘렀다.

步出前溪上　걸어서 앞 시냇가에 나가서
投竿座石苔　낚시를 던지고 돌이끼에 앉았네.
日晡魚不食　해가 저물고 물고기 물지 않아
收釣獨歸來　낚싯대 거두어 홀로 돌아오네.

약포 정탁은 벼슬에서 내려와 고사평 내성천 강변에 집을 짓고 마치 당唐나라 배도裵度의 녹야당綠野堂 같이 아름다운 망호재望湖齋라 하면서, 〈망호당잡영望湖堂雜詠〉*을 지어 노래했다.

老病元宜靜	늙고 병들면 원래 고요함이 알맞으니
退歸今數年	고향에 물러난 지 지금 몇 해인가.
卜居還自笑	집터 잡은 것 스스로도 우스우니
大路近門前	큰길이 문 앞 가까이에 나있네.
退歸從闕下	대궐에서 물러나 고향으로 돌아오니
寇亂甫平年	왜구의 전란 막 평정된 해라네.
親舊喜無恙	친구들 탈 없어 기쁘니
聯牆或後前	담장 나란한 뒷집 또는 앞집이네.
尊酒高堂會	술동이 앞의 고당 모임
賓朋又此年	올해 또 손님과 벗이 왔네.
菊花全晩節	국화는 늦가을에 절개 온전하여
香滿酒罍前	술동이 앞에 향기 가득하네.
殘臘窮前歲	남은 섣달 지난해 다 가니
新春又換年	새봄이라 또 해가 바뀌네.
高坪靑靄靄	고평엔 푸른 아지랑이 자욱하고
芳草滿堂前	고운 풀이 집 앞에 가득하네.

*안동대학교 퇴계학연구소 | 장재호(역) | 2013.

甕釀經三熟　항아리의 술 삼 년을 익혔고

淸談屬暮年　맑은 담소 세모에 이어지네.

沙鳧眞活畫　모래밭의 오리 진정 살아 있는 그림이고

蘆雁夕陽前　갈대밭의 기러기 석양 앞에 있네.

　객지를 떠도는 예천 사람이면 누구나, 내성천에서 멱 감던 어린 시절, 연인과 어둠이 깔리는 경북선 철로를 걸었던 기억, 수채화보다 싱그런 향수鄕愁가 있다.

　예천에서 유·청소년기를 보낸 이희춘 시인은 고향 예천을 사랑의 대상으로 노래했다. 〈젊은 날의 별들〉*에서 고향을 별로 승화시켰다.

　내 유년의 시절의 어느 날 밤

　어머니는 오른손 집게손가락을 들어올려

　밤하늘의 별을 가리키며 그중에 크고 아름다운 별을

　특별히 나의 별이라고 일러주셨다.

　어머니가 세상을 떠나던 날

　어머니가 내게 보여주었던 같은 밤하늘 아래로

　나는 내 아들을 데리고 가

---

*이희춘,《오늘 밤에 별이 와서 빛나는 것은》시집, 중문출판사, 2014.

지난날 어머니가 내게 물려준 별을
아들에게 다시 물려주며
별을 가리키는 오른손 집게손가락도 물려주었다.
어느 날 내가 이승을 하직하게 될 날
내 아들은 또 제 딸에게
자신의 오른손 집게손가락을 들어 올려
아비가 물려준 별을 자식에게 물려주리라.
내 젊은 날 별 하나 사랑했네
밤하늘에 높이 떠 있어 결코 지상으로 내려오지 않는 별.
그러나 집게손가락을 들어 올리면
더 먼 세상의 소식을 전해주던 별.
별이 자라 오르는 동안 나는 키가 훌쩍 커졌고
덩달아 그리움도 커졌지.
그리하여 이미 내 오른손 집게손가락은
어머니의 것도 아니요 나의 것도 아니며,
아들의 것도 아니기에
내 조상의 조상이 대를 물려가며 전해준
성스러운 유산이다.
아무도 따라올 수 없는
내 삶의 거룩한 이정표다.

6. 용궁 회룡포

모든 강의 상류는 아침이슬같이 맑고 평화롭고 겸손하다. 새와 짐승들이 마시고 산과 들녘에 꽃을 피우고 열매를 맺게 한다. 그러나 먹구름이 산을 타고 오르는 여름철 소나기는 성난 홍수洪水가 되어 우르르 쾅쾅 지축을 흔들면서 쏟아져 내린다.

　　어린 시절 유곡에 살았던 강좌江左 권만權萬은 《유곡잡영酉谷雜詠》의 〈석천정사石泉精舍〉詩에서 내성천은 복사꽃이 피었다 지면 아득히 흘러간다고 읊었다.

　　　人言靑巖好　사람들은 청암정이 좋다고 하지만
　　　我獨愛石泉　나는 홀로 석천정을 사랑하네.
　　　兩桃花滿發　양쪽 언덕에 복사꽃이 피었다 지면
　　　川流去杳然　시냇물에 아득히 흘러가네.

문수산에서 흘러내린 계곡물이 봉화읍의 석천정 앞을 지나 청하동천을 빠져나오면 물야천과 합류하여 '내성천' 이름을 얻게 된다.

천둥번개와 눈·비가 문수산 골짜기로 쏟아져 산을 깎고 흘러내린 물이 들녘에 범람하면서 흘러내린 황톳물〔洪水〕이 삼계리 합소에 도달할 때쯤, 청하동천이 지닌 고요의 선경도 염화시중拈華示衆의 미소가 아니다. 두 물이 만나는 '두물머리'는 어디나 그렇듯이 용호상박龍虎相搏의 자세로 두 물이 서로 맞잡고 아래위로 자세를 바꿔가면서 씨름을 하듯 빙빙 돌면서 강바닥은 깊어지고 강기슭은 파이고 흩어진다.

내성리 사람들은 내성천을 '큰 거랑'이라 한다. 한강이 크고 넓은 강을 의미하는 '한가람'이 변한 것과 같이, 내성천의 또 다른 이름은 '큰 거랑'이다. 두 거랑이 삼계三溪에서 만나서 '큰 거랑'이 된 것이다. 내성리는 포저리를 개칭하였는데, 포저리浦底里는 나루터를 의미하듯이 내성천이 자연 하천으로 범람과 침식을 하던 때 배를 타고 강을 건너다녔었다.

여름의 큰 거랑은 천둥벌거숭이 아이들과 빨래하는 아낙네들의 자유천지가 되었고, 황금들판에 참새 떼 지어 날고 만산홍엽에 은어와 피라미가 거슬러 오르는 가을 저녁, 강물 위로 희망의 추석 달이 두둥실 떠오른다.

내성천은 호골산을 휘돌아, 천상川上에서 멀고 먼 세상으로 여행을 시작한다. 물은 흐르면서 물길이 바뀌고 침식과 퇴적을 거듭하지만 자연의 순리에 맞게 유동하면서 사람들의 삶 속으로 흐른다. 내성 시내를 벗어난 내성천은 호골산을 비껴 돌아 흐르면서 들판을 만들었다. 호골산이 품은 들녘이어서 호평虎坪(범들이)이라고 한다. 범들이 내성천 강둑의 느티나무·왕버들·회화나무 그늘에 버들치·모래무지·참마자·피라미·동사리·붕어·은어가 모래 위를 흐르는 물살을 거슬러 몰려다니고, 하얀 모래톱에 물결이 찰랑이었다.

소백산맥 마구령에서 흘러내린 낙하암천은 꽃내〔花川〕와 합류하여 화천의 복숭아 꽃잎이 도천에서 내성천으로 흘러든다.

내성천 화천포구는 강변에 숲과 모래톱을 이루고 꽃잎을 떠내려 보내지만, 가끔 홍수를 감당하지 못하고 강둑이 터지거나 범람하여 큰 수해를 일으키기도 한다. 도천에서 내성천 건너편의 신례 마을은 어느 해 홍수로 온 동네가 물바다가 된 후 내성천 건너편의 영주시 이산면 신암리로 옮겨 살았다.

영동선 문단역 원구마을은 남양洪씨와 진성李씨의 집성촌이다. 마을 앞으로 내성천이 휘돌아나가는 문단은 순흥도호부 시절의 파문단破文丹으로 사암(뱀바우), 조동槽洞, 원구院丘, 요산腰山, 건정巾正, 적덕赤德, 소지蘇知 등 12 문단(수민단)이라 일컫는다.

1600년, 15세의 홍습洪霫은 큰아버지 홍대성洪大成에게 입양되어, 남양南陽 마을로 떠났다.

홍습은 당시 최고의 문장가 월사月沙 이정구李廷龜의 문하에서 장원급제한 후 익한翼漢으로 개명하였으며, 그가 태어나서 어린 시절 뛰어 놀던 내성천을 못 잊어서 자신의 호를 화포花浦라 하였다. 화포花浦는 꽃내가 내성천으로 합류하는 도촌의 포구, 즉 화천포구花川浦口이다.

1624년(인조 2년), 정시문과에 장원급제 한 홍익한은 동지사의 서장관으로 명나라에 다녀와서《항해조천록航海朝天錄》을 남겼다.

육로가 아닌 해로의 사행록이라는 점이 특이하다. 평안도 정주 선사포宣沙浦를 출발해 가도椵島에서 도독 모문룡毛文龍을 만나고, 광록도·장산도를 경유해 등주登州에 상륙한 다음, 제남濟南을 거쳐 북경으로 향하였다. 닿는 곳마다 명나라 관리들의 치사한 사익비리私益非理에 사신들이 시달리면서, 홍익한은 통신사 일행 모두가 뇌물을 주기를 바랐으나, 국위를 손상시키는 것이라 허락하지 않았던 김성일의 대의大義를 생각했다.

1636년, 청나라가 조선을 속국시하는 모욕적인 조건을 내세워 사신을 보내오자, 홍익한은 청의 사신을 죽임으로써 모욕을 씻자고 주장하였다. 그해 병자호란이 일어나자, 홍익한은 최명길崔鳴吉의 화의론을 끝까지 반대하였다.

남한산성에서 인조가 항복하고 삼전도에서 삼배구고두三拜九叩頭의 치욕을 당한 후, 홍익한은 오달제吳達濟·윤집尹集 등과 심양瀋陽으로 끌려갔다.

"척화斥和에 앞장섰으면, 우리 군사가 나갔을 때 어째서 싸우지 않고 사로잡혀 이 꼴이 되었느냐?" 청장 용골대가 비꼬았다.

홍익한은 용골대에게 죽기를 바란다고 호통을 쳤다.

"내게 있는 것은 다만 대의大義뿐이니, 성패와 존망은 논할 바 아니오. 만일 우리 백성 모두가 나의 뜻과 같다면, 그대의 나라는 벌써 망했을 것이오. 나는 죽더라도 나의 피를 당신의 전고戰鼓에 바르고 넋은 날아 고국으로 돌아가 노닌다면, 이보다 상쾌한 일이 또 있겠소. 어서 빨리 죽기만을 바랄 뿐이오."

온갖 회유와 협박에도 굴하지 않고 다른 2학사와 함께 사형당한 것은 오직 대의大義를 지키기 위함이었다.

청 태종은 청에 충성할 것을 회유하였으나, 홍익한·오달제·윤집 3학사는 끝내 충성을 거부하며 죽기를 자청했다.

청 태종은 이들을 처형하면서도 삼학사의 절의에 감탄하여,

"나도 저런 신하들이 있었으면 좋겠다."

그 뜻을 기리는 비를 세워 자기 신하들에게 귀감이 되게 했다.

중국 요령성 심양의 요령발해전수학원 교정에 '삼한산두三韓山斗' 비석이 있다. '삼한三韓'은 조선을, '산두山斗'는 '태산처럼 높고 북두칠성같이 빛나는 충절'을 뜻한다.

홍익한의 고향, 문단의 원구마을에 '충정공홍익한'의 충렬비를 세워 그의 의義를 기리고 있다.

화포가 청의 전고戰鼓에 바른 붉은 피는 청나라를 지구상에서 흔적도 없이 사라지게 하였으며, 그의 넋은 고향 마을로 돌아와 내성천 꽃내의 화포花浦 강둑을 거닐고 있다.

퇴계의 허씨 부인 묘소에서 내성천 건너 우금방友琴坊 초입의 언덕에는 지금 이산서원 이설移設 공사가 진행 중이다.

퇴계는 이산서원이 처음 설립되었을 때, 〈이산원규伊山院規〉를 지었는데, 원규院規는 학교의 교칙과 같다. 서원의 기문記文과 원규院規를 지었을 정도로 퇴계가 특별히 관심을 가지고 있었다.

퇴계가 별세한 이듬해 1572년 퇴계의 위패를 이산서원에 봉안하고, 1574년 사액賜額을 받았다. 1558년, 번천蕃川(휴천1동 남간재) 언덕에 이산서원이 설립되었는데 터가 습해 서까래가 썩어, 1614년 성안의가 이산서원원장으로 있으면서 구서원묘자舊書院廟子를 내림임고 內林林皐(수구리)로 독단이건獨擅移建 하였다.

오늘날 영주댐 건설 수몰지역이 되면서 말암리末巖里 우금방友琴坊 초입의 언덕으로 옮기게 되었다. 이제 이산서원의 퇴계의 위패와 내성천 건너편 사금골의 허씨 부인의 묘소가 마주 바라보게 되었으니, 이는 천공天功이 아니라 할 수 없다.

신혼의 이황 부부가 도산에서 온종일 걸어와 시원한 강물에 발을 담그던 사금골의 하얀 모래톱, 버드나무 그늘에 앉아 흐르는 강물처럼 도란도란 얘기꽃을 피우던 강가 언덕, 수줍어 수줍어하는 아내를 덥석 업어서 강을 건네주던 내성천 맑은 물은 햇살에 반짝이며 쉼없이 흐르는데, '물총새 암수가 어울려서 시끄럽게 날갯짓하네〔翠羽刺嘈感師雄〕스물한 살의 동갑내기 물총새의 날갯짓은 겨우 7년으로 끝이었다.

퇴계는 일생 동안 도산에서 영주를 오가는 길에 내성천 강가에 앉으면 양귀비꽃보다 더 붉은 추억의 강물이 폭포수처럼 흘렀고, 자신도 모르게 아내의 묘소가 있는 사금골로 발걸음이 옮겨지면, 암수한 쌍의 작은 새 풀숲에서 포르르 날아오르고 눈 녹은 양지쪽에 수줍은 듯 연분홍 두견화가 반겼다.

雪消氷泮淥生溪　눈은 녹고 얼음 풀려 푸른 물 흐르는데,
淡淡和風颺柳堤　살랑살랑 실바람에 버들가지 휘날린다.
病起來看幽興足　병 중에 와서 보니 그윽한 흥 넉넉한데,
更憐芳草欲抽黃　꽃다운 풀 싹트는 것 더욱더 어여뻐라.

'삶과 죽음', '이승과 저승'이란 서로 다른 시·공간에 존재하다가, 이제 내성천을 사이에 두고 같은 시·공간에서 마주보게 되었으니, 아들을 낳고 사별死別한 부인의 한恨과 아내를 보내고 여생餘生을 가슴 저린 퇴계의 한恨이 500여 년이 지난 오늘에야 풀리게 되었다.

내성천 강변의 평은平恩은 '평화롭고 은혜로운 땅'으로 조선시대 역참驛站으로서, 영주의 창보역, 안동의 옹천역과 안기역, 봉화의 도심역 등이 관도官道로 연결되어 있어 사방으로 통하는 교통의 중심지였다. 1914년, 행정구역 개편 때 평은리에 면사무소를 두었다가 금광 1리로 이전한 후 100년 만에 다시 평은리로 돌아오게 됐다.

평은平恩에서 영지산 산속의 양지암이 있었다는 지암 마을에 살았던 '돌봉이'는 내성천을 건너서 '깊으실'의 평은초등학교까지 한 시간을 걸어야 했다. 여름철 홍수 때 흙탕물이 넘실대면 비를 맞으며 먼 길을 돌아가야 했다. 그 돌봉이가 영남퇴계학연구원 석암石巖 김영숙金榮淑 원장이다.

예천군 보문면 미호리의 표절사에 고려 말 충신 율은栗隱 김저金佇의 후손으로 평은면 강동리 내성천 천변의 눌재 송석충의 괴동재사槐洞齋舍가 있던 귓골〔槐谷〕에 터를 잡았다가 다시 지암 마을로 옮겨간 것이다.

석암 김영숙은 대학에서 《영사악부詠史樂府》 연구를 비롯해서 퇴계의 詩와 성리학의 현대적 해석을 위해 70여 편의 논문을 발표하였으며, 그의 한문 서체書體는 예서隸書의 일가一家를 이루었다.

퇴계 당시에 황준량과 박승임이 있었듯이, 오늘날 영주시 상줄동 줄포 마을의 정순목·정순우 형제와 더불어 석암의 퇴계학 연구는 소수서원의 본향인 영주가 선비의 고장으로 더욱 의미가 있다.

평은초등학교와 면사무소가 있었던 평은면의 소재지 금광 1리는 '깊으실〔深谷〕'이라 불렀다. 내성천은 천본리에서 토일천과 합류하여 몸을 불린 뒤 직류로 흘러왔으나, 산이 높고 골이 깊은 '깊으실'에서부터 용혈리까지는 산과 산 사이를 용이 꼬리를 치듯 구불구불 흘러가면서 물의 흐름이 느려지면서 깊어지기 때문에 '깊으실'이라 했다.

퇴계의 첫 제자인 인동장씨張氏 장수희張壽禧의 아들 사계沙溪 장여화張汝華는 영주 시내 전계箭溪에 살았는데, 그가 처가인 안동 내앞〔川前〕을 오갈 때 '깊으실'을 마음속으로 장래 정착지로 생각하고 금강金江(금광 2리) 마을 언덕에 심원정心遠亭을 짓고 글을 읽으면서 자연을 벗하며 지내고자 했으나, 실행하지 못하고 타계하였다.

장여화의 아들 장용현張龍見과 장용경張龍慶 형제가 금강 마을로 옮겨왔으며, 그 후 장용현張龍見의 둘째 아들 섭爕과 장용경張龍慶의 일곱째 아들 유瑜가 금강에서 용강龍江으로 옮겨왔다.
내성천이 천본리 연장골에서 토일천과 합류하여 천천히 흘러가면서 강물과 모래톱, 울긋불긋한 단풍이 어우러져 비단처럼 아름다운 금강錦江을 이루었다.

장용경張龍慶의 손자 와은臥隱 장위항張緯恒이 은거하였던 와운곡臥雲谷은 그가 읊은 〈운포구곡雲浦九曲〉의 극처에 해당하는 지포곡芝浦曲은 평은면 금광 1리 금강 마을이다.

와은臥隱은 와운곡을 돌아 흐르는 금강錦江을 〈제1곡〉부터 〈제9곡〉까지 거슬러 오르면서 구곡시九曲詩를 읊었는데, 극처極處인 금강마을에서 물결을 따라 다시 내려가면서 읊는 것을 〈복차覆次〉라 하였다.

내성천이 영지산을 휘돌아 나가는 송리원유원지 백사장 지포芝浦, 평평하고 서늘한 동저東渚, 비단처럼 아름다운 금탄錦灘, 금강 마을을 휘돌아 흐르는 구만龜灣, 구름이 머문다는 운포雲浦, 물이 화살처럼 빠르게 흐른다는 전담箭潭, 미림 마을을 휘돌아가는 용추龍湫 (용이 승천하는 웅덩이), 모래톱이 아름다운 송사松沙, 우천愚川 정칙의 정자가 있던 우천愚川 을 노래하였으나, 영주댐과 함께 대부분 훼손된 상황이다.

영주댐 건설로 수몰되는 지역 이주민과 함께 인동張씨 종택, 만연헌, 장석우 가옥, 의관댁, 영강정, 직방재, 금강사지, 서낭당 등 유서 깊은 고택들이 이주 단지에 옮겨지게 된다.

'모래톱에 뒹굴고 멱 감던 하동夏童들, 꽃가마 타고 외나무다리 건너던 신부, 강가 정자에 둘러 앉아 창수唱酬하던 선비들, 새벽 안갯속의 평은역을 향해 숨 가쁘게 구마이재를 넘어가던 그 학생들…' 무형의 유산, 역사까지는 옮겨갈 수 없다.

武夷仙景
계산 龍吉

영주는 동東쪽으로 내성천이 흐르고, 서西에는 서천이 흐른다. 초암사에서부터 흘러온 죽계천과 순흥 태장에서 흘러온 홍교천, 그리고 죽령과 희방사 계곡에서부터 흘러온 남원천 등 세 물길이 귀내에서 만나 서천西川이 된다.

소백산의 지령과 순흥 금성단錦城壇의 절개와 소수서원의 선비정신을 품은 서천은, 귀내에서 구성산을 굽이돌아 휴천으로 흘러서 승문에서 운곡을 빠져나온 동천(우천)을 만나 내성천에 합류되어 무섬을 돌아나간다.

내성천이 학가산에 막히면서 하얀 모래톱 쌓아놓고 천천히 돌아 흐른다. 물 위에 뜬 '물섬마을'이 '무섬〔水島〕'으로 불리게 되었다. 중국의 섬계剡溪(절강성 조아강)의 상류와 비슷하다 하여 '섬계마을'이라고 불리기도 하였다.

반남박씨 박침朴琛의 후손들은 원정골을 중심으로 무섬, 머럼, 고랑골 등 내성천을 따라서 모여 살았다. 머럼〔遠岩〕에 살았던 박침의 후손 박수朴檖가 강 건너 무섬에 터전을 잡았다. 박수朴檖의 손서孫壻 김대金臺(박이장朴履章의 사위)가 혼인하여 무섬으로 들어와 살기 시작하면서 그의 후손 선성金씨와 반남朴씨가 집성촌을 이루게 되었다.

무섬에는 주민을 계몽하고 일제에 항거하는 독립운동을 하던 '아도서숙亞島書塾'이 있었다. '아세아亞細亞 조선반도朝鮮半島의 수도리水島里'라는 뜻을 품었으며, 서숙書塾은 학문을 가르치는 곳으로 서당보다 큰 의미이다.

　　무섬 마을의 항일독립운동가 김성규 가옥은 청록파 시인 조지훈趙芝薰의 처갓집이다. 조지훈의 시 〈별리別離〉는 무섬 마을을 배경으로 신혼 초에 처가에 왔다가 신부만 홀로 두고 떠나야 하는 이별의 정한과 그리움을 읊었다.

　　　　푸른 기와 이끼 낀 지붕 너머로
　　　　나즉히 흰 구름은 피었다 지고
　　　　두리기둥 난간에 반만 숨은 색시의
　　　　초록 저고리 당홍 치마 자락에
　　　　말 없는 슬픔이 쌓여 오느나
　　　　십 리라 푸른 강물은 휘돌아가는데
　　　　밟고 간 자취는 바람이 일어 가고

　　　　방울 소리만 아련히
　　　　끊질 듯 끊질 듯 고운 메아리

　　　　발 돋우고 눈 들어 아득한 연봉을 바라보니

이미 어진 선비의 그림자는 없어
자주 고름에 소리 없이 맺히는 이슬방울

이제 임이 가시고 가을이 오면
원앙침 비인 자리를 무엇으로 가리울고.

꾀꼬리 노래하던 실버들가지
꺾어서 채찍 삼고 가옵신 임아!

　무섬 마을의 김난희金蘭姬는 19살 때 경북 영양의 조지훈趙芝薰(동
탁)과 혼인하여, 마흔 여덟에 시인이 세상을 떠난 뒤 4남매를 키웠
다. 무섬 마을 전시관 뜰의 조지훈 시인의 〈별리別離〉 시비는 시인의
아내의 궁체를 볼륨이 묵직한 화강암에 새긴 것이다.

　무섬 마을 여인들에게 외나무다리는 새색시의 초록 저고리 당홍
치맛자락이 떠오른다. 가마 타고 시집올 때 건너왔던 그때를 생각하
면 지금도 가슴 두근거려지고, 징용에서 돌아오지 않는 신랑을 기다
리며 석양에 물든 내성천이 서러운 여인도 있었다. 가마 타고 시집
온 무섬 마을 여인들은 상여를 타야만 되돌아갈 수 있었다.
　고택은 흔히 볼 수 있지만, 모래톱 사이로 흐르는 실개천 위에 걸
쳐진 가늘고 구불구불한 외나무다리는 무섬 마을에만 있다.

1979년, 수도교가 놓이기 전까지 무섬 마을의 유일한 교통로는 오직 외나무다리였다. 그나마 장마철 불어난 강물에 다리가 떠내려가면 또 만들어야 했다. 모래톱과 실개천, 그리고 외나무다리 중 어느 한 가진들 사라진다면 온전한 무섬 마을일 수 없다.

　　실경산수화가 오용길은 실경을 그리되 순수한 먹빛과 치밀한 용필을 발휘하여 주관적으로 조형화한다. 그는 소수서원의 아취와 금선계곡의 운취를 화폭에 담았으며, 외나무다리가 용틀임하는 수도리의 목가적牧歌的 풍경에서 모래가 사르르 흐르는 물빛을 그렸다.

　　나는 무섬 마을을 나와서 수도교 난간을 잡고 서서 눈앞에 펼쳐지는 모래톱과 실개천, 그리고 외나무다리를 무섬 마을과 아울러 전체적으로 조망하였다. 무섬 마을 건너편 원창동이고, 수도교에서 직진하면 머럼 마을이고, 머럼 마을 가는 길 중간쯤 샛골 입구에서 좌측으로 가면 샛골·잔드리 마을이다.

　　잔드리 고갯마루의 길 오른편 쉼터에 거북 받침 위의 오석烏石에 「반남박씨세적지潘南朴氏世蹟地」라 써있으며, 잔드리 삼거리를 지나서 샛골 마을 입구에도 「반남박씨세장지潘南朴氏世庄地」라 새긴 큼직한 표지석이 길가에 서있다.

소백산에서 발원한 서천이 귀내에서 흘러서 승문에서 내성천에 합류되어 무섬을 돌아나가듯이 인간의 역사도 강물 따라 흐른다. 귀내에 살았던 소고 박승임과 봉화 창평의 낙한정 박승준, 무섬 마을 박수의 후손들, 조제助梯리의 원창·머럼·샛골〔間谷〕잔드리〔棧道里〕에는 조선 세종 때 좌의정 박은朴블의 후손들이 살고 있는 반남潘南박씨 집성촌이다.

「반남박씨세적지潘南朴氏世蹟地」를 벗어나 분계마을을 지나니 눈앞에 하얀 모래톱 사이로 내성천이 유유히 흐르고 강을 가로질러 안동으로 통하는 석탑교가 길게 뻗어 있었다. 다리를 건너면 석탑리로 가게 된다. 나는 강변 우측으로 난 문수로를 따라서 강마을의 풍경을 감상하며 천천히 나아갔다.

문수면 조제 2리 멱실은 안동·예천 경계의 내성천변 마을이다. 경주金씨와 예천林씨가 피난처를 찾던 중 내성천과 학가산이 어우러져 산수 수려한 이곳에 터를 잡은 뒤 마을 이름을 '찾을 멱覓'자에 '집 실室'자를 써 멱실覓室이라 했다고 한다.

피난처란 안전하고 흉년이 들지 않고 전염병이 없어서 좋지만, 외지에서 드나들기 힘든 오지奧地일 수밖에 없다. 내성천 천변의 멱실·곰실·호구실·합실·읍실·간실·새실·물레실 등 문수면·장수면의 마을들은 교통이 불편했다. 강변길이 없었으니, 외지로 통하는 길은 오직 산을 넘는 것이었다.

멱실은 학가산과 내성천이 가로막고 있어서 무엇보다 자녀들 교육과 병원 진료가 문제였다. 1931년에 설립된 멱실 교회는 영문서숙을 열어서 신학문을 교육했으며, 1947년 조제분교를 멱실에 설립하기도 했다. 6.25 동란 전에는 학가산에 근거지를 둔 빨갱이들이 강을 건너와서 양식을 빼앗아가기도 하고 그들의 총질에 희생자도 있었다.

수도리 외나무다리를 빠져나온 내성천은 기곡 마을 앞을 지나서 장산리까지 직류한다. 보문면 기곡基谷(텃골)리 간운 마을, 마을 아래로 흐르는 내성천과 하얀 모래톱, 그리고 강 건너 학가산과 마주하는 산촌 마을이다. 높은 산 위에 있어서 구름 사이에 있다는 뜻의 '간운間雲 마을'은 준雋이 말한 '근根이 형'의 고향 마을이다.

'근根이 형'은 키가 작으면서 행동이 민첩했으며, 달리기와 씨름에서 져본 적이 없다고 했다. 밤새워 공부하고 새벽에 산에 올라서 큰소리로 영어 웅변을 하는 그의 꿈은 외교관이었다고 했다.

세 살 많은 '근根이 형'은 준雋에게 데미안(Demian)과 같은 존재였다. 내가 생각할 수 없는 저 너머의 것을 볼 수 있는 혜안을 가졌던 것은 '근根이 형'과 같은 눈높이를 가졌기 때문이었다.

'근根이 형'은 산에 오르면 큰 소리로 외쳤다.
"Boys, Be ambitious!"

싱클레어가 불량한 크로머에게 혹독하게 시달렸듯이, 준雋은 뒷자리의 홍만에게 늘 시달렸다. 시험 답안지를 보여주지 않았다는 앙갚음으로 복도 청소하던 밀대 걸레를 휘둘러서 준雋의 새하얀 교복 저고리에 흙탕물 지도가 그려졌다. 그날은 종업식이 있었고 여름방학을 맞아 고향집에 가는 날이었다.

북문 둑 다리 난간에 앉아 어두워오는 고향 하늘만 바라보고 있는 준雋에게 '근根이 형'이 다가왔다. 근이 형이 시키는 대로 준雋은 홍만네 집에 갔다. 밤낮 사흘 만에 홍만이가 울면서 잘못했다고 빌었다.

'근根이 형'은 고자질은 더 비겁하다고 했으나, 말 한마디 않고 참는 것은 쉬운 일이 아니었다. 새롭게 태어나기 위해서는 하나의 세계를 깨뜨려야 했다.

준雋이 말한 '근根이 형'이 어떤 인물인지 늘 궁금했다.

나는 보문면이 고향인 친구들에게, 그 '근根이 형'에 대해 수소문해 보았다. 예전의 그를 의외로 잘 알면서도 근황을 아는 사람은 없었다. 해병으로 입대하여 청룡부대원으로 참전했다가 더불 백 달랑하나 메고 귀국한 후 소식을 모른다고 했고, 오히려 나에게 그의 소식을 귀띔해 주기를 바라는 눈치였다.

간운 마을은 옥계천과 내성천, 그리고 학가산이 가로막고 있어, 영화 미션(The Mission)의 이구아수 폭포 위의 원주민 과라니족 마을처럼 강을 건너서 산을 올라야 갈 수 있는 구름 위의 산촌 마을, 에덴(Eden)이다.

나는 환상 속에서 정의로운 세상을 봅니다.
그곳에서 모두 정직하고 평화롭게 살아갑니다.
난 떠다니는 구름처럼 항상 자유로운
영혼을 꿈꿉니다.

간운 마을 아이들은 내성천 건너 수계首溪 마을의 초등학교에 다
녔다. 마을에서 산길을 내려가서 내성천을 건너야 학교에 갈 수 있
었다. 겨울철의 칼바람에도 얼음 위를 걸어서 건널 수 있었지만, 여
름 장마철에는 배를 타고 건너야 했다. 어느 때는 배가 뒤집혀서 불
어난 강물에 휩쓸려 한참이나 떠내려 간 적도 있었다.

내성천 모래톱은 간운 마을 아이들의 씨름판이었고, 강물을 거슬
러 오르는 은어와 버드나무 그늘의 붕어나 여울목의 피라미는 저녁
반찬꺼리가 되었다.

황톳물이 흐르는 강을 건너고 언덕을 오르내리면서 학교까지 시
오리, 하루 삼십 리 길을 뛰어다녔던 '근根이 형'은 거센 황톳물 장애
障礙에도 굴하지 않고 자신감이 넘쳤다. 준雋에게 '근根이 형'이 데미
안과 같은 존재였다는 의미를 알 것 같았다.
무섬 마을 오헌 고택에 적힌 실학자 성재性齋 허전許傳의 '오헌기
吾軒記'를 되새겨 보았다.

'내가 오픔(나)라고 한 의미는 무엇인가? 대체로 나란 자신을 일컫는 말로 物과 다르고 人과도 달라서 크게 분별이 된다. 그렇다면 나로써 나를 이름하고, 나로써 나에 대해 글 지음은 이에 사람과 사물과 크게 분별을 하지 않을 것인가? 명名이란 실實의 빈賓이요. 글이란 道를 담는 器[그릇]이다. 손은 實을 떠난 적이 없으며, 그릇은 道를 떠난 적이 없으니, 사람과 사물도 또한 어찌 나에게 구비되지 않겠는가!…'

나는 나에게 스스로 묻고 답해 보았다. '그대는 어찌해서 근본으로 돌아가지 않는가?'

'근根이 형'의 간운 마을, 지금은 중앙고속도로가 옥계천을 따라 남북으로 지나가고 마을 앞에는 보문로가 예천과 안동으로 통하고, 마을 아래에는 문수로가 있어 예천과 영주로 통한다. 교통로는 物과 人만 통하는 것이 아니다. 생각들을 바뀌게 하고 삶의 방식도 달라진다. 간운 마을은 이미 환타지(Fantasi)가 아니다.

나는 간운 마을 초입에서 서성거리다가 한 어린아이를 보았다. 책보자기를 등에 질끈 동여 맨 그 아이는 다람쥐처럼 재빠르게 오르막길을 올라서 구름 속으로 사라졌다.

넬라 환타지아(Nella fantasia)의 몽환적인 'Gabriel's oboe' 연주가 그 숲에서 흘러나왔다.

간운 마을 아이들이 건넜던 내성천에 오신교 다리가 놓여 있었다. 오신교 다리를 건너서 수계리로 들어갔다.

수계리는 학가산 보문사 골짜기의 계류가 내성천에 합류하는 곳이라 하여 쌍계雙溪라 하였는데, 쌍계의 지명은 여러 곳이다. 멀량·쌍계·장숯골·점마·가라골·오암 등의 자연부락이 들어서면서 그 중에서 가장 큰 멀양〔首陽〕마을의 수首와 쌍계雙溪의 계溪를 따서 수계首溪라 하였다. 멀양은 마을 앞에 넓은 농토가 펼쳐져 있는 큰 마을이고, 점마는 옛날에 옹기점이 있었던 마을이며, 장숯골 마을 주민들은 대개 오래 산다고 한다.

아이들 소리가 사라진 학교 안을 늙은 느티나무가 지키고 있었다. 이 학교 졸업생인 시인 수계首溪의 문학관이 들어섰다.

《별과 꽃과 사랑의 노래》는 그 시인이 신문지면의 '차 한 잔의 여유'에 연재한 후 詩와 그림을 함께 엮은 것이다.

돌에다 맨손으로 당신을 씁니다.
흙에다 물방울로 당신을 씁니다.
나무에다 바람으로 당신을 씁니다.
하늘에다 기도로 당신을 씁니다.

당신은
아무리 쓰고 써도 지워지지 않는 이름입니다.

누구나 가슴에 담고 사는 이름 하나 '당신'. 당신은 절대적 존재이며, 무한한 생명력을 갖고 있다. 그는 이 詩에서 영원불멸의 초상으로 당신을 새겨보았다. 지울 수 없고, 지워지지 않는 이름. 그 대상을 향해 그는 쓰고 또 쓰고, 부르고 또 부른다고 했다.

시인이 부른 이름들 중에 근根이, 정자, 정자 동생 환이, 광호와 학동이도 쓰고 지웠을 게다.

해마다 여름철이면 학교 마당이 시끌벅적해진다. '학가산 달빛 내성천에 일렁이고' 음악회와 문학회, 동창회도 열린다.

"예천의 산이나 강에는 어머니가 살고요, 골짜기마다 풀어헤친 젖무덤에서 단물이 꿀처럼 흘러요. …"

수계의 詩를 교가처럼 노래하는 그날이 기다려지는 할아버지 느티나무는 가지마다 짙푸른 잎을 달고 춤을 춘다. 희망이 있으면 음악이 없어도 춤을 춘다.

수계에서도 '근根이 형'의 흔적을 찾지 못한 채 오신교 다리 위에서서 강 건너 간운 마을 쪽을 올려다보았으나, 구름 속에서 기어코 얼굴을 내밀지 않았다.

영주시 장수에서 발원하여 감천과 보문을 흘러온 옥계천이 수계에서 내성천으로 합류한다. 내성천은 아름다운 옥계천을 품에 안고 미호리와 읍호정을 탱고(tango)를 추며 돌고 돌아서 선몽대 정자까지 멈추지 않고(baile con corte) 남류南流한다.

내성천을 따라서 고속도로와 철로가 나란히 달린다. 중앙고속도로 위의 차들은 폴카(polka)를 추며 초침처럼 달리는데, 강 건너의 고평역에서 어등역으로 가는 열차는 황혼을 머리에 이고, 최백호의 '비내리는 밤의 항구'에 흐느적거린다.

멀양 마을 앞 강둑길은 붉은색 자전거전용도로였다. 수계에서 멀량·읍실·작곡리 앞 들판을 지나서 보문교를 건넜다. 보문면 소재지는 내성천이 마을 앞을 둘러서 눈썹처럼 보인다고 미호리眉湖里이다. 남하정 정자가 있는 남쪽 마을, 미호리 동쪽의 동짝마, 뒷산이 수려하고 앞강물이 맑은 청심대 마을이다.

미호리에서 내성천에 걸린 미호교를 건넜다. 강은 굽이칠 때마다 모래를 쌓아놓고 흘러간다. 내성천은 미호교 아래를 지나서 한맥 골프장 언덕에 막혀서 모래를 쌓아놓고 미호리 마을 앞을 흐르다가 동호東湖 언덕에 막혀서 신월리 마을 앞에 넓은 모래톱을 쌓았다.

미호교 아래의 모래는 사막처럼 넓었다. 아이가 사막을 뛰어가고 그 뒤로 누렁이가 혀를 빼물고 따라갔다.

교각 콘크리트 받침 위에 앉아서 내가 바라본 아이와 누렁이는 마치 소행성(B612)에서 온 어린왕자와 여우가 아닐까. 강물과 모래 그리고 아이와 개 한 마리가 펼치는 풍경은 평화롭고 목가적이었다.

한맥CC 노블리아 골프장 아래의 내성천 강변로를 3km 정도 따라가다가 강과 갈라져서 오르막을 올랐다. 소망실 마을로 내려가는 갈림길에서 오른쪽으로 난 서원 나들목으로 들어서니, 서원은 보이지 않고 언덕 아래로 내성천의 절경이 발을 멈추게 했다.

내성천은 신월리 마을 앞에 모래톱을 쌓아놓고 S자로 돌아서 고평교로 흘러가고, 신월리 마을 뒤로 펼쳐지는 기름진 충적평야를 경북선 철로가 가로질러 보문면 소재지 미호리 마을 앞으로 돌아나간다.

언덕 아래 굽이치는 내성천과 미호리 마을이 평화롭고, 나뭇가지 사이로 멀리 한맥 골프장 언덕의 전원주택단지 '노블리아 골프 빌리지'의 울긋불긋한 서양식 건물들이 이국적으로 보였다. 유럽의 어느 강 마을에 온 느낌이었다.

도정서원은 1640년 지방 유림의 공의로 사당을 건립하고, 예천읍내 향현사에 모시던 약포의 위패를 이곳으로 옮겨왔다. 사당채는 정면 3칸 측면 2칸으로 되어 있고, 강당채는 정면 4칸 측면 2칸으로 전면에 난간을 돌려 누각 형식을 취하였다.

1697년, 강당 채를 건립해 서원으로 승격했고, 1786년, 선생의 3자인 청풍자 정윤목鄭允穆을 추가 배향했다. 서원 입구의 팔덕루에는 도정서원 편액이 걸려 있다. 서원에서 오른편에 기숙사인 지경당과 동재·서재, 전사청. 서원 앞의 읍호정挹湖亭은 1601년에 가파른 경사면을 깎아 강물을 뜰 듯이 강 가까이 세운 정자이다.

1723년에 향현사鄕賢祠 위판을 옮겨 봉안하고, '도정서원道正書院'이라 일컬었다. 약포의 고향 고평리高坪里 집은 들판을 바라보고 내성천 물가에 있어 녹야당綠野堂과 오교장午橋莊 같은 승경이다. 그 집에 편액하기를 '망호재望湖齋'라 했으며, 내성천 동호東湖 언덕 절벽 위에 작은 정자를 '읍호정挹湖亭'이라 이름 짓고 詩를 읊었다.

책을 읽음에 늘 세상을 구제하리라 마음먹었는데,
풍진 속에서 돌아다닌 세월 몇 해이던가.
칠 년의 왜란 속에 하나의 계책도 내지 못하고
백발에 비로소 고향 돌아옴이 도리어 부끄럽네.

정탁은 읍호정에서 고향 친구들과 어울리기도 하고, 내성천에서 낚시를 하면서 만년을 즐기고 있었다.

어느 날 배 위에서 낚시를 하고 있었는데, 강가에서 한 젊은이가 큰 소리로 정탁을 불렀다.

"늙은이, 강 건너에 약포가 사신다는데 맞는가?"

"그렇다고 합니다만."

"약포를 만나러 가는 길이니, 나를 업어 배를 좀 태워주게."

정탁은 아무 말 없이 젊은이를 업고 와서 배에 태워 강을 건넜다. 젊은이가 배에서 내리면서 또 물었다.

"요새 약포는 어떻게 지내신다든가?"

"아, 네. 낚시도 하고 길손도 업어 물을 건네준다고 합니다."

도정서원에서 고평교까지 강변길은 강 건너 경북선 철로와 나란히 내성천을 따라 조성된 벚나무 가로수길이다. 하얗게 모래톱을 쌓으며 흐르는 내성천을 따라서 곧게 뻗어 있는 십 리 벚꽃길은 싱그런 강바람을 맞으며 달리는 최상의 자전거 라이딩 코스이다. 벚꽃 피는 봄철, 바람에 눈처럼 날리는 벚꽃을 맞으며 달리는 기분은 어떨까?

바이커(biker)라면 봉화 석천에서 회룡포까지, 내성천변을 라이딩 하지 않고 예천을 안다고 할 수 있을까. 마치 K2(8,611m)를 오르지 않고 에베레스트(Mount Everest, 8,849m)를 다 안다고 할 수 없음과 같다.

내성천 강물이 영주댐에 갇히어 흐름을 멈추니, 강바닥이 풀과 잡초와 자갈이 뒤섞이어 황무지로 변하였다.

이제, 내성천은 모래가 흐르지 않는 강이 되었다.

내성천은 고평리를 지나서 저우리를 S자로 돌아나가면서 양쪽 강변에 넓고 하얀 백사장을 내려놓고, 예천읍에서 경상북도 도청으로 이어지는 오천교 아래를 흘러서 선몽대 앞으로 유유히 흘러간다.

선몽대는 소나무 숲과 내성천, 그리고 퇴계의 후손들이 집성촌을 이루는 백송리 마을을 배경으로 한다. 퇴계가 태어난 온혜 마을 뒷산 용두산의 지맥이 백송리까지 이어져 왔으니 단순히 우연이 아니다.

서홍瑞鴻이 여덟 살 때, 둘째 형 서귀[河]를 따라서 소를 먹이러 들에 나갔다. 그때 형이 풀을 베다가 칼에 손을 다쳐 피를 흘리자, 서홍이 형을 안고 울었다.

어머니가 그에게 물었다.

"네 형은 손을 다치고도 울지 않는데, 너는 왜 우느냐?"

"형이 울지는 않지만 피를 저렇게 흘리는데, 어찌 손이 아프지 않을 수 있겠습니까?"

서홍瑞鴻은 퇴계의 어릴 때 불리었던 초명이다. 그의 둘째 형 서귀[河]의 손자가 우암遇岩 이열도李閱道이다. 이열도는 퇴계의 조카 굉宏(河의 차자)의 아들로서, 1576년 별시문과에 급제하여 승문원에 들고, 벼슬이 예조좌랑에 이르고, 만년에 선몽대仙夢臺를 지어서 강과 송림이 어우러진 자연을 즐겼다.

1550년 6월 17일, 퇴계는 넷째 형 해瀣에게 편지를 보냈다. 먼저 조카 굉宏의 아내(이열도의 어머니)가 서거逝去하였다는 소식을 알렸다. 이때 13살의 이열도는 모친상을 당하여 밤낮을 가리지 않고 호곡하며 모든 일을 어른과 같이 하니, 향당이 모두 그 효성에 감복하였으며 그때 벌써 사서삼경四書三經을 독파하여 주위 사람들을 놀라게 했다.

1555년 2년 18일, 퇴계는 배를 타고 서울을 떠났는데, 이번 귀향 길에는 조카 굉宏, 맏아들 준雋, 그리고 제자 금보琴甫 등이 배행하였으며, 그해 4월 18일, 조카 치寘(河의 長子)가 발병한 지 이틀 만에 갑자기 요서夭逝하였다. 퇴계는 조카 굉宏(河의 次子)과 맏아들 준에게 치寘의 부음을 알리는 편지를 보냈다.

선몽대는 퇴계의 종손從孫이며 문하생인 우암遇岩 이열도李閱道가 조선 명종 18년(1563)에 세운 정자이다. 선몽대의 이름 '선몽대'의 세 글자는 퇴계의 친필로 알려져 있고, 정자 내에는 당대의 석학인 퇴계 이황, 약포 정탁, 서애 류성룡, 청음 김상헌, 한음 이덕형, 학봉 김성일 등의 친필 詩가 목판에 새겨져 지금까지 전해오고 있어 선인들의 삶의 흔적을 엿볼 수 있는 역사적 공간이다.

퇴계는 선몽대의 경관을 그림 그리듯 詩를 지어서 그의 후손 열도에게 〈선몽대에 지어보냄(寄題仙夢臺)〉보냈다.

松老高臺揷翠虛 노송 속 높은 누대 푸른 하늘에 꽂혀있고
白沙靑壁畵難如 흰모래 푸른 절벽 그려내기 어렵노라.
吾今夜夜憑仙夢 내 지금 밤마다 선몽에 의지하여 구경하리니
莫恨前時趁賞疎 지난번 진작 감상 못한 소홀함 여한이 없노라.

선몽대의 숲은 선몽대 뒤편의 백송리 마을을 보호하기 위하여 조성된 전통적인 마을 숲이다. 100~200여 년 수령의 소나무 노거수와 은행나무, 버드나무, 향나무 등이 함께 자라는데, 홍수나 바람으로부터 마을을 보호하는 수해방비림, 방풍림, 수구막이 숲이자 풍수상 단점을 보완하는 비보림의 역할을 해온 것으로 보인다.

선몽대는 다산 정약용 집안과도 관계가 있었다. 정약용의 7대조인 정호선이 경상도 관찰사로 있을 때, 이곳의 아름다운 경치를 본 뒤 詩를 남겼다. 1780년, 다산 정약용 예천군수인 아버지 정재원丁載遠을 따라와서 형 약전과 함께 관아 서편의 반학정伴鶴亭에서 글을 읽었다.

다산은 아버지 정재원을 따라 선몽대를 다녀가면서 기문과 詩를 남겼는데, 아버지와 아들이 선대 할아버지의 시판의 먼지를 닦아내었다.

예천에서 동쪽으로 10여 리 되는 곳에 가면 한 냇가에 닿는다. 그 시내는 넘실대며 구불구불 이어져 흐르는데, 깊은 곳은 매우 푸르고 낮은 곳은 맑은 파란색이었다. 시냇가는 모두 깨끗한 모래와 흰 돌로 되어 있었으며, 바람에 흩어지는 노을의 아름다운 모습이 사람의 눈에 비쳐 들어온다. 시냇물을 따라 몇 리쯤 되는 곳에 이르면, 높은 절벽이 깎아 세운 듯이 서있는데, 다시 그 벼랑을 따라 올라가면 한 정자를 볼 수 있으며, 그 정자에는 '선몽대仙夢臺'라는 방榜이 붙어 있다.

선몽대의 좌우에는 우거진 수풀과 긴 대나무가 있는데, 시냇물에 비치는 햇빛과 돌의 색이 숲 그늘에 가리어 보일락 말락하니, 참으로 이색적인 풍경이었다. 대개 태백산 남쪽에서 시내와 산의 경치가 뛰어난 곳은 오로지 내성·영주·예천이 최고인데, 선몽대는 유독 그 기괴한 모양 때문에 여러 군에 이름이 났다.

하루는 아버지를 따라 약포 정상국鄭相國의 유상遺像을 배알하고, 길을 바꾸어 이 누대에 올랐다. 배회徘徊하며 바라보다가 이윽고 벽 위에 여러 시가 있는 것을 보았는데, 그중의 하나는 관찰사를 지내신 나의 선대 할아버지께서 일찍이 지으신 것이었다.

시판詩板이 깨어져 글자는 갈라지고 한쪽 구석이 떨어져 나가기도 했으나, 자구字句는 빠진 것이 없었다. 아버지께서 손으로 먼지를 털어내고 나에게 읽으라 하고서 말씀하셨다.

"공이 일찍이 영남에 관찰사로 내려왔을 때 이 누대에 오르신 것이다. 공이 지금부터 2백여 년 전에 사셨던 분인데, 나와 네가 또 이 누대에 올라와서 즐기니, 어찌 기이한 일이 아니겠느냐."

그리고는 나에게 명하여 그 시판의 시를 옮겨 본떠서 공장工匠에게 번각翻刻하고 다시 단청丹靑을 입혀 걸어놓게 하시고, 이윽고 나를 불러 기기記를 쓰라고 하셨다.

다산이 선몽대에서 바라보았던 맑은 물과 깨끗한 모래는 수년 전까지도 변함없이 그때 그대로였으나, 지금의 선몽대 앞 내성천은 강이 아니라 사막이다. 백사장은 사라지고 풀이 무성한 황무지로 변했다.

백송 마을 선몽대와 내성천을 사이에 두고 마주하고 있는 고미 마을은 진성이씨들이 세거하고 있는 마을이며, 그들의 조상인 이고원李古園이 처음 터를 잡을 때 산세가 거문고를 타는 형국이라고 하여 고산鼓山이라 하였다가 후에 고산古山이라 했다. 이곳에 이동표李東標를 제사하는 고산서원古山書院이 있었다.

난은懶隱 이동표李東標의 할아버지 지형之馨은 퇴계의 숙부 송재 이우李堣의 현손玄孫으로 도산면 온혜에 살았으나, 동표東標의 아버지 운익雲翼이 종숙從叔 지복之馥의 양자로 출계出系하여 예천 호명면 종산리 고미 마을(고산古山)에 살았다.

이동표李東標가 살았던 사회는 병자호란 이후 서인의 경신환국(1680), 남인의 기사환국(1689), 노론의 갑술환국(1694)으로 남인과 서인이 엎치락뒤치락하던 당쟁과 사화, 장희빈 폐비 사건을 둘러싸고 소용돌이치던 시대이었다.

병자호란 후 소현세자와 봉림대군이 볼모로 심양으로 갈 때 통역관으로 수행隨行했던 장현張炫이, 왕자가 고국을 떠나면서, 새 봄이 오면 돌아와서 치욕을 씻게 되기를 기원한 詩를 읊었다.

> 압록강 해진 후에 어여쁜 우리 임이
> 연운만리燕雲萬里(연경까지)를 어디라고 가는고.
> 봄풀이 푸르고 푸르거든 즉시 돌아오소서.

역관 장현張炫은 북벌을 추구하던 효종의 비호를 받아 사신使臣 대행 역관으로서 뛰어난 외교 실력으로 조선을 위기에서 구하였고, 청나라의 기밀문서 입수와 제조가 금지된 화포를 밀입하는데 생명과 재산을 아끼지 않았다.

장현의 종질녀 장씨는 나인內人으로 뽑혀 궁중에 들어왔는데, 얼굴이 아름다웠다. 명성왕후가 승하한 후 임금이 불러들여서 총애하였다. 장씨의 교만하고 방자함은 더욱 심해져서, 내전이 명하여 종아리를 때리게 하니 더욱 원한을 품었다. 끝내는 내전內殿(민비)을 사제私第로 물러나게 하고, 장씨가 곤위壼位에 올랐으니…

사간원 헌납 이동표는, 민비를 폐위시키고 장희빈의 왕비 등극은 옳지 못한 처사라고 극간極諫하면서,

"옥산玉山의 새 언덕에는 양마석羊馬石이 솟고 여양驪陽의 옛집에는 근심과 걱정에 싸이었다."

옥산은 장희빈, 양과 말은 장희재요, 여양은 인현왕후의 옛집을 비유하였다.

1701년, 장현의 종질녀 희빈이 숙빈崔씨(영조의 母)의 고발로 '인현왕후의 죽음'을 기원하였다는 혐의를 받고 자진自盡하였다.

민비閔妃 폐비 사건을 차츰 후회하게 된 숙종은 구금되었던 자들을 석방하고, 오히려 남인계의 정승과 고관들을 유배 또는 극형에 처하고 장씨를 희빈으로 강등시키고 민비를 복위시켰다.

채제공蔡濟恭은 이동표의 묘갈명墓碣銘을 지었다,

"인현왕후를 폐하고 장희빈을 왕후로 봉한 국변을 당하였을 때 소를 올려서 바른말을 하였고, 권귀의 무리들을 배척하여 촌교寸膠로서 탁한 하수河水를 맑게 하여 공맹의 도를 밝혔으니, 영조께서 덕을 추모하여 빛나는 정경正卿으로 증직贈職을 내리었다.

살아서는 뜻을 펴지 못하였으나 죽어서는 은혜와 영광을 입었다. 내가 유풍遺風을 우러러 태산북두泰山北斗 같이 여기었다. 묘문墓門에 詩를 새기어 만세에 길이 첨앙瞻仰하리라."

난은 이동표의 학문과 덕행을 추모하기 위해, 1779년(정조 3) 지방 유림의 공의로 예천군 호명면 종산리에 고산서원古山書院이 창건되어 위패가 모셔졌으나, 대원군의 서원철폐령으로 1869년(고종 6)에 훼철된 뒤 복원하지 못하였다. 1845년(현종 11), 예천의 원산서원元山書院에 배향되었다.

효자면의 소백산맥 흰봉산(1,261m)에서 발원한 계류가 효자면 송월호에서 40만kw의 양수발전揚水發電을 한 후 은풍으로 흘러내린 한천이 용문사 골짜기에서 금당실 마을 초간정을 돌아나온 금곡천을 생천리에서 합류하여 예천읍 시가지를 S자로 흐른 뒤 유천들판에 '캥마쿵쿵' 울리면서 경진교에서 내성천과 합류한다.

> 노세 노세 캥마쿵쿵노세.
> 낙락장송 고목 되면 캥마쿵쿵노세.
> 눈먼 새도 아니 오네 캥마쿵쿵노세.
> 비단옷도 떨어지면 캥마쿵쿵노세.
> 행주 걸레로 다 나가네 캥마쿵쿵노세.

한천漢川은, 곧 예천醴川이다. 예천의 정신이 한천으로 흐르기 때문이다. 백두대간 소백준령이 지리산을 향해 뻗어가는 줄기의 골짜기에 귀틀집을 짓고 살다 고인돌에 묻힌 변진미라동국 수주촌 사람들에서부터 견훤과 왕건이 힘겨루기 한 용문사의 전설이 예천의 역사와 함께 한천을 따라 흘러왔기 때문이다.

예천 사람들의 다정한 벗이 되었다가 다시 먼 길을 떠나는 한천은 경북선 철교 아래를 지나자, 남으로 향해 들판 가운데로 유유히 흐른다. 소백산맥을 타고 흐르던 구름의 기운氣雲이 골짜기마다 어머니처럼 한없는 사랑을 베풀고 흘러간다.

멀리 들판 끝에 경북선 철길이 아스라이 멀어져 갈 때쯤이면 한천은 내성천과 만난다.

　　봉화군 물야면 선달산(1,236m)과 문수산(1,207m)에서 시작하여 쉼 없이 달려온 내성천은 한천의 울적함을 달빛으로 쓰다듬어준다. 모래톱이 없어지고 잡초만 무성하게 사막으로 변한 내성천은 달빛 이외에 줄 수 있는 게 없어서 내성천은 슬프다. 지나오면서 쌓아놓았던 무수한 모래톱은 모래성처럼 허물어지고 눈물도 마른 지 오래다. 자갈과 진흙과 잡초들만 무성한 사막이다.

　　구상 시인은 그의 시 〈강江〉에서, 어떤 폭력에도 저항하지 않지만 자기를 잃지 않고 영원으로 흐른다고 했다.

　　　강은 과거에 이어져 있으면서
　　　과거에 사로잡히지 않는다.
　　　강은 그 어떤 폭력이나 굴욕에도
　　　무저항으로 임하지만 결코 자기를 잃지 않는다.
　　　강은 스스로가 스스로를 다스려서
　　　어떤 구속에도 자유롭다.
　　　강은 생성과 소멸을 거듭하면서
　　　무상 속의 영원을 보여준다.

回龍浦
金陵

금릉 김현철, 회룡포, 27.5×56.5cm, 삼베에 진채, 2003.

나는 죽전 마을 앞을 지나 작은 고개를 넘으면서 내성천과 헤어져 회룡포 마을로 돌아들었다. 내성천은 회룡포를 감싸 안으려 하지만, 강물을 바깥으로 밀어내듯 모래톱이 마을을 빙 둘러 감싸고 들었다. 모래톱에 떠밀려 산자락 아래로 흐르는 강물이 한없이 슬퍼 보였다.

　자전거를 타고 회룡포 강둑을 몇 바퀴 돌았다. 강둑에는 사과·배·자두 등 과일나무 가로수가 줄지어 서있었다. 사과나무들이 끝나면 배나무, 배나무 다음으로 자두나무들이 구간별로 과일나무의 종류도 달랐다. 회룡포 주민들은 논밭에 심는 곡식의 종류를 색깔별로 디자인하여 가꾼다. 비룡산의 전망대에서 바라볼 때 회룡포 마을 전체가 한 폭의 그림이 된다.

　강둑을 넘어서 모래톱으로 들어섰다. 사해沙海를 건너서 모래톱 위에 걸쳐진 뿅뿅 다리를 건넜다. 물은 맑고 모래는 새하얗다. 회룡 마을을 지나서 회룡교를 건너면 용궁으로 가는 길이다. 회룡교 앞에서 왼편으로 난 길로 고개를 넘어서 왼편 골짜기로 들어서서 한참 오르다가 장안사 주차장에 자전거를 세웠다.

　장안사 마당을 지나서 고개에 오르니, 내성천이 휘돌아가는 회룡포 마을이 보이기 시작했다. 비룡산의 전망대 오르는 길 옆 나무에 월명이 누이동생의 죽음을 애석히 여겨 지은 〈도솔가〉가 걸려있다.

생사의 길은 예 있으매 두려워지고
나는 간다 말도 못다 이르고 어찌 갔느냐.
어느 가을 이른 바람에 여기저기 떨어지는 잎처럼
한 가지에 나서 가는 곳 모르온저
아! 마타찰에서 만날 나 道 닦아 기다리련다.

내성천이 죽은 월명의 누이동생 같다는 생각이 들어서 울적한 기분으로 비룡산 전망대 팔각정에 올라서니, 이규보의 〈장안사에서〉 시판이 걸려 있어 고려시대의 고인古人을 만나는 기분이었다.

산에 이르니 번뇌가 쉬어지는구나
하물며 고승 지도림支道林을 만났음이랴.
긴 칼 차고 멀리 나갈 때는 나그네의 마음이더니
한 잔 차茶로 서로 웃으니 고인의 마음일세.
맑게 갠 절 북쪽에는 시내의 구름이 흩어지고
달이 지는 성 서쪽 대나무 숲에는 안개가 깊구려.
병으로 세월을 보내니 부질없이 졸음만 오고
옛 동산 소나무와 국화는 꿈속에서 잦아드네.

회룡포는 큰 홍수가 났을 때 의성에서 소금 실은 배가 이곳에 와서 의성포라 부르기도 했다는데, 물안개가 회룡포 하늘을 뒤덮듯이 큰 홍수가 나면 회룡포 전체가 물에 잠길 수 있다는 생각이 들었다.

하늘에서 내려다보듯 발아래 아득한 회룡포 용궁마을을 내성천이 용트림하듯 휘돌아 나간다. 시집가는 새색시처럼 이별이 서러운지 강물은 지나온 물길을 되돌아보고, 전망대 아래에서 부끄럽고 서러워서 옆으로 돌아서서 흐른다. 뿅뿅 다리 모래톱을 돌아서자, 획 돌아서서 남색 치마폭 휘날리면서 여울목으로 사라진다.

회룡포는 내성천이 350도 휘돌아 나가는 육지 속의 섬마을이다.
회룡포 마을 앞산 전망대에서 내려다보면 모래톱이 쟁반 같이 둘러싼 마을이 물 위에 둥둥 떠있는 형상이다.

회룡포 마을을 내려다보노라면, 토끼전의 토끼가 거북이를 골탕 먹이는 토끼의 익살스런 장면이 떠오른다.

상주시 함창 사람 허백당 홍귀달洪貴達은 젊은 시절에 회룡포 모래톱에서 놀았던 기억을 살려서 회룡포기記를 썼다.
"용궁 사천沙川의 맑고 얕은 것과 늪이 깊숙하고 울창함은 남주南州에 알려졌다. 내가 어렸을 적에 고을 사람 주씨周氏의 문하에서 글을 배웠는데, 매양 강독講讀하다가 틈만 있으면 친구들을 데리고 자주 시내 숲 사이를 걷다가 피곤하면 객사에 나아가서 휴식하였다. 문을 나서면 맑은 시냇물이 비단 펼쳐 놓은 듯이 흐르고, 물을 사이하여 깊숙한 수풀이 무성하게 서있으니 승경이라고 할 만하다."

《동명왕편東明王篇》을 쓴 고려의 문장가 이규보李奎報는《동국이상국집東國李相國集》에만 2,000수 이상의 시를 남길 정도로 시를 사랑한 그는 회룡포를 '신선이 사는 곳'이라 읊었다.

> 푸른 호수엔 가벼운 노 목란주木蘭舟,
> 눈에 가득한 연기 파도는 모두 시름뿐일세.
> 올해는 점점 작년 모습이 아니니,
> 타향에서 고향에 놀던 것 생각하누나.
> 용추龍湫에 해 저무니 구름 모이고,
> 만령蠻嶺에 가을이 차니 장기瘴氣가 거두어지네.
> 길 끊어져 방호方壺(신선이 사는 곳)에 갈 수 없고,
> 옥지玉芝(신선이 먹는 약)가 창주에서 늙는데 어찌할꼬.

회룡포를 돌아 나온 내성천은 용궁 들판을 유유히 흐른다. 멀리 용궁 들판 금남리에서 천년을 살아온 황목근黃木根이 긴 여정을 마치려는 내성천을 전송하는 듯 바람에 잎을 흔들었다.

용궁은 조선시대 용궁현이 있었던 곳이다. 용궁이라는 지명은 용담소龍潭沼와 용두소龍頭沼의 용龍이 지상에도 용궁을 만들어보자는 뜻에서 지은 것이라 한다. 조선시대에는 동헌이 용비산 북쪽의 낙동강 지류인 남천 유역에 있었으나 철종 때 서쪽으로 옮겨 성화천省火川 주변에 자리 잡았다.

황장산 생달 골짜기의 옹달샘물이 천주산을 돌아 나와 경천호수에 모여서 금천을 이루어 산양 들판을 적시고 영순면 달지리에서 내성천을 기다렸다가 두 강이 서로 만나자마자 삼강나루에서 낙동강과 합류하면서 내성천은 110km의 여정을 마치고 더 넓은 대하大河로 나아간다.

　　산은 산맥을 뻗어가며 물을 가두려 하지만, 물은 흩어졌다가 모이면서 산맥을 빠져나와 천장지구天長地久로 흐르나, 산맥은 물을 건너지 못하고 강가에 멈춘다. 순한 물은 산을 넘지 못하지만, 때로는 폭류가 되어 산맥을 무너뜨리기도 한다.

　　산에서 태어나서 산맥을 빠져나온 어린 강은 흩어졌다 모이고, 생성과 소멸을 거듭하면서 영원으로 이어진다.

> 산을 그리워하면
> 나도 세상도 어디서나 험준한 멧부리가 되어 가로막아 서고
> 물을 그리워하면
> 세상도 나도 맑은 강물이 되어 낮은 데로 흘러가
> 바다가 되고
> 마침내는 파아란 하늘도 닮아가는.*

---

*유안진, '쇼스타코비치의 맑은 강을 들으며', 〈봄비 한 주머니〉, 창비, 2014.

7. 삼강나루

세상의 모든 강은 산정에서 골짜기로 흘러내린 물줄기가 모이고
모여서 시냇물이 된다. 낙동강은 태백산에서 흘러내린 물이 모여서
시냇물이 되고, 시내물이 모여서 강을 이루었다.

　　강의 발원지는 하구로부터 가장 먼 곳을 수계의 발원지로 보고 연
중 물이 마르지 않고 솟아나거나 흘러야 하며, 사람이 마실 수 있는
해롭지 않은 물이라야 한다. 낙동강의 최장거리 발원지는 태백산 천
의봉 너덜샘이다.

　　태백에서 소백으로 이어지는 백두대간의 허리에 해당하는 도래
기 재는 1,200m가 넘는 문수산, 선달산, 구룡산, 옥석봉이 태백산을
중심으로 한강·낙동강·내성천이 발원하는 곳으로, 춘양을 돌아내
린 운곡천은 명호에서 낙동강에 합류하고 내성천은 봉화·영주·예

천에서 소백산에서 내린 서천과 한천을 만나 낙동강에 합류한다.

태백산 백천계곡에서 발원하여 승부동천을 빠져나와 40여 굽이를 쉼 없이 돌아와서 명호에 이르러 운곡천을 합류하여 큰 물줄기로 흐르면서 곳곳에 담潭, 지池, 소沼, 협峽, 대臺를 만든다.

강물은 급하지도 소리치지도 않으면서 수천 년을 예나 지금이나 청량산을 돌아나가면서도 갈 곳이 정해져 있는 듯 흘러간다.

청량사 범종이 산천의 고요를 깨우면, 안개 피어오르는 금탑봉에 올라 축융봉 위로 떠오르는 찬란한 아침의 태양을 맞는다.

휘황찬란輝煌燦爛한 낮이 분주하게 지나고, 축융봉에 둥근 달이 두둥실 떠올라 교교한 달빛이 골짜기로 산사山寺 뜰로 내려와 나뭇가지마다 그림자를 길게 늘인다.

어느 곳에 산이 없고, 어느 곳에 달이 없으랴마는 청량산의 둥근 달은 산에서 공부하는 외롭고 고달픈 젊은이들의 몸과 마음을 청량하게 하였다.

퇴계는 청량산에 들어갈 때 놀티재〔霞嶺〕와 불티재〔火嶺〕를 넘어 나분들에서 배를 타고 낙천洛川을 건너 청량산으로 들어간다고 했다. 청량산은 태백의 한 지맥이 뻗어서, 장인봉·선학봉·자란봉·자소봉·경일봉·축융봉·탁필봉·연적봉·연화봉·의상봉·향로봉·금탑봉·치원봉·탁립봉 등 14개 봉우리가 맺었다.

산 전체가 사암寺庵이라 할 정도로 청량산은 많은 암자庵子가 골짜기마다 들어서 있었다. 청량산은 승려·속인·남녀노소가 평등하고 귀천의 차별이 없었다. 일반 대중을 대상으로 잔치를 베풀고 물품을 골고루 나누어주는 무차대회無遮大會를 열었을 때, 33곳의 암자에서 바람을 따라 들려오는 범패梵唄 소리가 마치 천둥소리처럼 울려 퍼졌다.

청량산은 퇴계를 비롯한 선비들뿐 아니라, 청량사를 창건한 원효대사, 서예가 김생, 화가 김홍도 등이 입산했으며, 오늘날 유리보전 마당에서 벌이는 '청량사 산사음악회'는 무차대회無遮大會의 속계續繼이니, '산사음악회'의 원조가 된다.

퇴계는 구름 피어오르는 이른 새벽에 말 위에서 시를 지었다. 〈청량산에 가기로 약속하여 말 위에서 시를 짓다(約與諸人遊淸涼山 馬上作)〉

居山猶恨未山深　산에 살면서 오히려 산 깊지 못함 유감스러워,
蓐食淩晨去更尋　이른 새벽에 식사하고 더 깊이 찾아가 보네.
滿目群峯迎我喜　한 눈 가득 들어오는 뭇 봉우리들 반겨 맞고,
騰雲作態助淸吟　피어오르는 구름은 맵시내어 맑고 읊조리네.

강물은 축융봉을 안고 돌면서 가송협佳松峽에 이르러 물길이 산허리를 끊어 두 개의 석문을 만들었다.

성성재 금난수가 가송협 단애斷崖 아래에 정자를 지어 일동정사라 하였다.

퇴계의 '청량산가'의 산문山門이 바로 이곳이 아닐까.

"도화ㅣ야, 써나지 마라. 어주자漁舟子ㅣ 알가 ᄒ노라."

퇴계는 청량산 가는 길에 강 건너 정자에 소리쳐 주인을 찾았다.

일동이라 그 주인 금씨라는 이가
지금 있나 강 건너로 소리쳐 물었더니,
쟁기꾼은 내 말 못 듣고 손만 내저어
구름 걸린 산 바라보며 한참을 기다렸네.

가송리 소두들에서 올매재로 내려가는 길목의 소沼에 달이 밝게 비춰 월명담이라 하였다. 건지산과 왕모산 사이를 맑은 여울이 흐르는 가송협은 아홉 마리 용이 여의주를 쟁취하는 구룡쟁주九龍爭珠이다.

'저 산 뒤에는 또 무엇이 있길래?' 시야에서 사라진 구룡쟁주九龍爭珠의 가송협은 '장수지소藏修之所'가 틀림없다.

청량산 조망대에 서면, 건지산과 왕모산이 서로 두 팔을 뻗어 가송협을 막아서, 다만 그 위로 축융봉과 청량산이 늠름 우뚝하다.

퇴계는 마지막 청량산 유산길에 이곳에 올라, 멀리서 다가서는 청량산을 그윽히 바라보고, 발아래 흐르는 시냇물에서 흘러간 세월을 느꼈을 것이다.

산은 옛 산이되 강물은 세월처럼 흘러갔으니, 덧없는 세월을 안타까워하며, 〈메네 긴 소(彌川長潭)〉 詩를 읊었다.

長憶童恃釣此間　한참 동안 기억하네 여기서 낚시하던 일을.
卅年風月負塵寰　삼십 년 세월을 속세에서 자연을 등지고 살았네.
我來識得溪山面　돌아와 보니 알아볼 수 있네, 산천의 모습을
未必溪山識老顔　그러나 시내와 산은 늙은 나를 알아볼까.

젊은 시절 글 읽던 청량산은 어머니 품이요, 시냇가 물버들 그늘에 은어 떼 몰려다니고 먹황새 나는 연비어약鳶飛魚躍의 강이 휘돌아가는 철쭉꽃 동산의 월란암은 젊은 시절 《심경心經》의 심연深淵에서 '仁과 義'를 사색하던 곳이니, 어떤 이는 '미천彌川'이 백운동 위에 있다고 하지만, 이곳이 바로 '사단칠정四端七情'의 성리性理를 깨달은 맑고 깊은 심연의 소沼가 틀림없다.

농암의 애일당이 학소대에 가려졌지만, 농암과 퇴계가 뱃놀이하면서 부르던 '어부가漁夫歌'가 학소대를 돌아 나오는듯하다.

이 듕에 시름 업스니 어부의 생애이로다.
일엽편주를 만경파萬頃波에 띄워두고
인세人世를 다 니젯거니 날 가는 줄를 안가.

구버는 천심녹수千尋綠水 도라보니 만첩청산萬疊靑山
십장홍진十丈紅塵이 언매나 가롓는고.
강호江湖 월백月白하거든 더욱 무심하얘라.

청하靑荷애 바블 빳고 녹류綠柳에 고기 꿰여
노적화총蘆荻花叢에 빈미야두고
일반청의미一般淸意味를 어늬부니 아르실고.

산두山頭에 한운閑雲이 기흐고 水中에 백구가 飛이라,
무심코 다정多情흐니 이 두 거시로다.
일생애 시르믈 닛고 너를 조차 노로리라.

장안長安을 도라보니 북궐北闕이 천리로다.
어주漁舟에 누어신들 니즌 스치 이시랴.
두어라 내 시름 아니라 제세현濟世賢 업스랴.

백운지에 발을 담근 절벽 위의 월란정사月瀾精舍는 5월이면 진분홍 물을 뿌린 듯 철쭉이 흐드러지게 피고 달빛이 여울에 비춘다는 뜻의 '월란정사月瀾精舍' 행서체 현판은 단아하고 기품을 지녔다.

대청 좌우에 온돌방을 두었으며, 건물은 자연석 허튼 층 쌓기 한 기단 위에 막돌 초석을 놓고, 정면 모두와 우측면 가운데 기둥만 원주를 세우고 나머지는 방주를 세운 홑처마 팔작지붕 집이다.

월란정사는 세월의 풍상에 허물어져, 퇴계의 제자 중에서 여기서 가장 오래도록 유거독서한 만취당 김사원의 후손들이 1860년에 옛 월란암이 있던 곳에 정사를 창건하였다. 문소聞韶(의성) 점곡 사촌沙村에 살았던 김사원金士元은 이곳 월란암에서 도산서당을 다녔으며, 25세 때 퇴계의 마지막 청량산 길에 동행하였었다.

1558년 5월 29일, 퇴계는 월란암에서 글을 읽고 절요한 〈주자서朱子書〉를 선사繕寫하는 작업을 하던 조목·이명홍·금난수 등을 만나러 월란암으로 가려고 하였으나, 갑자기 내린 장맛비로 가지 못한 사연을 알리는 편지 〈趙士敬李仁仲琴聞遠讀書蘭寺〉을 붙여서 보내어 가까운 시일 내에 그곳에 놀러 가겠다고 하였다.

월란암에 들어간 퇴계는 하루에도 몇 번씩 《심경부주心經附註》만 읽었다. 학문의 참된 길을 깨닫고, 이를 바르게 밝혀나갈 각오로 그 소회를 〈雨晴述懷〉 詩를 지어 다짐했다.

孟夏恢台一氣亨	초여름 4월에는 기운이 한 번 형통하더니
山林百物爭流形	산 숲 모든 만물 거침없이 형상을 다투네.
龍公及時霈嘉澤	용공은 때맞추어 아름다운 못에 비를 쏟고
上天作意蘇疲氓	하늘은 뜻을 일으켜 지친 백성 소생시키네.
丁壯驅牛出四野	장정들은 소를 몰고 사방 들판으로 나서고
婦姑執筐遵微行	부녀자들은 광주리 잡고 작은 길을 따르네.
嚶嚶禽鳥自相和	날짐승들 지저귀며 스스로 서로 화답하고
矻矻人生各有營	부지런히 애쓰는 인생 각자 계획이 있구나.
我獨來居古僧舍	나만 홀로 옛날 스님의 집에 와서 거주하며
家操耒耜非躬耕	집에선 가래 쟁기 잡았지만 직접 힘쓰지 않네.
不願少林從達摩	소림사의 달마대사를 따름을 원하지 않고
不願崆峒師廣成	공동산의 광성자를 스승으로 원하지도 않네.
天開一片燭幽鑑	한 조각 하늘이 열리며 그윽한 거울을 비추니
篁墪旨訣西山經	황돈의 지은 비결 조서인 서산 심경이로구나.
一川風月要人看	하나의 시내와 풍월에 중요한 사람만 보려니
萬古青山依舊青	오랜 세월동안 푸른 산은 변함없이 푸르구나.
伐檀之歌畏力纖	박달나무 치는 노래는 힘이 부드러워 두렵지만
莫道傍人聞絶纓	옆 사람의 갓끈 끊은 소리 들었다 말하지 말게.

1559년(명종 14), 퇴계가 기대승에게 보낸 〈與奇明彦〉* 편지에,

　사우士友들을 통하여 공이 논한 사단四端·칠정七情에 대한 설說을
전해 들었는데, 나의 의견도 이 점에 대해 그렇게 말한 것이 온당하
지 못함을 문제로 여기고 있던 터에 공의 지적을 받고는 엉성하고
잘못되었다는 것을 더욱 절감하였습니다. 그래서 곧바로 "사단의 발
發은 순전한 이理이므로 선善하지 않음이 없고, 칠정의 발은 기氣를
겸하였으므로 선과 악이 있다."
　이렇게 말을 만들면 문제가 없을는지 모르겠습니다.
　또 공에게서, 주자가 왕구령王龜齡에게 준 편지에서,
　"'고古'와 '인人' 두 글자가 잘못 합쳐져서 '극克' 자가 되었다."
는 말을 듣고는 지난날의 의문이 확 풀렸습니다.
　처음 만나는 날부터 고루한 소견이 박학한 공에게 도움을 얻은 바
가 많았는데, 하물며 길게 상종하게 된다면 더 말할 게 있겠습니까?
다만 예측하기 어려운 것은 한 사람은 남쪽에 있고 한 사람은 북쪽
에 있으니, 혹 제비가 오자 기러기가 떠나는 격이 될까 하는 것입니
다. 역책曆冊 한 부를 보내니, 이웃의 요구에 부응할 수 있을 것입니
다. 하고 싶은 말은 많지만 먼 곳으로 보내는 편지가 되어 이만 줄입
니다. 더욱 보중保重하십시오.

---

*한국고전번역원 | 권오돈·권태익·김용국·김익현·남만성·성낙훈·안병주·
이동환·이식·이재호·이지형·하성재(공역) | 1968.

《심경心經》의 심연深淵에서 '仁과 義'를 사색하던 퇴계는, 이 편지를 시작으로 퇴계와 기명언의 '사단논쟁'이 부단하게 이어가게 된다.

1563년 3월 1일, 63세의 퇴계는 풍산에 있는 선영과 용궁 대죽리의 외조부 산소에 성묘하고, 돌아오는 길에 예천 고자평에 살고있는 누님(신담辛聃의 처)을 만나기 위해 길을 떠났다.

3일(한식일), 퇴계는 풍산에서 족인族人들과 만나서 안동의 선영에 성묘하였다. 이때 황준량의 행차가 용궁 가까이에 이르렀다는 소식을 듣고 편지〈황중거에게與黃仲擧(癸亥)〉를 보냈다.

퇴계는 풍산에서 구담을 거쳐서 낙동강을 따라 강변길로 용궁으로 향하는 길에 풍산 가곡佳谷 선원仙原에 있는 장조부 화산花山 권주權柱와 장인 권질權礩의 산소에 성묘했다. 갑자사화 때 억울하게 희생당한 장조부 권주를 기리는 詩「題權參贊(柱)墓道」와「題墓道詩」를 지었다.

용궁 대죽리로 가는 길에 하회마을 앞에서 겸암 류운룡柳雲龍이 스승을 만나려고 하회 마을 앞에 나와서 기다리고 있어서 잠깐 만나고 갔다. 양진당養眞堂은 겸암과 서애의 아버지 입암立巖 류중영柳仲郢의 종택으로 풍산류씨 겸암파의 대종택이다.

용궁 한대 마을(大竹)은 마을 뒷산 원방산을 중심으로 좌측에 주둥개산, 우측에 신풍리가 좌청룡 우백호로 둘러싸고 낙동강이 마을 한가운데로 흘렀다. 대나무가 많았는데, 주로 김녕김씨 만죽정 주변에 대나무가 번성하였다. 마을 초입에는 말(言) 무덤이 있다.

　　퇴계는 하회에서 제자 겸암을 만난 후 구담을 지나 대죽리로 들어갔다. 대죽리에서 외손봉사하던 셋째 형 의漪(온혜파, 墓禮安燕谷子坐)가 1532년 7월 28일 별세하였으니, 벌써 서른 해가 지났다. 언장(의漪) 형을 생각하면서, 존망이합의 인생이 애달팠다.

　　대죽리 외조부 산소에 성묘 후 예천 고자평의 누님을 만나러 가는 길에 비가 연일 와서 내성천의 강물이 불어 길이 막혔다.
　　부득이 배를 타고 용궁현에 도착하였을 때, 이담李湛이 2월 13일 쓴 편지를 하인이 가지고 왔다. 여행 중이라 그 편에 바로 답장을 써서 보내지는 못하고, 대신 이담에게 자신의 형편을 알리는 짧막한 편지 〈與李仲久〉를 보냈다.

　　퇴계는 3월 3일, 풍산에서 황준량에게 〈與黃仲擧(癸亥)〉 편지를 보냈었다. 그러나 황준량은 영결永訣의 답장 〈퇴계선생께(答退溪先生書)〉를 다른 사람에게 대신 쓰게 하여 퇴계에게 보내왔다.

— 병든 가운데 세 차례 서찰을 받았으니, 얼굴을 뵙고 비결祕訣을 받은 듯합니다. 저는 원기元氣가 이미 약해져 질병과 대적對敵할 수가 없을 듯합니다. 산두山斗(퇴계선생)께서는 당당하니 달리 걱정할 것이 없겠습니다.

다만, 집안에 노모老母가 계시는데 마음이 어지럽지 않을 수가 없습니다. 오른손이 장차 말라 들어가 류생柳生에게 대필代筆을 시키기 때문에 마음속의 많은 회포를 낱낱이 말씀드리지 못합니다.

나머지는 덕음德音이 더욱 무성하여 먼 곳에서 발돋움하는 저의 뜻에 부응하시길 바랍니다. —

1563년 3월 11일, 성주목사 재직 중, 금계錦溪 황준량黃俊良이 서거하였다. 부음을 듣고, 곡哭하면서 몹시 애통해 하였다.

금계錦溪는 병으로 사직하고 돌아오는 도중 예천에서 죽었다. 그는 빈부의 격차를 줄이고 부호의 토지 겸병兼倂과 백성의 유리流離를 막기 위해 토지의 한 구역을 '井'자로 9등분하여 8호의 농가가 한 구역씩 경작하고, 가운데의 한 구역은 8호가 공동으로 경작하여 그 수확물을 국가에 조세로 바치는 정전제井田制를, 이 정전제를 시행하기 어려우면, 농민에게 국가의 토지를 나누어주는 대신 매매하지 못하게 하는 한전제限田制를 주장하였다.

그가 죽었을 때, 수의마저 갖추지 못해서 베를 빌려서 염을 했으며, 관에 의복도 다 채우지 못할 만큼 청빈했다.

이보다 앞서, 성주 군수 황준량의 질정에 답하는 퇴계의 〈與黃仲擧〉 편지에,

"이利라는 것은 의義의 화和이다."라고 한 것에 의심을 품게 되어 인심도심설人心道心說을 인용하여 그 다르고 같은 곳을 지적하여 세밀하게 분석하였으니, 생각이 깊음을 알 수 있습니다.

나의 견해로는 오히려 온당하지 못한 것이 있으므로, 바로 다시 가부可否를 여쭙니다. 이利라는 글자를 혼합하여 의화義和 속에 있다고 설명한 것은 옳지만, 사私라는 글자를 좋지 못한 곳으로 흐르는 것이라고 한 것은 잘못입니다.

"형形과 기氣는 자기의 몸에 속한 것이니 사유私有의 것으로써 도道가 공공公共인 것과는 같지 않으므로, 사私라고 해서 '사'가 곧 좋지 않은 것은 아니다." 주자朱子는 하였습니다. (…)

대개 이利라는 글자의 뜻을 본래대로 말하면, 다만 순리로 편익便益을 이루는 것을 이름 한 것입니다. 군자君子가 의義로써 일을 처리하는 것이 순리로 편익을 이루지 않는 것이 없으므로, 천리를 따르면 이익을 구하지 않아도 저절로 이롭지 않은 것이 없다는 것입니다.

만약 이利를 인욕人欲이라고 한다면, 천리 가운데는 터럭 하나도 붙일 수 없는 것이니, 어찌 '의義의 화和'라고 할 수 있겠습니까. (…) 의화義和의 이利는 조술操術 모위謀爲하는 곳을 지적하여 말한 것입니다. 사私라는 것은 자기의 소유라는 것뿐이지 사욕私欲이 아닙니

다. 마찬가지로 이利는 순리로 편익便益을 이루는 것뿐이지 이욕利欲
이 아닙니다. 인용하여 고증한 것은 매우 좋은데, 다만 스스로 설명
한 곳이 도리어 진흙을 물에 탄 것처럼 되어 버렸습니다. 이것은 이
치를 연구함에 익숙하지 않은 까닭일 것이니, 이른바 아직 드러나지
않은 깊은 뜻을 여기에서 깨우쳐 얻을 수 있을 것입니다. (…)

계속 편지를 보내오는 데 감동하여, 되는 대로 어리석은 견해를
드러낸 것이니, 널리 보이지 말았으면 합니다.

퇴계는 황준량을 애도하는 만사輓詞와 제문祭文 〈성주목사 황중거
黃星州(仲擧)文〉*를 지어, 준儁을 보내어 치전致奠하게 하였다.

嗟嗟錦溪	아 슬프다 금계여!
而至此耶	이 지경에 이르렀는가.
自星抵豐	성주로부터 풍기까지
凡幾里耶	모두 몇 리이기에
緣路扶舁	길을 따라 들것으로 부축했는데
不至家耶	집에 이르지 못했는가.
我適龍縣	내가 마침 용궁현에 갔을 때
君行不遐	그대 다녀간 지 멀지 않았지만
病難宿留	병으로 묵으며 머무르기 어려워

---

*한국국학진흥원 | 김상환 (역) | 2014.

書以代面　서찰로 대신 안부를 전하고

歸臥故山　고향에 돌아와 누워서

指期相見　기일을 지정하여 서로 만나려 했네.

何意訣言　어찌 생각했으랴 영결하는 말이

與訃偕至　부고와 함께 이를 줄을

失聲長號　실성하여 길게 부르짖으니

傾水老淚　물을 기울이듯 늙은 눈물 흘렸다네.

天奪斯人　하늘이 이 사람을 빼앗아감을

曷其亟耶　어찌 그리도 빨리했는가.

眞耶夢耶　진실인가 꿈결인가,

怊怳哽塞　너무 슬퍼서 목이 메이네.

稽我奔走　내가 달려감이 늦은 것도

亦病之祟　병이 빌미가 되었기 때문이니

且遣兒子　아들을 보내어

薄奠見意　담박한 제물로 뜻을 드러내네.

言不暇悉　말을 다할 겨를이 없고

情不能裁　정을 억제하지 못하겠네.

嗟嗟錦溪　아 금계여!

一去難回　한 번 가서 돌아오기 어려우니

已矣已矣　끝났구나 끝났구나.

哀哉哀哉　슬프고 슬프도다.

학봉鶴峰 김성일金誠一은 개종계주청사改宗系奏請使의 서장관書狀官으로 차임되어 북경을 다녀온 후 함경도 순무어사에 차임되어 황초령에서 노숙露宿하며 변방의 보루를 두루 돌면서 군기軍器를 검열하고 창고의 곡식을 조사하였으며, 병사들에게 동옷을 나누어주고 위무하였다. 수령이나 변장이 불법을 저질렀으면 조금도 용서치 않았으므로, 각 주현州縣에서 농간을 부리지 못하였다.

북청과 삼수三水 사이는 수십 리 길에 인가가 없었고, 고개 위에 신라 진흥왕순수비가 있었다. 장백산長白山에 오르려고 하였으나 눈 때문에 오르지 못하였다.
〈마운령摩雲嶺〉*에 오르니, 짙은 안개가 사방에 꽉 끼었다.

屏翳春來合　　병예가 봄이 와서 합치어짐에
峯巒咫尺迷　　지척에도 산봉우리 아득도 하네.
不知東海闊　　동해 바다 넓은 줄은 내 모르겠고,
但覺塞天低　　변방 하늘 낮은 줄만 내 알겠도다.
倦馬嘶雲背　　게으른 말 구름 위서 히이힝 울고
行人履鶻栖　　나그네는 매 둥지를 밟고 지나네.
北來長側望　　북쪽 와서 오래도록 곁눈질하다
今日始攀躋　　오늘에야 내 비로소 고개 올랐네.

_____
*한국고전번역원 | 정선용(역) | 1998.

1580년(선조 13) 4월 25일, 학봉은 7개월 동안의 순무巡撫를 마치고 복명復命하고, 다음날 휴가를 청해 귀성하였다. 아버님 청계青溪 김진金璡공의 병이 위중하였기 때문이다.

1580년, 43세의 학봉은 부친상父親喪을 당하였다.
경출산景出山 선부인先夫人의 묘 앞에 청계青溪공을 모셨다.
상사喪事를 마친 후에 시묘侍墓살이 하며, 소상小喪 대상大喪을 지낸 2년 1개월 동안 밖을 나온 일이 없었다.

복服을 마치고 중씨仲氏 귀봉龜峯 김수일金守一 과 함께 백운정白雲亭에서 살았다. 백운정은 천전川前 마을 앞 강 건너 남쪽 부암傅巖 위에 있는데, 귀봉공이 지은 것으로, 북쪽으로는 가묘家廟를 마주 대하였고 남쪽으로는 산소를 바라볼 수가 있다.
상을 마친 후에도 집으로 돌아가지 않은 것은 대개 남은 슬픔이 다하지 않아 그 추모하는 정성을 붙인 것이다.

마지막 날, 경출산景出山에 올라 부모님 묘소 앞에 엎드리니, 생전의 훈계가 생생하였다.
"사람이 차라리 곧은 도道를 지키다 죽을지언정 무도하게 사는 것은 옳지 않으니, 네가 군자가 되어 죽는다면, 나는 그것을 살아 있는 것으로 여길 것이고, 만약 소인으로 산다면 그것을 죽은 것으로 볼 것이다."

그날 밤, 산 정상에 올랐다. 하늘과 맞닿은 청량산 위에 북극성이 반짝이고 있었다. 저 산 너머 도산까지 공부하러 다니던 젊은 시절이 아득하였다. 퇴계 선생이 일찍이 자신을 칭찬하기를,

"이 사람은 뒷날에 반드시 큰 그릇이 되리라."

1569년, 판중추부사 이황이 노병老病을 들어 귀향을 청하자,

"경은 지금 돌아갈 것인데, 무슨 하고 싶은 말이 있는가?"

"지금의 세대가 비록 치평治平의 시대인 듯하나, '남쪽과 북쪽에 흔단[南北有釁]'이 있고, 민생은 지쳐있어 걱정할 만한 일이 없다고 할 수 없는 것입니다.

성상의 자질이 고명하시어 여러 신하들의 재지才智가 성상의 뜻에 만족스럽지 못하기 때문에, 일을 논의하고 처리하는 과정에서 독단의 슬기로 세상을 이끌어가려는 조짐이 없지 않으므로, 식자들은 그 점에 대해 미리 염려하고 있습니다."

선조가 즉위했을 때 영명英明하고 영오穎悟하여 온 나라가 성덕이 성취되기를 기대하였으나, 세월이 흘러 성상이 혹시라도 간인들에 유혹될 것을 예단하여 아뢴 것이다.

선조는 간인들에 속아 '정여립의 옥사'로 수많은 선비들을 다치게 했으며, 임진년에 남쪽에서 왜적이 쳐들어왔으니, 퇴계의 마지막 충언이 적중하였다.

"경은 조신朝臣들 중에 추천할 만한 자가 없겠는가?"

"그 일은 말씀드리기 어렵습니다. 학문에 뜻을 둔 사람이 지금 어디 한두 사람뿐이겠습니까. 그 가운데 기대승奇大升이 문자文字를 많이 보았고 이준경李浚慶, 김성일金誠一이 통유通儒입니다."

학봉은 퇴계 선생에게 글을 올려 처신하는 방법에 대해 물었다.

"처신에 대한 비유는, 송나라 연평延平 이동李侗이 일컬은 시 '저궁매화渚宮梅花'가 음미할 만하니, 비록 관직에 있는 사람이 형편상 다 이와 같이 할 수는 없다 하더라도, 대개 이런 뜻이 없어서는 안 될 것이네."

양시楊時가 호안국胡安國에게 보낸 〈저궁매화渚宮梅花〉는 처신을 경계하는 내용이다.

欲驅殘臘變春風　남은 해 쫓아내고 봄바람으로 바꾸려 한다면,
只有寒梅作選鋒　오직 겨울 매화를 정예병으로 삼아야 하리.
莫把疎英輕鬪雪　성긴 꽃송이로 가벼이 눈과 다투지 말고,
好藏淸艷月明中　맑고 고움을 밝은 달빛 속에 고이 간직하라.

학봉은 백운정에 있는 동안 사간원 사간, 다시 성균관 사예成均館司藝가 되었으나 부임하지 않았다.

    1582년(선조 15) 7월, 45세의 학봉은 내앞 마을에서 안동부의 서쪽 금계리金溪里로 이사했다. 금계리는 안동김씨 태사묘, 안동권씨 능동재사, 안동장씨 성곡재사가 있으며, 잣나무와 대나무를 심은 백죽당栢竹堂 배상지裵尙志, 백죽당의 외증손 용재慵齋 이종준李宗準, 사육신 중 하위지의 조카 하우성河遇聖이 금계리에 터를 잡고 살았다.

    이종준은 무오사화에 연루되어 모진 국문을 받은 끝에 죽었다. 그는 죽음에 임해서도 안색이 태연히 소리를 가다듬어,
    "수양산이 먼데 내 묻힐 곳이 어디랴."
    이종준의 큰아버지 이명민李命敏이 계유정난에 세 아들과 함께 살해되자, 용재의 아버지 이시민李時敏은 벼슬을 포기하고 금계리로 낙향했던 것이다. 연산군은 수양대군(세조)의 증손자이니, 이종준은 죽으면서 수양대군과의 질긴 악연을 떠올렸던 것일까?

    학봉은 이웃에 살았던 경당敬堂 장흥효張興孝에게 퇴계의 학문을 전수하였으며, 장흥효는 그의 외손자 갈암葛庵 이현일李玄逸에게, 갈암의 셋째 아들 밀암密庵 이재李栽는, 또 그의 외손자 대산大山 이상정李象靖에게, 대산은 자신의 외증손 정재定齋 유치명柳致明과 내앞의 김흥락, 문경의 손재損齋 남한조南漢朝에 전수되면서 영남학파가 이어졌다.

학봉은 퇴계 선생의 《성학십도聖學十圖》와 《계산잡영溪山雜詠》을 발간하였다. 판각板刻을 마친 뒤에 퇴계 선생의 유묵遺墨을 아울러 전하는 것 만한 것이 없다고 여겼다. 이에 퇴계 선생의 친필을 가져다가 정성 들여 모각摹刻해서 두 권을 만들었다.

학봉은 《주자서절요朱子書節要》와 《퇴계선생자성록退溪先生自省錄》을 발간하였다. 퇴계 선생이 사사로이 책 상자 속에 두어 후학들로 하여금 일찌감치 보지 못하게 하는 것은 실로 사문斯文의 흠이 되는 일이라고 여겼다. 이에 《의례도儀禮圖》,《향교예집鄉校禮輯》등의 책과 함께 아울러서 발간하였다. 이때 학봉이 퇴계 문집을 정리하지 않았다면, 귀중한 자료들이 임진왜란 중에 일실逸失될 수 있었다.

금계 마을에는 학봉의 절친 송암松巖 권호문權好文이 있었다.
학봉은 송암이 청성산 기슭의 막실에 지은 무민재無悶齋를 방문하여, 그와 서로 산을 나누어갖자는 약속을 하였다.
학봉이 송암의 무민재 가까운 청성산靑城山에 올랐더니, 바위 구렁이 기이하고 낙동강의 소沼가 맑고 푸르러서 참으로 절경이었다. 그 그윽함을 사랑하여 장차 집을 짓고 거기서 늙을 생각을 하였다.

안동의 영호루는 밀양의 영남루, 진주의 촉석루, 남원의 광한루와 함께 한강 이남의 대표적인 누각으로 불리어져 왔다.

학봉이 성산에 석문정을 정한 것은 석문 사이로 저 멀리 낙동강 굽이에 스승 퇴계의 시판이 걸린 영호루를 볼 수 있기 때문이었다.

1536년 8월, 퇴계는 장인 허찬許瓚의 상喪을 당하여 의령으로 가는 길에 안동을 지나면서, 영호루에 들러서 우탁禹倬의 시 〈題安東映湖樓〉를 차운하여 〈영호루映湖樓〉를 지었다.

客中愁思雨中多　　빗속에 깊어지는 나그네 시름
況值秋風意轉加　　가을바람 불어대니 더욱 심란해
獨自上樓還盡日　　홀로 누대 올랐다가 해져야 돌아와
但能有酒便忘家　　다만 술로서 집 생각 잊을 수 있다네.

慇懃喚友將歸燕　　은근히 벗을 불러 돌아가는 제비와 더불어
寂寞含情向晚花　　쓸쓸한 정을 품고 저녁 꽃을 마주하고 싶네.
一曲淸歌響林木　　한 곡조 맑은 노래 수풀을 울리는데
此心焉得似枯槎　　이 마음 어찌 마른 등걸 될 수 있나.

한 해 전(35년 12월 29일) 장인 허찬許瓚이 별세하였고, 지난 3월 8일 맏형 잠潛이 별세하였다. '다만 술로서 집 생각 잊을 수 있다네〔但能有酒便忘家〕'의 망자에 대한 슬픔을 술로서 잊는다고 읊었다.

1587년, 50세의 학봉은 《퇴계선생문집退溪先生文集》을 편차編次하고 상락대에 올랐다.

'상락대上洛臺' 절벽은 고려 장군 김방경金方慶이 젊은 시절에 수련하던 곳이다.

> 清晨跋馬喚鄰翁　맑은 새벽 말을 타고 이웃 노인 불러내니
> 雲袂飄然水石中　구름 소매 표연히 수석 사이 휘날리네.
> 忽到將軍遊賞處　홀연히 장군이 노닐던 곳 도착하니
> 英靈吹起滿江風　영령께서 온 강 가득 바람을 일으키네.[*]

학봉은 6월에 병산屛山에서 《퇴계선생문집》을 교정하였다. 이때 서애 류성룡이 휴가를 얻어 어머니를 뵈러 고향에 와 있었다.

퇴계 선생 문하의 여러 사람들이 문집 원고를 모았으나, 오래되도록 탈고하지 못하고 있다가, 이때에 몇 사람이 함께 교정하여 확정 지었는데, 끝까지 맡아서 주관한 사람은 실로 학봉이었다.

서애가 이오봉李五峯과 이호민李好閔에게 준 글에서,

"선생 문집을 김사순金士純과 병산서원에서 편차를 하면서, 선생께서 일찍이 직접 삭제한 부분도 실렸으니, 항상 펴볼 때마다 탄식하지 않은 적이 없었소."

---

[*]학봉집 번역 | 한국고전번역원 | 정선용(역) | 1998.

1587년 8월, 석문정사가 이루어졌다. 여러 벗들과 성산星山에 올라, 서대西臺에서 달을 감상하였다. 청성산은 일명 성산이라고도 하는데, 예전에 절이 있었으나 폐사廢寺되었다.

이듬해 2월, 벽오동과 홍도紅桃를 정사 서쪽에 심었다. 송나라 석연년이 복숭아나무를 석실에 심었던 고사를 따라 심은 것이다.

劚取芳根數尺長　몇 자의 길이로 꽃나무의 뿌리 잘라
玉臺西畔種成行　옥대의 서쪽 가에 줄 맞추어 심었네.
莫言白髮非春事　늙은이는 꽃 심는 게 아니라고 말을 말라
石室行看錦繡光　석실에서 수놓은 듯 고운 비단 빛을 봤네.

1590년(선조 23) 3월 5일, 53세의 학봉은 일본 통신사 부사副使에 차임되어, 한양을 떠나서 동래 가는 길에 선영에 성묘할 것을 허락받았다.

이때 석문정사에 들러서 시를 지었다.

但念王事重　나랏일이 중한 것만 생각하노니
我何小逡巡　내가 어찌 잠시나마 머뭇거리랴.
然後賦歸來　그런 뒤에 고향으로 돌아와서는
永作山中人　길이길이 산속 사는 사람 되련다.

1591년(선조 24) 2월 1일, 통신사 일행은 일본에서 돌아왔다.

"서계를 고치지 않으면 사신은 죽음이 있을 뿐, 의리상 돌아갈 수가 없다." 학봉은 현소에게 강력하게 항의하였으나, 황윤길이 일본에서 받아온 답서는 조선을 쳐들어가겠다는 선전포고이었다.

〈한번 뛰어 곧바로 대명국에 들어가겠다. 귀국은 앞장서서 입조하라. (一超直入大明國 貴國先驅入朝)〉

"필시 병화가 있을 것입니다."고 황윤길은 고하였으나 김성일은,

"그러한 정상은 발견하지 못하였는데, 윤길이 장황하게 아뢰어 인심이 동요되게 하니 사의에 매우 어긋납니다."

류성룡이 김성일에게 말하기를,

"그대가 황의 말과 고의로 다르게 말하는데, 만일 병화가 있게 되면 어떻게 하려고 그러시오?"

"나도 왜적이 나오지 않을 것이라고 단정하겠습니까. 다만 온 나라가 놀라고 의혹될까 두려워 그것을 풀어주려 그런 것입니다."

임진년에 왜적이 쳐들어왔다. 김성일은 초유사招諭使가 되어 의병을 크게 일으켰으나, 제2차 진주성 전투에서 피로疲勞가 누적되어 쓰러졌다. 혹심한 병란에 백성은 굶주리고 전염병까지 크게 유행하였다. 김성일이 직접 나아가 진구賑救하다가 자신도 전염되어 숨을 거두었다.

통신사가 다녀온 후 각 도에서 성을 쌓고 병기를 점검하는 등 분주하였다.

류성룡이 이순신과 이웃에 살면서 그의 행검을 살펴 알고 빈우賓友로 대우하니, 이순신은 과거에 오른 지 14년 만에 정읍현감에 제수되었는데, 고을을 다스리는 데에 성적聲績이 있었다.

선조가 비변사에 명을 내려 장수가 될 만한 인재를 천거하라고 하자, 류성룡이 형조정랑 권율權慄을 의주 목사로 천거하고, 정읍 현감 이순신李舜臣을 천거하여 전라좌도 수사로 삼았다.

이순신李舜臣은 사은숙배를 마치고 그날 저녁 류성룡과 마주 앉았다. 북쪽 국경지역을 맡았던 이순신이 처음으로 수군이 되었다.

"필히 왜란이 일어날 것입니다."

"전쟁 준비를 어떻게 해야 할지 걱정입니다."

"예상컨대, 왜적은 군량미를 확보하려고 호남으로 이동할 것입니다. 수군이 길목을 차단해야 합니다."

"섬나라 왜놈들은 본시 바다에 능할 텐데요."

"우리 바다에서 싸우는 것이니, 적을 유인하면 승산이 있을 것입니다."

류성룡은 그림 한 장을 이순신에게 건네주었다.

"먼 바다를 건너 온 적선賊船에 대결하는 방책은 빠르게 움직이면서 방어와 공격을 겸한 특별한 전선을 준비해야 합니다."

　배 위에 판목을 깔아 거북 등처럼 만들고, 그 위에는 우리 군사가 거우 통행할 수 있을 만큼 십자+字로 좁은 길을 내고, 나머지는 모두 칼·송곳 같은 것을 줄지어 꽂아놓고, 앞은 거북의 머리 부분은 용의 머리를 만들어 입안에 대포를 설치하고, 거북의 꼬리 밑에 총구멍을 설치하였다.

　배 위에 거적이나 풀로 덮어서, 송곳과 칼날이 드러나지 않게 하여, 혹 적이 뛰어오르면 송곳과 칼에 찔리도록 하였다.
　군사는 모두 그 밑에 숨어서 사면으로 포를 쏘면서 배가 전후좌우로 재빠르게 이동하고 좌우에도 총구멍을 여러 개 만들어서 화총火銃을 일제히 쏠 수 있게 하였다.

귀갑선도는 간재艮齋 이덕홍李德弘이 고안하여 류운룡〔答柳而得〕, 류성룡〔與西厓柳相國〕에게 보낸 편지로 짐작되며, 간재艮齋는 세자를 호송할 때, '어왜책禦倭策'에 진궤도와 귀갑선도를 '행재소소行在所疏'를 올리기도 했었다.

간재는 승수升數의 산법算法과 '0'을 도입한 영산법影筭法을 개발하였고, 선기옥형을 만들었다. 당시 사림은 시문이나 경사經史 이외 학문을 경시했으나 간재의 실용주의 경세론은 18세기 실학으로 발전하였다.

발명發明(invention)은 필요의 산물産物이다. 필요에 따라서 '생각의 싹(idea)'을 수정하거나 변형하는 과정에서 우연하게 획기적인 결과를 얻을 수 있다.

에디슨이 발명은 "1%의 영감과 99%의 노력이다" 했다. 이순신의 절실한 필요와 노력에 의해 거북선은 임진왜란 보름 전(1592년 3월 27일)에 완성되었다.

1592년(선조 25) 3월 27일, 48세의 전라좌수사 이순신은 배를 타고 소포에 이르러 쇠사슬 건너 매는 것을 감독하며 하루 종일 기둥나무 세우는 것을 보았다. 그리고 거북선에서 대포 쏘는 것도 시험해 보았다.

4월 13일, 왜적이 쳐들어왔다. 임진왜란이 시작된 것이다.

적선賊船이 바다를 덮어오니 부산 첨사僉使 정발鄭撥은 조공하러 오는 왜라 여기고 대비하지 않았다.

5월 1일, 전라 수군절도사 이순신李舜臣이 경상도에 구원하러 가서 거제巨濟 앞 나루에서 왜병을 격파하였다. 왜선 30척을 만나 진격하여 대파시키니 남은 적은 육지로 올라가 도망하자, 그들의 배를 모두 불태우고 돌아왔다.

경상도 남부지역을 거점으로 전쟁을 지속적으로 유지하면서 강력한 국내 지배질서를 형성하려 했던 도요토미 정권이 명나라와 정전회담이 결렬됨에 따라 재차 침공하였다.

조정에서 다시 공격 명령을 내렸을 때는 이미 가토군이 부산에 상륙한 뒤였기에 이순신은 공격 명령을 수행할 수 없었다.

1597년 3월 13일, 선조는 일본 첩자의 말에 속아 이순신에게 부산포로 가서 가토 군사의 재침을 막으라고 지시하였다. 이순신은 그 첩보를 믿을 수 없어서 수군을 움직이지 않았다.

"이순신李舜臣이 조정을 기망欺罔(속임)한 것은 임금을 무시한 죄이고, 적을 놓아주어 치지 않은 것은 나라를 저버린 죄이며, 심지어 남의 공을 가로채 남을 무함하기까지 하였다."

성균관사성 남이신南以信을 한산도로 파견하여 사실을 조사하도록 했다. 군민軍民들은 길을 막고 이순신의 원통함을 호소했으나, 남이신은 사실대로 보고하지 아니하고,

"가등청정이 해도海島에 머무르는 7일 동안에 우리 군사가 만약 나갔다면 적장을 잡아올 수 있었겠사오나, 이순신은 머뭇거리고 나가지 않아서 그 기회를 놓쳐 버렸습니다."

상이 진노하여 원균에게 이순신의 자리를 대신하게 하려 하자,

"지금 사태는 위급한데다가 장수를 바꾸어 한산도를 지키지 못하면 호남도 보전할 수 없습니다." 류성룡이 반대하였다.

선조는 비변사가 아첨만 하고 정직하지 못하다 책망하니, 류성룡은 이순신을 두둔할수록 오히려 그에게 해가 될 것으로 판단했다.

이때 판중추부사 정탁鄭琢이 간하기를,

"이순신은 명장이오니 죽여서는 아니 됩니다. 군사상 기밀의 이해관계는 멀리서 헤아리기가 어려운 것입니다. 그가 싸우러 나아가지 않은 것에는 반드시 생각하는 점이 없지는 않았을 것이오니, 청하옵건대 너그럽게 용서하시어 뒷날에 공효를 이루도록 하시옵소서."*

舜臣名將 不可殺 軍機利害 難可謠度(탁) 其不進
未必無意 請寬恕 以責後效

———

*김종근 역주,《징비록》, 명문당, 2015.

이순신의 《난중일기亂中日記》*

1597년 4월 1일, 이순신은 감옥살이를 마치고 나왔다. 남문 밖 윤간의 종의 집에 이르러 조카 봉과 분, 그리고 아들 울과 사해, 윤원경과 모두 한방에 앉아 오랫동안 이야기 했다. (…)

4월 2일, 필공을 불러서 붓을 만들게 했다. 어두울 무렵 성 안으로 들어가 영의정과 만나 이야기하다가 닭이 울어서야 헤어져 나왔다.

4월 3일, 아침 일찍 남쪽으로 길을 떠났다.

4월 13일, 어머니를 마중하려 바닷가에 가는 길에 어머님 부고를 받았다. 나는 앞이 깜깜하여 뛰쳐나가 마구 뒹굴면서 뛰었더니 하늘의 해조차 깜깜하게 보였다. 곧 해암蟹巖으로 달려가자 배가 벌써 와 있다. 길에서 바라보니 가슴이 미어지는 것 같았다. 이 슬픔을 어찌 다 적을 수 있으랴.

4월 16일, 영구를 상여에 싣고 집으로 돌아왔다. 마을 앞에 오자 가슴이 찢어지는 것 같음을 어찌 다 말로 하랴. 집에 와서 빈소를 차렸다. 비가 억수같이 쏟아지고, 나는 맥이 다 빠진데다가 남쪽으로 빨리 가야 하니 부르짖으며 울었다. 다만 빨리 죽기만 기다릴 뿐이다.

---

*이순신 저, 한상수 역, 《난중일기》, 명문당, 1989.

1598년 12월 16일, 노량해전에서 일본군은 전선 200여 척이 가라 앉고 150여 척이 파손되자, 일본 수군은 남은 150여 척을 이끌고 퇴각하기 시작하자, 조명 연합함대는 추격을 계속하였다.

이순신은 관음포에서 일본군의 총탄을 맞고 숨을 거두면서,

"싸움이 급하다. 나의 죽음을 적에게 알리지 말라."

이순신의 전사 소식을 전해들은 서애 류성룡은 남쪽 하늘을 향해 합장하고, 〈통제사 이순신李舜臣을 애도함〉* 시를 읊었다.

閑山島古今島	한산도 고금도
大海之中數點碧	넓은 바닷속 두어 점 푸르구나.
當時百戰李將軍	이때 백전 노장 이 장군이
隻手親扶天半壁	한 손으로 친히 하늘 한쪽을 붙들었네.
鯨鯢戮盡血殷波	고래를 다 죽이니 피가 파도에 번지고
烈火燒竭馮夷窟	맹렬한 불길은 풍이의 소굴 다 태웠어라.
功高不免讒妬構	공이 높자 시새우는 모함 면하지 못했으니
性命鴻毛安足惜	홍모 같은 목숨 아낄 것 없노라.
君不見	그대는 보지 않았는가,
峴山東頭一片石	현산 동쪽 한 조각 돌에
羊公去後人垂泣	양공 간 뒤 사람들이 눈물 흘린 것을.
(…)	

*한국고전번역원 | 유풍연(역) | 1977.

김기창, 명량대첩(이순신), 1975.

나는 퇴계 이황이 1563년 3월에 성묘하러 간 풍산 가곡佳谷과 대죽리, 풍양까지 낙동강을 따라서 강물처럼 흘러내려 갔다.

안동에서 부산 다대포까지 낙동강 강변길이 자전거 도로이다.

송야천은 봉정사 앞을 지나 금계리 마을을 흘러서 안동역(종합터미널) 서편에서 낙동강으로 흘러든다. 안동에서 경북도청까지의 국도가 다양해지면서 강변도로는 차량이 거의 다니지 않는다.

안동역 건너편 막곡리 강변길을 자전거 페달을 천천히 밟았다. 막곡리 촌락들이 들판 뒤로 멀찍이 모여 있고, 촌락 뒤편에 권호문의 청성서원靑城書院이 있다.

막실 마을 앞을 지나 산굽이를 돌아드니, 가로수 사이로 강물이 반짝이며 흐른다. 학봉 김성일이 벼슬에서 물러나 학문에 정진하고자 마련한 석문정사는 안동역 서편의 청성산 언덕에 있다.

'석문정石門亭' 표지판이 산 쪽을 가리키고 있었다. 시멘트 포장도로가 구불구불(zigzag) 가파른 오르막길이다. 석문정을 향해 오르막길을 걸어 올라갔다. 법수사에서 도로가 끝났다.

법수사 뒤편 오솔길을 돌아드니, 낮은 흙담을 두른 작은 정사亭舍가 마치 숲속의 새집 같았다.

'학봉鶴峰의 정사이니 학鶴의 둥지가 아닌가.'

정자의 서쪽 입구에 커다란 바위가 서로 마주 바라보고 있어 석문 정사石門精舍라 하였다. 도연명陶淵明의 〈도화원기桃花源記〉에 석문은 무릉도원으로 들어가는 문이라 하였다. 옛사람들은 마을 입구에 있는 바위나 석벽을 석문으로 인식함으로써 석문을 지나 살고 있는 마을이 청학동과 같은 낙토가 되기를 염원했던 것이다.

석문정은 퇴계의 계당溪堂이나 권벌의 충재冲齋처럼 방 한 칸에 마루가 딸린 초당이다.

석문정 뜰에 서면 화천이 휘돌아나가는 안동 시가지가 펼쳐진다. 낙동강은 삼국시대에 '황산강黃山江'·'황산진黃山津'으로 불리었으나, 고려 이후 '낙수洛水', '가야진伽倻津', '낙동강'이라 하였다.

'황산'이란 이름은 양산 물금에 있던 나루로, 경주와 김해 사이에 교류가 성했던 곳이다. '낙동(락동)'이라는 이름은 가락의 동쪽이란 뜻으로, 경상도 상주 땅을 가리킨다.

옛사람들은 안동을 화산花山이라 하였으며, 화산에서 풍산까지의 강을 화천花川이라 하였다. 안동 시내를 흘러 온 강물이 청성산에 부딪쳐서 방향을 틀어서 흘러내린다.

학봉이 석문정에서 바라보았던 영호루는 갑술년(1934) 대홍수 때 유실되었으니, 학봉이 석문정을 이곳에 자리 잡았을 당시 멀리 솔숲 너머 영호루가 보였을 것이다.

1588년(선조 21) 2월, 51세의 학봉은 석문정사에 올라갔다.

벽오동과 홍도紅桃를 석문정사 서쪽 가에 심었다. 송나라 만경曼
卿 석연년石延年이 복숭아나무를 석실石室에 심었던 고사를 따라 심
은 것이다.

1590년 3월 19일, 학봉은 일본으로 떠나던 길에 마지막으로 석문
정사에 올라갔다. 〈석문정사를 떠나면서〉* 시를 지었다.

石門我精舍	석문에 내가 지은 정사 있는데
結構經幾春	집 지은 뒤 봄이 몇 번 지나갔던가.
未能一日居	거기에서 하루도 못 머물러 보고
卻問滄海津	문득 창해 나루 찾아가게 되었네.
今來過山下	이번 길에 산 밑으로 내 지나옴에
猿鶴皆生嗔	원숭이와 학이 모두 성을 내누나.
雖無北山移	북산이문 같은 거야 비록 없지만
自愧周彦倫	주언륜과 같게 된 게 내 부끄럽네.
但念王事重	나랏일이 중한 것만 생각하노니
我何小逡巡	내가 어찌 잠시나마 머뭇거리랴.
會當仗忠信	내 마땅히 충신에 의탁을 하여
一成兩國親	한 번 가서 양국 우호 이룩하리라.
三邊絶刁斗	세 변경에 딱딱이의 소리 끊기고

---

*한국고전번역원 | 정선용(역) | 1998.

聖澤洽吾民　임금 은택 백성에게 흡족케 하리.
然後賦歸來　그런 뒤에 고향으로 돌아와서는
永作山中人　길이길이 산속 사는 사람 되련다.

일본은 임진왜란과 정유재란을 전후해 선진 학문인 조선 유학을 연구하기 시작했다.

1590년(선조 23) 9월, 도쿠가와 이에야스[德川家康]의 스승인 후지와라는 조선통신사로 대덕사大德寺에 머물던 학봉을 만난다.

후지와라는 함께 한 소회를 칠언절구 적은 접이 부채를 학봉에게 전했다.

"부채는 비록 하찮으나 담긴 정이 어찌 없으리 / 우리 토산물을 공에게 드리기 부끄럽소 / 조그마한 정성 조선국에 기억된다면 / 한 움큼의 일본 풍치가 되레 전해지리."

퇴계학은 경敬을 중시한 유학이다. 무사의 나라 일본은 마침내 유교를 관학으로 삼아서 1868년 메이지유신의 원동력이 되었다.

나는 석문정사 마루에 앉아 학봉을 생각했다. 고향에 돌아와 석문정사에서 지내려던 간절한 소망은 이루어지지 못했으나, 그의 혼은 고향으로 돌아와서 지금도 석문정에 앉아 시를 읊고 있는 듯하다.

然後賦歸來　그런 뒤에 고향으로 돌아와서는
永作山中人　길이길이 산속 사는 사람 되련다.

나는 석문정사에서 내려와 낙동강을 따라 내려갔다. 중앙고속도로 서안동 휴게소가 위치한 풍산대교 아래를 지나 강변로를 돌아드니 회곡리 삼거리가 나왔다.

회곡리는 미천이 낙동강에 흘러드는 곳이다. 의성군 옥산면의 산지에서 발원한 미천이 점곡면, 단촌면을 돌아서, 아름다운 암산과 무릉계곡을 이루고 회곡리에서 낙동강으로 흘러든다. 물길이 여러 굽이를 돌면서 사행하천이 마치 눈썹과 같다 하여 '미천眉川'이라고 한다.

회곡檜谷리는 '제일'이라 하였는데, 조선시대 도구 거리에 큰 회나무가 있어서 회곡이라 하였다. 돛단배가 오르내리고 강가에 낙연이라는 소沼가 있어 돛단배가 곡식과 소금 및 여러 가지 상거래가 이루어지던 곳으로 단호동으로 건너가는 나룻터이다.

무릉의 고산서원 앞을 흘러 온 미천이 낙동강에 합수하는 안동시 남후면 단호리의 검암습지 하류의 '상락대上洛臺' 절벽은 김방경金方慶이 젊은 시절에 수련하던 곳이며, 하얀 모래톱은 김방경金方慶이 씨름하던 곳으로, 상락대 북쪽 조금 위에 고산정孤山亭이 있었는데 지금은 '낙안정'이 있다.

원나라 세조(쿠빌라이)는 남송南宋을 공략하기 전에 해상으로 연결된 남송과 일본의 통교관계를 끊어 남송을 고립시키려 하였다.

일본에 항복을 권하기 위해 모두 6차례나 고려와 원의 사신을 일본에 파견했다.

김방경 장군은 일본 정벌의 전초기지로 마산 합포항에서 고려 기술자 3만 5,000여 명을 동원해 전함 900척을 만들었다.

1274년(충렬왕 원년), 합포에서 출발한 여몽연합군은 대마도에 상륙하여 9일을 보낸 뒤 일본 규슈 연안의 이키〔壹岐〕섬을 점령하고, 5일 뒤에 규슈 후쿠오카에 상륙했다. 대마도와 이키 섬의 영주들은 여몽연합군과 맞서 싸우다 전멸했다. 당시 세계 최강의 몽골군이 대포까지 가져와 쏘아대자, 왜군의 시체가 삼을 베어 눕힌듯 하였다.

여몽연합군은 하카타만에 정박시켜 둔 함선에 돌아가서 쉬었는데, 밤중에 갑자기 태풍이 불어와 함선들이 대부분 침몰하고 말았다. 배에 타고 있던 여몽연합군 1만 3,500명이 익사溺死하였다.

1277년, 장군 위득유韋得儒 등이 원나라 흔도忻都에게 말하기를,
"김방경이 장군 나유羅裕 등 4백여 명과 함께 왕과 다루가치〔達魯花赤〕를 제거하기로 모의하고 반란을 일으키고자 한다."

흔도忻都(忽敦)가 곧 개경으로 들어가서 다루가치 석말천구石抹天衢와 함께 충렬왕에게 고하고, 김방경 등을 국문하였다.

충렬왕은 이를 의심스러워하면서도 위득유 일당을 심문 중 위득유의 강압에 못 이겨 김방경을 무고했다며 자백하자, 충렬왕은 김방경이 결백하다고 판단해 그를 석방시켰다.

　고려인으로서 몽골에 귀화한 홍다구洪茶丘는 김방경을 모함한 뒤 세조에게 간청해 스스로 신문관이 돼 고려로 와 직접 김방경을 심문대에 세워서는 잔혹하게 고문을 하였다.

　홍다구洪茶丘가 쇠사슬을 김방경의 머리에 감고 곤장을 치는 사람에게 그의 머리를 치도록 하고, 옷을 벗긴 채 하루 종일 세워두었다. 추운 날씨에 김방경의 피부가 얼어서 시커멓게 멍이 들었다. "앞서 흔도가 이미 국문하였는데, 어찌 다시 국문할 필요가 있겠는가?"
　왕이 홍다구에게 일렀으나, 더욱 참혹하게 형벌을 가하였다. 김방경이 혼절하였다가 다시 깨어나도 끝까지 굴복하지 않았다.
　왕은 김방경이 죽을까 두려워서 거짓으로 죄를 인정하고 추후에 억울함을 밝히라고 하였으나,
　"신의 간과 뇌가 길바닥을 덮을지라도, 어찌 거짓으로 죄를 인정하여 사직을 저버리겠습니까?"

　당시 고려에 와 있던 원나라 관리가 참혹한 광경을 보다 못해,
　"그 이상 하면 황제께 직접 아뢰겠다."

홍다구는 그제야 멈췄는데, 그 후 다시 심문을 하고 누명을 씌우는 등 끝까지 처리하려고 했다. 마침내 대청도로 유배되었다.

원나라는 전쟁을 준비하는 한편, 일본에 두 차례나 사신을 보내 국서國書를 전했으나 사신들이 모두 살해되고 말았다.

1281년(충렬왕 7년), 2차 일본 정벌을 단행했다. 그간 일본 원정에 소극적이던 충렬왕이 일본 원정에 적극 협력한 것은, 원나라 세력 홍다구 등을 축출하고 왕권을 강화하려는 의도가 있었으며, 또 왜구 침략을 근절시키려는 목적도 있었다.

2차 여몽연합군은 모두 4만 명(원 3만·고려 1만 명)으로 함선 900척이 동원됐다. 몽골은 중국 양자강 이남에서 차출한 강남군을 추가했는데, 그 총 병력이 10만 명, 함선이 3,500척이나 됐다.

2차 정벌 때 김방경은 관령고려국도원수管領高麗國都元帥이었다. 여몽연합군은 이번에도 전투에선 승리했지만 태풍과 전염병으로 큰 손해를 입고 철수할 수밖에 없었다.

가마쿠라 막부는 국력을 낭비해 쇠퇴하여 일본에서는 남북조 시대가 열리게 되었으며, 고려는 전비戰費로 국고가 고갈되고, 정동행성은 전쟁이 끝난 뒤에도 남아 고려의 정치에 간섭하였다.

김방경 장군은 신라의 마지막 왕인 경순왕敬順王의 후손이다. 안동에서 태어나 어려서부터 할아버지 김민성金敏成이 양육했다. 성품이 강직했으며, 자기 뜻에 맞지 않으면 땅바닥에 뒹굴면서 울었다. 그때마다 소나 말이 그를 피해 지나니 사람들이 기이하게 여겼다고 한다.

김방경은 나이 일흔둘에 관직에서 물러났다. 김방경이 고향인 안동으로 성묘를 가는데, 왕이 그의 아들에게 수행하도록 하였다.

김방경은 아들을 집으로 돌아가게 했다.

"지금 가을 곡식을 추수할 때이다. 백성들은 일손이 부족한데 어찌 번거롭게 만들겠느냐. 너는 이 길로 곧 돌아가도록 해라."

김방경은 여든아홉에 세상을 떴다. 도량이 넓어서 사소한 일에 구애됨이 없었고, 자기 몸을 잘 거두고 근면하고 절약하였으며, 대낮에는 드러눕는 일이 없었고, 머리칼이 검은 채로 남아 있었고, 날씨가 춥거나 덥거나 상관하지 않고 병환이라곤 없었다.

그는 죽은 뒤에 안동 땅에 묻어달라고 유언을 했으나 그 당시 정권을 잡았던 사람들이 이것을 싫어하여 예식禮式대로 장사지내는 것을 반대했으나, 그 후에 왕이 이것을 후회했다고 한다.

회곡리 삼거리 마을 뒤 언덕에 김방경의 '충렬공유허비'가 비각 안에 있으며, 김방경의 묘소와 음수재飮水齋는 안동시 녹전면 죽송리(능골)에 있다.

안동김씨는 선김先金과 신김新金이 시조가 서로 다르다. 선先 안동김씨는 신라 경순왕의 손자 김숙승金叔承이 시조로서 신라 왕실의 적통이라 하여 '상락上洛김씨'라고도 한다. 김방경은 경순왕의 10대 손이다. 임진왜란 때 진주성에서 순직한 충무공 김시민金時敏, 백범 김구 선생이 김방경의 후손이다.

고려 말 청주정씨 정오鄭顠가 외가인 김방경金方慶의 별업인 안동 와룡 가구촌佳邱村 모사골〔池內(못안골)〕에 거주하면서, 그의 아들 정침鄭賝의 후손들이 안동의 회곡리, 지내동, 도기촌, 도답촌, 마암 종가(말바우 정사성), 명계(명잘) 등지에 살고 있다.

정탁은 김방경의 방계 외손으로 안동 와룡 모사골에서 태어났으나, 그의 후손들은 예천 고평리와 삼강리에 세거하고 있다.

김방경의 안동김씨와 구분하여 신新안동김씨의 시조 김선평金宣平은 경순왕의 재종질이다. 김선평의 9세손 봉화현감 김삼근金三近이 비안현감을 지낸 후 소요산素耀山에 정착하였다. 소요산은 풍산현의 치소와 5리 정도의 거리에 있으며, 원래의 명칭은 금산촌金山村(=소산리)이었다. 김삼근은 2남 3녀를 두었는데, 맏아들 김계권金係權은 성균관대사성, 둘째 김계행金係行은 사헌부대사헌을 지냈다.

김계권은 5남 6녀를 두었는데, 세조 때 국사國師 학조學祖, 김영형金永衡, 김영전金永銓, 김영균金永鈞, 김영추金永錘, 김영수金永銖이다.

김계행金係行은 김극인, 김극의, 김극예, 김극지, 김극신 등 아들 다섯을 두었는데 아버지가 물려준 가보 '청백'을 지켰다.

김계행의 맏딸은 상주 함창(이안) 찰방 박눌朴訥과 혼인하여 박거린朴巨鱗, 박형린朴亨鱗, 박홍린朴洪鱗, 박붕린朴鵬鱗, 박종린朴從鱗 아들 다섯을 급제를 시켜서 '향오린鄕五鱗'으로 불렀다.

향오린 중에서 막내아들 박종린의 후손들이 문한으로 예천을 떠들썩하게 했으며, 그의 둘째 딸은 안동 하회 유자온柳子溫과 혼인하여 외증손 유중영柳仲郢을 키워 황해도관찰사를 지냈으며, 외현손 겸암 유운룡柳雲龍과 서애 유성룡柳成龍이 태어났다.

김삼근의 입거를 계기로 풍산 소산은 안동김씨의 '백세터전'이 되었으며 안동에서는 '소산김씨素山金氏'로 부르고 있으며, 안동·파주·서울·충청 등의 신안동김씨 11개 파 모두 소산에서 분파되었다.

풍산사제豊山笥堤 위에 조그만 정자를 지어 '보백당寶白堂'이라 하고 학생을 모아 가르치니 보백선생寶白先生이라 불리었으며, 연산의 폭정에 귀향하여 길안 송암계곡의 폭포 위에 만휴정을 짓고 외나무 다리를 건너다니며 시 읊고 산수에 유유자적하였다.

김방경 장군의 고향 회곡리에서 3km 떨어진 풍산읍 수동 마을 뒷산 청성산 서편 기슭 낙동강이 바라보이는 곳에 서애 류성룡의 묘소와 수동재사가 있다.

1592년(선조 25) 6월, 선조가 평양성을 빠져 나가려 하자, 풍원부원군豊原府院君 류성룡은 평양을 지키기를 청하였다.

그러나 평양성을 빠져나와 의주에 도착한 선조가 류성룡에게,

"요동遼東으로 건너가겠다는 의사를 명나라 장수에게 미리 말해두는 것이 어떠하겠는가?"

"안 됩니다. 대가大駕가 우리 국토 밖으로 한 걸음만 떠나면 조선朝鮮은 우리 땅이 되지 않습니다."

선조는 평양을 떠나 의주로 피난하면서, 좌의정 윤두수, 도원수 김명원, 이조판서 이원익 등에게 평양성을 지키게 하였다.

1592년(선조 25) 6월 13일, 고니시 군대가 대동강을 건너오자, 전세가 불리함을 감지하고, 먼저 성중 사람들을 내보내고 무기를 풍월루風月樓 연못에다 버리고 성을 빠져나왔다.

1592년 7월 15일, 명나라 부총병 조승훈祖承訓이 비바람이 심한 야간을 이용해 평양성을 공격하였다. 왜군은 평양 성문을 열고 명군과 조선군을 성내로 유인하여, 조총으로 기습 공격하였다.

8월 30일, 명나라 유격장군遊擊將軍 심유경沈惟敬이 왜군 진중으로 들어갔다가 날이 저물어서 말을 타고 돌아왔는데, 고니시 유키나가〔小西行長〕와 강화회담을 벌여 50일간 휴전키로 합의했다.

1593년 1월 6일, 이여송李如松의 5만의 군사와 조선 관군과 휴정休靜과 유정惟政의 승군도 합세하여 평양성을 공격하니, 군량과 무기가 바닥나고 원군도 오지 않자, 고니시는 남은 군사를 거두어 평양성에서 퇴각하였다.

영의정 류성룡은 강화를 주장하여 나라를 그르친 인물, 즉 '주화오국主和誤國'이라는 비난을 받았다. 선조는 명군과 협공하여 일본군을 패퇴시키기를 원했으나, 명나라 사령관 송응창은 일본과의 강화교섭을 선택했다. 류성룡은 선조의 강화반대 원칙을 따르면서, 명의 군사적 지원을 유지할 수 있는 타협점을 찾아내는 일이었다.

1597년(선조 30) 1월 27일, 이순신을 논죄하는 자리에서 선조가 류성룡에게 이르기를,
"일본에 사신 보내는 일은 어떻게 해야 하는가?"
"사세가 이미 급하게 되었으니, 보내도 도움이 없을 듯합니다."
"사세로 보아 하기 어려운 것인가? 의리義理로 보아 말하는 것인가?"
이순신이 원균의 모함의 덫에 걸린 것을 알기에 류성룡은 안타까웠다.
"사세가 이미 급하게 되었는데, 어찌 의리를 생각하겠습니까?"
류성룡은 왕에 대한 의리보다 7년 전란에 굶주린 백성에 대한 의리를 택했다.

서애가 학봉에게 보낸 편지, 〈與金士純〉*

─ 진주가 포위되었다는 말을 들은 뒤부터 밤마다 눈을 붙이지 못했더니, 멀리서 보내 주신 글을 받고 비로소 적을 물리쳐 지탱이 되었음을 알았습니다. 영감이 목숨을 걸고 내달린 노고와 장졸들이 힘을 다하여 싸운 공로는 사람이 감격의 눈물을 여러 날 흘리고도 멈추지 않을 정도였습니다. 하늘이 만약 순함을 도우신다면 추악한 왜적이 어찌 끝내 독을 베풀겠습니까.

다만 하늘이 순함을 돕지 않으신 지가 벌써 오래되었고, 적은 안팎에서 점점 가득 차고 있는데도 크게 소탕하지 못하였으며, 이곳의 일은 소홀함이 더욱 심합니다. 그런데 중국 군사는 큰소리만 치며 올 적마다 우선 관망만 하고 전진하지 않기 때문에 장수나 군사들이 적을 구경하여 게으름이 날마다 심하니, 멀리 보내는 이 글에는 다 적을 수 없습니다.

저는 아직도 안주와 숙천 사이에 체류하고 있습니다. ─

초유사招諭使 김성일은 곽재우·김면·정인홍 등을 의병장으로 삼아 서로 협동하게 하고, 호남으로 가는 길목의 진주성의 방비를 튼튼히 하여 제1차 진주대첩에서 왜군을 물리쳤다.

*한국고전번역원 | 박성학, 이형재, 임정기(공역) | 1977.

김성일의 진주대첩은 마치 장비의 장판파長坂坡 전투를 연상케 한다. 조조군의 파상공격 앞에 유비는 백성과 처자들을 버리고 후퇴하였으나, 장비는 장판교에서 조조의 군사를 막아서서 조자룡趙子龍이 조조의 청홍검靑紅劍을 빼앗아 휘두르며 조조의 진을 휘젓고 다닐 수 있도록 한 것 같이 김성일은 곽재우를 도왔으며 호남으로 가는 왜군의 길목을 막았다.

　학봉 김성일만큼 임진왜란을 몸소 겪은 이는 없을 것이다. 임진왜란이 발발하기 2년 전인 1590년(선조 23) 4월 29일, 통신사를 시작으로 1593년 4월 29일 진주성 공관에서 병사할 때 까지 만 3년 간 임진왜란의 와중에 주역으로 동분서주하며 목숨을 바쳤다.

　만일 김성일이 그 당시에 역병에 걸리지 않았다면, 김수金睟로부터 곽재우를 구한 것 같이 원균이 함부로 이순신을 모함할 수 없었을 것이며, 왜가 정유재란을 도발하지 못했을 것이다.

　1598년(선조 31) 12월 6일, 57세의 서애 류성룡은 스스로 관직을 사직하고 고향 안동 풍산 하회로 돌아왔다. 1605년(선조 38), 낙동강 대홍수로 하회의 살림집 삼 칸 초옥을 잃었다.

　오늘날 겸암 류운룡柳雲龍의 양진당과 서애 류성룡의 충효당은 후손들이 새로 지은 것이다.

서애는 하회 마을 강 건너편 부용대 옥연정사에서 징비록을 작성한 후 조용한 곳을 찾아서 학가산 서미리에 초당을 짓고 '농환弄丸'으로 지었다. 농환옹弄丸翁은 누추한 초막에서 안빈낙도하는 늙은이를 뜻한다.

1607년(선조 40) 5월 6일, 서애 류성룡은 서미리 초당에서 66세의 일기로 고종考終하였다. 수동리壽洞里 뒷산 양지바른 언덕에 장사 지냈다.

"내가 평생에 세 가지 한이 있다. 군친君親의 은혜를 보답하지 못한 것이 한 가지 한이고, 작위가 너무 외람되는데 일찍 물러 나오지 못한 것이 두 가지 한이며, 망령되이 도道를 배울 뜻이 있으면서도 이루지 못한 것이 세 가지 한이다."

학봉 김성일은 청성산靑城山을 성산星山이라고 하였다. 성산 동쪽 학봉의 석문정사에서 성산 남쪽의 회곡리 마을 앞 상락대를 지나서 성산 서쪽의 수동리 서애 묘소까지 강물이 'ㄹ'자 형으로 흘러가는 9km 구간의 화천花川은 군웅이 할거割據 한 대하大河가 틀림없다.

학봉이 일찍이 청성산靑城山을 성산星山이라고 한 의미를 알 것 같다.

이수창, 충효당, 72.8×60.6, 1988.

나는 수동리 고개를 넘어 풍산 우렁골로 돌아서 낙동강변의 마애리 마을로 갔다. 수동리 강둑에서 300m 거리(자전거 1분)가 길이 없어서 터널을 계획하고 있으나 아직 실현되지 않고 있다.

안동역에서 우회전하여 하이마路 2.5km 지점의 SK주유소에서 옥수교 건너서 검암리로 가는 도로가 회곡리 강 건너 마애리로 연결되어 있으나 초행길은 찾아가기 쉽지 않다.

마애리는 중국의 종남산 북쪽 산기슭의 망천과 같이 아름답다고 하여 망천輞川이라 하였는데, 강가에 바위를 쪼아 만든 부처가 있어 마애리라 하였다.

이곳의 지형은 하안단구 지층으로, 마애 마을 북쪽의 야트막한 구릉의 말단부에서 3~4만 년 전 후기 구석기시대로 추정되는 유물이 발견되었다.

마애리는 낙동강이 모래톱을 쌓아놓고 활처럼 마을 앞을 굽이돌아가는 절벽이 한 폭의 그림처럼 자연경관이 수려한 곳이다. 강 건너 깎아지른 적벽赤壁 세 봉우리 중 가운데 봉우리는 작지만 곧고 가파르게 서있어서 옥루봉玉樓峯이라 하였다.

봉의 서쪽 골짜기 정사亭舍에 깊은 못이 있고 하얀 모래를 금대金帶같이 두른 숲은 경치가 빼어났다. 우거진 솔숲에 팔각연화대좌에 결가부좌 비로자나불상이 염불을 그치지 않는다.

상촌 신흠申欽의 〈삼귀정팔영〉 중 〈마애초벽馬崖峭壁〉*

可愛馬螺潭　보기도 좋을시고 마라담 그야말로
層崖高萬丈　층층한 낭떠러지 높이가 만장일레.
春花與秋葉　봄 들어 피는 꽃 가을에 단풍잎은
絶勝王家輞　왕유의 망천보다 경개가 절승하다네.

　퇴계 이황의 선조는 진보에서 마애로 옮겨와 살았다. 송안군 이자수가 마애에서 두루 마을로 옮겨갔으며, 퇴계의 할아버지 때 두루 마을에서 분가하여 온혜에 터를 잡았으나, 송안군의 증손 흥양興陽은 마애 마을에 산수정山水亭을 짓고 정착하였다.

　마애리 앞 적벽 아래의 맑은 강물은 풍산들로 흘러 들어간다. 풍산의 豐을 파자하면 曲〔곡〕과 豆〔콩〕이다. 홍수洪水가 유기물질을 쌓아서 비옥하지만 해마다 수해를 입기 때문에 벼농사 보다 봄에 콩을 심고 가을에 채소를 경작했기 때문이다.
　풍산들은 창녕의 우포늪과 같이 강물이 고였다가 빠지기를 반복했지만, 오늘날은 낙동강 상류의 안동댐과 매곡천 상류의 만운지에서 수위를 조절하고 제방을 쌓아서 기름진 농경지로 바꿨다.

---

*한국고전번역원 | 양홍렬(역) | 1994.

풍산들에서 낙동강이 화산花山에 막혀 강물이 멈추었다가 다시 밀려서 하아리를 돌아서 병산서원 앞으로 흘러간다. 하아리 강둑에 서서 좌우측의 강을 보노라면, 마치 두 강이 서로 다른 강으로 착각하게 된다.

낙동강이 화산花山을 돌아나가면 병풍屛風 산이 적벽 밑으로 흐르는 강물에 그림자를 드리운다. 풍산에 있던 '풍악서당'을 병산으로 옮겨와서 '병산서당'이라 하였으며, 이곳에서 서애는 학봉과 《퇴계선생문집》을 교정하였다.

서애 류성룡 사후, 그의 제자들이 병산서원을 건립하고 징비록을 간행하였다. 1863년 '병산屛山'을 서원의 사액으로 받았으며, 1717년 이전에 건립한 만대루晩對樓는 강학을 위한 공간이다.

'만대晩對'는 당나라 시인 두보의 〈백제성루白帝城樓〉 중
"푸른 절벽처럼 둘러쳐진 산수는 저녁 무렵 마주하기 좋으니〔翠屛宜晩對〕"라는 구절에서 따왔다. 실제로 저녁 무렵 만대루에 오르면 병풍을 두른 듯 산과 낙동강의 절경을 즐길 수 있다.

만대루는 목재를 다듬지 않고 그대로 사용하고, 장식과 기교도 없이 휘어진 모습 그대로 서있는 기둥들과 자연 그대로의 주춧돌, 커다란 통나무를 깎아 만든 계단 등은 건축과 자연이 어우러지는 한국 전통 건축의 빼어난 멋을 그대로 보여준다.

입교당에서 바라보면, 만대루 7칸 기둥 사이로 펼쳐지는 강물과 병산과 하늘의 조화는 살아서 꿈틀거리는 그림이다.

병산서원의 7월이면 복례문 앞 배롱나무에 자미화가 피기 시작하고, 존덕사 앞 고목이 꽃을 피우기 시작하는 8월의 여름밤은 풍류병산 국악 한마당과 병산서원(1곡)에서 출발하여, 하회마을까지 걸으면서 절경을 지닌 아홉 개의 계곡을 설정하고, 각 곡마다 시를 지은 유학자들의 격조 높은 선비문화를 체험할 수 있게 된다.

병산서원은 2019년 세계유산위원회에서 한국의 서원으로 등재되었으며, 병산서원은 미래지향적인 서원으로서 병산서원의 맥을 잇는 병산교육재단을 설립하여 풍산중·고등학교를 운영하고 있다.

병산서원에서 화산을 남으로 돌아 나온 강물은 하외촌河隈村을 굽이돌아 남쪽으로 흐르던 강물이 부용대에 가로막히어 동으로 급선회, 산을 휘감아 안고 산은 물을 얼싸안고 서쪽으로 돌아간다.
꽃뫼[花山]가 뒤를 받치고, 꽃내[花川]가 마을을 휘감아, 거센 물줄기가 주춤하며 잠시 쉬어가는 곳이 하외이다. 산과 물이 어우러진 산태극수태극山太極水太極 형국을 물이 돌아나가는 '물돌이동'이라 하여 '하외河隈'라 하였다.

하외 마을에는 오래 전부터 전해오는 〈하외 별신굿 탈놀이〉와 〈부용대 불줄놀이〉는 보통 10년 또는 7년에 한 번씩 열렸는데, 보름 남짓 한 기간 동안 서낭신을 앞세운 풍물패와 탈춤패들이 어울려 마을의 구석구석을 누비면서 평소에는 불가침 지역으로 조신하게 드나들었던 양반집 마당이나 대청마루에도 거침없이 오르고, 양반과 선비를 무능하고 위선적인 존재로 그려서 그들의 체면을 구겨 놓는다. 〈부용대 불줄놀이〉는 오늘날 불꽃놀이와 같다.

양반들은 민중들의 탈놀이를 용인하는 대신 〈부용대 불줄놀이〉에서 신분질서에 입각해 양반들은 배 위에서 선유船遊와 불줄놀이, 낙화놀이, 달걀불놀이 등 가무악을 즐기되, 민중은 놀이에 필요한 제반 준비를 담당하고 놀이가 원만하게 이루어질 수 있도록 도왔다. 산태극수태극山太極水太極, 하외의 지형을 닮아 양반과 민중의 신분이 밤과 낮으로 번갈아 태극형으로 돌아가는 형국이다.

별신굿은 정월 초이튿날 꽃뫼의 서낭당 신 내림대의 당방울을 서낭대에 옮겨 달고 하산하면서부터 시작된다. 춤마당에 서낭대를 중심으로 모여든 마을 사람들 앞에서 농악을 울리며 한바탕 놀이를 벌인다. 강신降神, 무동마당, 주지마당, 백정마당, 할미마당, 파계승마당, 양반·선비마당, 당제堂祭, 혼례마당, 신방마당, 헛천거리굿 등의 순서로 이루어지게 된다.

인물들이 몽두리춤이나 오금춤을 추면서 등장할 때는 훈련굿거리를 치고, 춤출 때는 자진굿거리를 쳐서 흥을 돋웠다.

사뿐사뿐 각시걸음, 능청맞다 중의 걸음.

황새걸음 양반걸음, 황새걸음 선비걸음.

방정맞다 초랭이걸음, 바쁘다 초랭이걸음.

비틀비틀 이매걸음, 맵시 있다 부네 소실小室걸음.

심술궂다 백정걸음, 엉덩이 추는 할미걸음.

첫째 마당, 각시광대가 무동을 타고 꽹과리를 들고 구경꾼들 앞을 돌면서 걸립乞粒한다.

둘째 마당, 주지가 등장하여 악귀를 몰아내는 의식을 한다.

셋째 마당, 백정白丁이 춤을 추다가 소를 잡아서 우낭牛囊을 꺼내어 각설하면서 구경꾼들에게 판다.

넷째 마당, 쪽박을 찬 할미광대가 등장하여 베를 짜면서 〈베틀가〉를 부르고, 춤을 추다가 쪽박을 들고 걸립한다.

다섯째 마당, 부네[小室]가 오금춤을 추다가 치마를 들고 오줌 누는 장면을 중이 엿보다가 부네 옆구리 차고 도망간다.

여섯째 마당, 「양반과 선비」마당으로, 양반이 하인인 초랭이를 데리고 나오고, 선비는 소첩인 부네를 데리고 나온다. 초랭이가 양반과 선비 사이를 왔다 갔다 하며 서로 인사를 시키고는 자기가 뛰어들어 양반 대신 선비 인사를 받는다. 초랭이는 계속해서 양반을 풍자하고 골려준다. 양반과 선비는 서로 문자를 써가며 지체와 학식을 자랑한다.

선 비 : 여보게 양반, 자네가 감히 내 앞에서 이럴 수 있나?

양 반 : 무엇이 어째? 그대는 나한테 이럴 수 있단 말인가?

선 비 : 아니, 그라마 그대는 진정 나한테 그럴 수가 있는가?

양 반 : 뭣이 어째? 그러면 자네 지체가 나만 하단 말인가?

선 비 : 아니 그래, 그대 지체가 내보다 낫단 말인가?

양 반 : 암, 낫고말고.

선 비 : 그래, 낫긴 뭐가 나아.

양 반 : 나는 사대부 자손일세.

선 비 : 아니 뭐라꼬, 사대부? 나는 팔대부 자손일세.

양 반 : 아니, 팔대부? 그래, 팔대부는 뭐로?

선 비 : 팔대부는 사대부의 갑절이지.

양 반 : 뭐가 어째, 우리 할뱀은 문하시중을 지내셨거든.

선 비 : 아, 문하시중. 그까지꺼. 우리 할뱀은 문상시대인 걸.

양 반 : 아니 뭐, 문상시대? 그건 또 뭐로?

선 비 : 문하보다 문상이 높고 시중보다 시대가 더 크지.

양 반 : 허허, 빌 꼬라지 보겠네. 지체만 높으면 제일인가?

선 비 : 에헴, 그라믄 또 뭐가 있단 말인가?

양 반 : 학식이 있어야지, 나는 사서삼경을 다 읽었다.

선 비 : 뭐 그까지 사서삼경? 나는 팔서육경을 다 읽었네.

양 반 : 아니, 뭐? 팔서육경? 도대체 팔서는 어데 있고, 육경은
　　　　또 뭔가?

초랭이는 두 사람의 얘기를 듣다가 잽싸게 끼어든다.

초랭이 : 헤헤헤, 나도 아는 육경 그것도 모르니껴. 팔만대장경,
　　　　중의 바라경, 봉사의 앤경, 약국의 길경, 처녀 월경, 머
　　　　슴의 새경 말이시더.

선　비 : 그래, 양반이라카는 자네가 육경을 모른단 말인가?

양　반 : 여보게 선비, 우리 싸워봤자 피장파장이네. 부네나 불러
　　　　춤이나 추고 노시더.

선　비 : (잠시 생각하다가) 암, 그거 좋지 좋아.

여섯째 마당, 별채〔別差〕 역인 이매가 나와 관청에서 꿔준 환재
〔還子〕를 바치라고 외치면 모두 깜짝 놀라 도망간다. 관리가 마을 사
람들에게 곡식을 거두면서 중간착취하는 횡포를 풍자하고 있다.

하외 별신굿 탈놀이는 혈연적 지연적 공동체의 안녕과 친목을 기
원하는 굿과 놀이로서 탈의 익살성, 마당극의 개방성, 계층의 평등
성이 융합된 굿(무속) 형식의 축제이다.

고려 중기부터 시작한 하외 별신굿 탈놀이는 해마다 당제를 올리
되, 대개 10년 간격으로 별신굿을 벌여왔다.

탈놀이는 탈의 구조적 기능과 양반과 상민의 대립·반목을 마당
극의 해학과 익살, 풍자의 탈놀이가 관객과 함께 어우러지면서 갈등
을 해소하는 스토리가 가능한 것은 유교사회가 내포하고 있는 천인
합일의 평등사상이다. 밤새워 술 마시고 노래하며 춤출 수 있는 세
상은 보름이라는 짧은 기간이라도 자유로운 평등세상이다.

꿈에 마을의 수호신으로부터 신탁을 받은 허도령이 금줄을 치고 전심전력으로 가면 제작에 몰두하던 중, 허도령을 연모하는 처녀가 금기의 백일을 하루 앞둔 날, 처녀가 창에 구멍을 뚫어 엿보고 말았다. 허도령은 그 자리에서 피를 토하고 숨을 거두었다. 마지막으로 만들던 이매탈은 턱이 없이 남게 되었다.

하회탈을 정면에서 보았을 때는 바보같이 웃는 얼굴이지만, 다른 각도에서 보면 무섭게 보이기도 하고, 깔보는 것 같기도 하고, 겁주는 것 같다는 느낌이 들게 한다.

탈이 얼굴과 턱 부분이 분리되어 움직이기 때문이다. 얼굴을 위로 들어 올리면 턱이 아래로 내려가고 입이 벌어지면서 크게 웃는 모습이 되며, 아래로 숙이면 턱이 윗입술과 붙어 성난 표정으로 변한다. 관객들이 극중 등장인물들에게 더 잘 몰입할 수 있도록 도와주는 하회탈만의 장점이다.

양반들의 뱃놀이는 부용대에서 낙동강을 가로질러 줄을 걸고 뽕나무 숯봉지를 매단 뒤 불을 붙여 올리는 것이다. 달걀불을 만들어 띄우고 양반들의 신호에 맞추어 부용대에서 솟갑단을 떨어뜨리는 부용대 불줄놀이에서 민중들은 놀이에 필요한 궂은일을 감당하였지만, 놀이의 주체로 참여할 수 없었다. 양반들은 별신굿을 용인하였지만, 뱃놀이를 통해 민중에 대한 양반들의 지배를 분명히 보여줌으로써 놀이의 반상차별을 제도화하였다.

하회마을에 가서*

이희춘

하회마을에 가면 가면을 쓰자.
별신別神처럼 목을 길게 뽑고 절룩거리며
일천 개의 울분 중에 한 개라도 바꿔 쓰고
양반처럼 부네처럼 가면을 쓰자.
가면 뒤에 숨은 나는 껍질이 서 말
한 생애의 끝날까진 들킬 수 없어
무서리가 내려도 끄떡도 없는
한 눈 질끈 감고 가면을 쓰자.
탈 뒤에 숨은 아픔을 그대 아는가!
내 안에 감춘 내가 몇 개인지 나도 몰라
울분이 치밀 땐 해학을 덮어쓰고
눈물이 앞을 가릴 땐 미소를 덮어쓰고
천 길 만 길 낭떠러지 뒤로 숨어버리자.
가면은 잘 생긴 분노 같은 것,
너도나도 내다버린 익살 같은 것,
타오르다가 꺼져버린 눈물 같은 것,
가슴까지 무릎까지 가면을 쓰자.

---

*이희춘 시집,《오늘 밤에 별이 와서 빛나는 것은》, 중문, 2014.

서애 류성룡은 약관의 나이에 퇴계의 문하에 들어가자 스승은,
"이 사람은 하늘이 내렸다."고 하였다.

비록 부형의 명으로 인해 억지로 과거를 보아 급제를 하였지만,
즐겨서 한 것은 아니었고, 아직 관직을 맡기 전까지는 마음 내키는
대로 공부하려고 하였다.

1566년에 류성룡이 급제하자, 류운현이 퇴계에게 편지를 보냈다.
"아우 이현(서애 류성룡)이 아직 관직을 갖지 않았을 때 행동거지
를 뜻대로 하고 싶습니다."

퇴계는 〈류운현에게 답하다(答柳應見)〉詩를 써주면서, 정치판을
예상하여 '얽힘을 조심하라'고 경고하였다.

　　更憐賢弟初攀桂　　그대 어진 아우 갓 계수나무 잡았는데,
　　萬事將纏欲脫纏　　세상일에 얽힘에서 벗어나려는 뜻 가상하다.

1560년, 퇴계는 류성룡의 아버지 류중영柳仲郢(자 彦遇)의 병풍을
보고 시를 지어서 병풍에 직접 글씨를 써 주었다.

「풍산 사람 류중영이 평안도 정주에 있을 때, 병풍을 하나 만들어
하외의 상하류와 낙동강 일대의 그림을 그리게 하였다. 하외는 공의
전원이 있는 곳이어서 그 먼 곳에서 고향이 생각나면 그림 병풍을
보았다고 한다.

이에 다른 뜻과 느낀 점을 늦게나마 좇아 서술하여 근체시 류중영은 청주목사로 부임하던 1560년에 하외의 그림 병풍을 보여주면서 퇴계에게 書와 詩를 부탁하여 〈유언우하외화병 병서柳彦遇河隈畫屏幷序〉 두 수를 완성하여 병풍 위에 적어 청주목의 둘째 자제인 검열 낭군에게 부치는 바이다.」

1586년 45세의 서애는 부용대 절벽 끝에 옥연정사玉淵精舍를 지었다. 류성룡은 번잡함에서 벗어나 스스로 외로운 '고라니의 삶'을 살아가길 원하는 뜻으로 집을 짓고 자호를 서애西厓(서쪽 벼랑)로 지었다.

〈옥연서당기玉淵書堂記〉에 "중년에 망령되게도 벼슬길에 나아가 명예와 이욕을 다투는 마당에서 골몰하기를 20년이 되었다.
　발을 들고 손을 놀릴 때마다 부딪칠 뿐이었으니, 당시에 크게 답답하고 슬퍼하면서 이곳의 무성한 숲, 우거진 덤불의 즐거움을 생각하지 않을 때가 없었다. 또 고라니의 성품은 산야에 알맞지 성시城市에 맞는 동물은 아니다."

서애 선생은 옥연정사에서 징비록(국보 132호)을 저술하였다.
　옥연정사는 하회 마을 강 건너 부용대에 있어서, 배를 타고 건너거나 하회 마을을 나와서 광덕교를 건너면 화천서원 주차장이 있으며, 화천서원 담벼락을 따라 내려가면 옥연정사 주차장이다.

癸亥
龍眠

나는 하회 마을을 나와서 안동시 풍천면 가일佳日 마을로 향하면서, 권전權磌의 옥사를 기억하며 마음이 무거웠다.

"전하, 요사하고 허탄虛誕한 소격서昭格署를 통렬히 혁파하소서."
성균관 생원 권전權磌이 상소하여 소격서를 혁파하기를 청하였다.
소격서는 가뭄이나 역병이 창궐할 때 종묘사직과 산천, 일월성신日月星辰에게 제사를 지내는 기관으로서, 왕권을 강화하는 수단이었다.
권전은 이치〔所以然〕에 배치되는 허황된 미신 타파를 주장하였다.

정언 권전權磌이 이조 좌랑으로 승진하였다.
"이조吏曹는, 곧 천관天官의 총재冢宰인데, 신상申鏛이 그 자리에 있음은 합당치 못합니다."
이조 판서 신상申鏛을 논박했었는데, 그의 좌랑 승진은 다만 중종이 그 논박을 그만두게 만들려는 계책을 부린 것이다.

1521년(중종 16)에 좌의정 안당安瑭의 아들 안처겸이, '성종成宗의 열째 아들 이침李忱의 추대'를 모의했다는 송사련宋祀連의 무고誣告로 인해 안처겸의 일족一族을 비롯하여 이조 좌랑 권전權磌도 형리의 매질을 견디지 못하고 장살杖殺되었다.

나지막한 언덕을 돌아드니, '지곡지枝谷池'의 맑고 푸른 물이 길손을 맞았다.

봉화 문수산에서 내성천과 낙동강의 분수령을 이루며 산맥을 뻗어와서 마지막으로 맺힌 정산井山과 검무산이 뒤에서 마을을 감싸 안아서 북풍을 막아주고. 동쪽에서 흘러오는 낙동강은 풍산 들녘에 기름진 유기물을 퇴적하고, 강물은 방향을 꺾어서 화산을 돌아 하회에서 또 한 번 돌아서 이 마을 남쪽에서 서류한다. 태백에서 발원하여 영남을 가로질러 태평양으로 흐르는 낙동강의 거센 기세도 결국 가곡佳谷을 범하지 못하였다.

세종 때 정랑正郎을 지낸 권항權恒이 이 마을의 부호 류서柳湑의 사위가 되어 자리를 잡은 후, 대를 이어가면서 수많은 선비들이 학문을 닦고 불의에 맞서서 치열하게 삶을 이어 온 흔적들을 간직하고 있다.

권항權恒의 손자 화산花山 권주權柱의 무오사화, 권주의 아들 권전權磌의 신무사옥, 1926년 서울에서 6.10만세 운동을 주도적으로 기획하다가 거사 직전에 일경에 체포되어 순국한 권오설이 있었다.

'지곡지枝谷池' 제방堤坊에, '항일 구국열사 권오설 선생 기적비'가 있었다. 검은 빗돌에 새긴 비문은 1928년 2월 제3차 조선공산당의 핵심 간부 김남수金南秀의 아들 김용직金容稷 서울대 명예교수가 썼다.

「이 부끄러운 시대를 사는 우리가 여기 돌을 세워 선생의 이름을 새김은 검수도산劍樹刀山* 무릅쓰고 조국의 자유를 추구한 그 의기가 너무 절실하기 때문이며, 민중 민족을 위하여 물불도 가리지 않았던 그 사상과 정신이 진실로 사무치게 그리운 까닭인 따름이다.」

전남도청에 근무하던 권오설은 광주에서 3.1운동을 맞아 6개월 간 옥살이 한 후 1919년 가을에 귀향하여 노동서사魯洞書社에 원흥학술강습소를 열어서 청년계몽운동과 농민운동을 시작했다.

일제가 토지를 담보로 농민들에게 빌려준 고리대금으로 토지를 빼앗았으며, 농토를 빼앗긴 소작인들에게 7할의 소작료를 착취했다.
권오설은 작권 5년 이상 보장, 부역과 마름의 중간 수탈 반대, 소작료 운반 비용의 지주 부담 등 소작인 권리를 주장하는 풍산소작인회를 결성하여 풍산 우롱골의 이준태와 와룡 오천의 김남수 등과 교류하여 안동지역에 사회주의 사상을 확장하여 나갔다.

풍산소작인회의 대표로 조선노동(농)총동맹의 창립대회에서 중앙집행위원과 상무위원으로 선출된 권오설은 전국의 소작쟁의와 노동운동을 지도하였다. 오늘날 노동운동의 효시嚆矢이다.

---

*검수도산 : 칼로 이루어진 숲과 산, 매우 험난하고 위험한 상황을 뜻함.

가일 마을 뒷산 너머 오미 마을 김재봉은 1925년 제1차 조선공산당의 책임비서였고, 풍산들 동쪽의 우롱골의 이준태는 조공 중앙위원 후보였으니, 권오설과 권오직 형제, 권오상 등 사회주의 독립운동가를 배출한 이 지역을 '안동의 모스코바'로 불린다.

1925년, 권오설이 청년 21명을 모스크바 동방노력자공산대학으로 유학 보냈다. 권오설의 동생 권오직은 모스크바 공산대학에서 수학하고 일제강점기 때 두 차례나 투옥되었다. 해방 후 출옥하여 해방일보 사장을 지내다 월북하였다. 최고인민회의 대의원과 중국 대사를 지냈으나 전쟁 직후 숙청됐다. 자식을 잃은 부모나 남편이 월북한 부녀자들은 '권오설이 마을을 망하게 한 장본인'이라면서, 그의 기념비 건립을 반기지 않았다고 한다.

'사랑하는 우리 오빠 어저께 그만 그렇게 위하시던 오빠의 거북무늬 질화로가 깨어졌어요. 언제나 오빠가 우리들의 '피오닐' 조그만 기수라 부르는 영남永男이가 지구에 해가 비친 하루의 모든 시간을 담배의 독기 속에다 어린 몸을 잠그고 사온 그 거북무늬 화로가 깨어졌어요.…'

임화의 시 〈우리 오빠와 화로〉의 첫 문장으로, 오빠가 한 일을 자랑스럽게 여기는 여동생이 감옥에 있는 오빠에게 쓴 편지 형식의 시이다.

담배공장 노동자인 동생 영남이가 사온 거북무늬 질화로가 깨어진 것은 가정의 파탄을 의미한다. 피오닐은 영어의 파이어니어(pioneers)에 해당하는 피오네르(러시아어 : пионéр)이다. 어떤 분야에서 다른 사람보다 앞서거나 새로운 영역을 처음 열어 나가는 사람을 뜻한다.

권오설은 진정한 피오네르이었으나, 그는 계급투쟁의 공산주의자가 아니라, 소작인의 권익과 조국 광복을 위해 불의不義와 맞선 진보적 독립운동가이었다. 민주주의는 피를 먹고 자란다고 하니, 그들의 희생은 헛되지 않아, 오늘날 우리가 누리는 자유민주주의의 밑거름이 된 것이 아닐까.

지곡지枝谷池는 이 마을에 살았던 한 부자가 권력을 잡아보겠다고 반역을 꾀하다가 집안이 몰락한 후 그의 집터를 허물어 저수지를 만들었다는 전설이 있다. '기쁜 날'을 뜻하는 가일佳日과 지곡지枝谷池에서 한 글자씩 따서 가곡佳谷이라 한 것은, 아마도 헛된 욕망의 전설을 지우고 '아름다운 마을'로 부르고 싶었을 것이다.

가일佳日은 산꼭대기에 용솟음치는 우물이 있다는 '정산井山'이 마을을 뒤에서 감싸 안고 있다. 지곡지 방죽에 서서 호수에 거꾸로 비친 정산井山의 고요한 그림자를 보고 있을 때, 문득 '연축파燕蹴波'가 생각났다.

작은 돌멩이 한 개를 고요한 호수에 던졌더니, 동심원同心圓의 파문이 일면서 정산의 그림자가 일그러졌다.

'권오설 선생 기적비' 옆의 두 그루 회화나무는 세월의 상처를 깁스(gips)하고 있다. 회화나무는 그늘을 만들어 사람들을 쉬게 하고 마을의 이야기를 간직하고 있는 수호목守護木이다.

그중 한 그루는 깁스에 온몸을 뒤틀어 나무를 감싸고 있는 용틀임의 자세로 '기적비'를 지키고 있다. 도깨비 무늬 칼을 앞에 세우고 산소를 지키는 충직한 장군석將軍石처럼 ….

'지곡지枝谷池'의 울타리(목재 휀스)를 따라 마을 쪽으로 들어가니, 수령이 몇백 년 된 거대한 왕버들 옆에 작은 정자가 있어, 마치 촌장村長이 손자의 손을 잡고 길 가운데 서서 길손을 맞는듯했다.

마을 앞 삼거리의 안내판은 가일서가, 역사문화박물관, 병곡종택, 노동재사, 수곡고택, 선원강당, 권장의 야유당, 남천고택과 권오설 열사 생가터 등 저마다 스토리텔링을 지니고 있으니, 가곡佳谷 마을은 살아 있는 '안동역사문화박물관'이 아닌가.

가곡 마을은 정산井山(293m)을 병풍처럼 두르고 경작지 뒤로 멀찍이 물러나 겸손하게 몸을 낮추고 있으니, '안동의 모스코바'의 붉은 별을 조금도 느낄 수 없다.

1504년(연산군 11) 갑자사화 때, 승정원 주서로서 폐비 윤씨에게 사약을 전했다는 이유로 연산군에 의해 사사賜死되고, 그의 손자 권전이 송사련宋祀連의 무고誣告 장살杖殺 당하고, 퇴계의 장인 권질은 귀양살이에서 풀려난 뒤 처가가 있는 안음현(거창) 마리면 영승迎送 마을로 옮겨 살았다.

권주의 현손 권경행權景行이 1620년 용궁으로 이거하여 살았는데, 그의 아들 권박權搏과 손자 권선權愃이 문과에 급제하여 가일의 명예를 되찾게 되었다. 권박權搏의 손자 병곡屛谷 권구權榘는 학문과 문장이 뛰어나 사림의 추앙을 받았으며, 권구의 아들 권진權縉, 권집權緝, 수곡樹谷 권보權溥 삼 형제도 모두 학문에 힘써서 후손이 매우 번창하였다.

권구의 병곡 종택은 정면 6칸 규모로, 사랑채와 사이에 안채로 통하는 대문이고, 동쪽 2칸은 마루이고, 서쪽 2칸 방의 처마 밑에는 '시습재제時習齊'라는 현판이 걸려 있다. '때때로 배우고 익히면 또한 기쁘지 아니한가[學而時習之 不亦說乎]'에서 따온 '시습제時習齊' 당호가 소박素朴하고 단아端雅하다. 연산의 광기에 '멸문지화滅門之禍'를 당했으나, 배우고 익히는 선비의 삶은 이어져 왔다.

1700년, 권구는 전염병을 피하여 외촌外村으로 가서 6, 7년을 살았으며, 1716년에 병산屛山의 서쪽 동네에 머물며 사창社倉을 열어 흉년에 빈민들을 구제하였다. 마을의 이름을 병곡屛谷으로 바꾸고 자신의 호로 삼았다.

1723년(경종 3)에, 병곡屛谷은 지곡枝谷으로 돌아와서, 거처하는 집의 문미門楣에 '환와丸窩'라 편액하고, 시를 지어 품은 뜻을 드러내었다. 병곡종택에 솟을 대문이 없는 까닭은 '환와丸窩'에서, '무일사無一事 태광소太狂疎'는 올곧은 선비의 무소유無所有가 아닌가.

林居野老一蓬廬	산에 숨어사는 촌 늙은이 오두막
不在人間在太虛	인간 세상 아니고 태허 속에 있다네.
怳惚陰陽無始際	황홀한 음양이 시작하기도 전에
溟濛天地有形初	홍몽한 천지가 처음 모습을 드러낸다네.
頭邊日月閒來往	머리 위에 해와 달 한가히 오가고
眼底風煙自卷舒	눈앞엔 바람과 연기 모이고 흩어지네.
漸覺胸中無一事	마음에 아무 일 없음을 깨달으니
此翁身世太狂疎	이 늙은이 신세 너무나 거침없네.

1728년(영조 3), 무신년 이인좌의 난 때, 역적 조세추가 안동의 권구權榘, 권덕수權德秀, 유몽서柳夢瑞 세 사람을 무함하여 공초供招하였으나, 역적 정희량의 조카 정의련鄭宜璉의 초사招辭에,

　이능좌(이인좌의 아우)가 예천에 왔다가 크게 화를 내면서,

　"안동 놈들 때문에 일이 다 망가졌다. 원래 부사府使 이정소李廷熽의 목을 베고 안동을 전부 우리 편으로 만들려 하였는데,

　안동 사람(권구를 가리킴)이 '이것이 무슨 말이냐?'며 크게 꾸짖었다."

　안동 부사 이정소가 풀려나서 고향 사람에게 말했다.

　"내가 살아서 돌아올 수 있었던 것은 지곡枝谷(권구)덕분이었다."

　'이인좌의 난' 당시의 살벌한 정국에서, 병곡의 '바른 소리'가 이정소뿐 아니라, 영남의 유림儒林들도 화禍를 면하게 하였다.

　이인좌의 난은 6일 천하로 끝났으나, 노론이 정권을 차지하고, 그 이후 영남의 유림을 정치에서 소외시키는 결과를 낳았다.

　남천고택 옆의 초가삼간 까치구멍집, 권오설의 옛집이 있었다. 온몸에 고문의 흔적을 지닌 채 주검이 되어 돌아왔으나, 그의 시신은 함석관에 넣어서 땜질하여 마을 뒷산에 묻혔고, 그의 옛집은 광복 후 화마火魔로 사라졌으니, 일제는 권오설의 영혼까지도 결박하려고 했었다.

1932년 3월 19일, 서당 훈장이셨던 아버지 권술조權述朝는 33세의 아들의 주검 앞에서 "하늘이시여!" 울부짖다가, 눈물로 먹을 갈아서 애통한 심정을 담은 365cm의 긴 제문祭文을 써내려갔다.

네가 과연 죽었느냐?
죽었다면 병으로 죽었느냐?
병은 함부로 사람을 죽이지 못하니
충직忠直 때문에 죽었느냐?
사람의 삶은 올바름에 있는 것이니
만약 죽을 자리에서 죽었다면 어찌하겠는가!

가일 마을의 서당이었던 '노동서사魯東書舍'와 제사 음식을 차리는 '노동재사魯東齋舍'는 권오설이 청년 계몽을 위한 '원흥학술강습소'로 운영하면서 재사齋舍는 학생들의 기숙사이었다.

오늘날 노동재사魯東齋舍는 책방으로 변신했다. 젊은 부부가 운영하는 '가일서가'라는 이름의 서점은 문화 프로그램도 운영하는 '인문사랑방'이기도 하다.

죽은 자의 넋을 기리며 바치는 음식을 준비하는 곳이 재사齋舍인데, '가일서가佳日書架'는 권오설 열사의 넋에 바치는 최선의 제사祭祀가 아닐까.

가곡 마을의 폐교된 풍서초등학교가 '안동역사문화박물관'이 되었다. 흩어져 있던 고문서류, 전적류, 각종 민속자료, 근·현대 자료 등 교육자료 1만여 점을 다양하게 전시하고 있다. 짚신, 호패, 배자 예부운락 고려본, 우리나라 최초의 백과사전인 권문해의 '대동운부군옥' 초고본 및 정고본, 어필맹자대문(원종대왕과 숙종의 글씨를 자본으로 한 동활자본), 여성의 여름 속바지 살코쟁이, 일제강점기 교과서, 광복후 초등학교 교과서 등이 교실과 복도에 빼곡히 전시되어 있었다. 사라질 것들에 생명을 불어넣은 것이다.

특히, 은니銀泥로 제작한 '성학십도 병풍'은 불교경전과 달리 유교경전을 금니金泥와 은니로 제작하는 경우가 매우 드물다는 점에서 주목된다.

마을 뒤편 정산에 있다는 선원강당仙原講堂을 찾아 오솔길을 자전거를 몰았다. 산새가 푸르륵 날아오르는 오솔길을 벗어나자, 갑자기 8차선의 아스팔트길에 자동차들이 달렸다. 인적이 드문 죽은 자의 영역에 도청 청사廳舍를 짓고 도로를 뚫은 것이다.

정산井山 깊숙이 비밀의 정원에 모셔졌던 선원강당과 신도비가 백일하白日下에 드러난 것이다. 선원강당은 화산花山 권주權柱의 덕행을 기념하기 위하여 후손들이 세운 강당으로 홑처마 팔작지붕이다. 선원강당 동편의 비각에 권주의 신도비를 보관하고 있으며, 권주의 묘소는 비각 뒤 정산井山 기슭에 있다.

권주는 1457년(세조 3), 가곡에서 출생하여, 여덟 살에 사서四書를 읽고 열 살에 경經·사史에 박식하였다. 그가 열세 살 때, 안동부의 백일장에서 지은 '선악도仙嶽圖'는 후세에 길이 전한다.

峩峩崔崔多奇奇	높고 험하며 기기묘묘하구나.
軒眉登目一回頭	헌함 끝에서 눈을 들고 머리를 돌리며
山耶雲耶却驚疑	산인가 구름인가 놀라며 의심하네.
若以爲雲雲豈住	구름이라면 구름이 어떻게 멈추며
若以爲山山豈移	산이라면 산이 어찌 옮겨 가겠는가.
金枝玉葉日邊樹	금지옥엽은 해 가의 나무이고
美獸珍禽霞外姿	아름다운 금수는 연하 밖의 자태라네.
初如曲峽中巫神	처음은 무산의 신녀와 같아
或散爲雲或爲雨	흩어져 구름이 되다가 비도 되누나.
千層萬層高危危	천층만층 높고 위태롭고
轉似五嶽中三仙	오악 가운데 삼선과 비슷하네.
山鰲不負風不住	산자라가 등에 지지 않아도 바람 그치지 않고
千里萬里浮依依	천 리 만 리 두둥실 떠가네.
雷聲隱隱動地來	우렛소리 쩌렁쩌렁 땅을 울리며 들리고
電光燁燁橫空飛	번갯불은 번쩍번쩍 공중에 비껴나네.
彷彿仙樵八老翁	마치 선초 팔로옹이
高斧丁丁伐木時	큰 도끼로 쩡쩡 나무 찍는 듯하네.
側聞炎帝住彼峯	듣자니 염제가 저 봉우리에 머물러

五色王氣橫依俙   오색의 왕기가 가로 어렴풋이 뻗었다네.
我欲摹得仙嶽圖   내가 선악도 그림을 그려
奏上上帝鳴天機   하느님께 올려 천기를 울리고자
涉筆熟視還閣筆   붓 들어 한참 바라보다 붓을 내려놓는 것은
山耶雲耶遠莫知   산인가 구름인가 아득하여 알 수 없기 때문이네.

'13세 어린 나이에 어찌 이런 시를 지을 수 있을까?'
놀란 안동부사는 소년 권주에게 '쟁반에 담긴 앵두〔櫻桃盤〕'를 가리켜 운자韻字를 부르니, 그 자리에서 시를 지었다.

團團嘉果滿金盤   금쟁반에 가득한 동글동글 맛난 과일
色奪西施醉後顔   취한 서시 발그레한 얼굴빛 뺏어온 듯하네.

권주의 신도비명神道碑銘〈가선대부 예조참판 증 자헌대부 의정부 우참찬 권주〉는 갈암 이현일이 지었다.

「공은 1497년(연산군 3)에 승정원 도승지가 되었다. 얼마 뒤 가선대부의 품계에 올라 충청도관찰사로 나갔다. 1502년(연산군 8)에 동지중추부사로서 명나라에 신정新正 하례 사신으로 갔다가 돌아와서 경상도 안렴사가 되어 다스림에 항상 대체를 견지하여 백성들이 칭송하였다.

1504년에 사화士禍가 일어나, 평해로 유배되었다. 이듬해 6월 13일에 후명後命이 이르자, 두려워하거나 당황하는 빛이 없었다. 죽을 때의 나이가 49세였다. 풍산현 정산井山 서쪽 산기슭 모향某向의 언덕에 장사 지냈다. 중종반정 이후에 신원伸冤되고 포증褒贈이 더해져 의정부 우참찬에 이르렀다.

공의 5세손 구䋺는 일찍이 현일玄逸에게 와서 배웠다. 그의 숙부의 명으로, 그 선인先人이 찬차撰次한 유사遺事 기록을 안고 와서, 그 묘비의 글을 청하였다.

士常病不得位	선비는 항상 지위를 얻지 못하여
無以展布其才能	그 재능을 펼 길이 없음을 병통으로 여기고
又常病身不修	또 항상 수양을 제대로 못하여
名沒世而無稱	후세에 이름이 전하지 못할까 병통으로 여겼다.
惟先生發軔之初載兮	선생은 세상에 나간 첫해에
亦庶幾志得而名揚	뜻을 얻어 이름을 드날리게 되었으니
吁嗟晚節之凶屯兮	아, 만년에 횡액을 당한 것은
諒遭時之不祥	참으로 상서롭지 못한 때를 만나 그리된 것이네.
仁而遇禍災兮	어진이가 재앙을 만나는 것은
履正道而蒙難	정도를 지키다가 환난을 당하는 것
自古莫不然兮	예로부터 그렇지 아니한 적이 없었으니

於先生而又何歎　　선생의 일에 대해 또 무엇을 탄식하리.」

　경상북도 도청 신도시가 안동시 풍천면과 예천군 호명면에 걸쳐서 자리잡으면서, 선원강당과 신도비각 및 화산 권주 부부의 묘소와 그의 아들 권굉의 부부 묘소 지역이 도청 역사공원이 되었다.
　경북개발공사는 역사공원에 임란역사기념관을 조성하기로 결정하고 공원 내 권주 선생의 묘 이장移葬을 권고하였다.

　병곡 종손 권종만은 문화유적 보존 청원서를 내었다.
　"당시 관찰사이면 지금의 도지사에 해당하는 직책인데, 묘소를 그대로 보존해 상징적 문화자원으로 활용할 수 있으면 좋겠다."
　학계에서도 권주 선생의 묘소는 그 자체만으로도 역사적 가치가 높은 소중한 자산임으로 역사기념관이 보존해야 할 실증적 문화재라고 하였으나, 경북개발공사는 '권주 선생의 묘소만을 남겨둔다면 타 문중들과의 형평성 문제가 있다.'고 난감해 하였다.
　법원의 결정은 화산 권주 부부의 묘는 현장에 존치하고, 그의 아들 권굉 선생 부부의 묘는 이장하라고 판결했다.

　권굉의 묘소를 이장할 때, 퇴계가 쓴 만장과 선조가 연로한 신료들에게 연회를 베푼 광경을 그린 '기로연시화첩耆老宴詩畵帖'(보물 제494-10호)과 광해군이 약포 정탁에게 내린 '위성공신교서衛聖功臣教書'(보물 제494-2호), 인조가 약포 정탁에게 시호를 내린 '정간공교지貞簡公教旨'(보물 제494-1호) 등이 출토됨으로써, 권주 일가의 묘소는 그 자체로도 문화재적 가치가 있음이 증명되었다.

1981년 7월 1일, 대구직할시가 광역자치단체로서 경상북도와 분리된 이후 줄곧 경북도청은 대구에 있었다. 지방자치제가 부활되면서 도청을 경북도내로 이전하여야 한다는 여론이 점차 확산되었다.

특히, 도청 이전으로 생산유발효과 2조 8천억, 부가가치 6천 7백억, 51천 명의 일자리가 창출되고, 유관 기관이 동반 이전함으로써 2만 세대 7만 명의 인구증가 효과가 생긴다.

1992년, 도의회에서 '도청이전특별위원회'를 구성하고 전문기관의 용역을 통하여 6개 지역을 도청 이전 후보지로 선정했으나, 지역 간 과열유치경쟁으로 후보지 결정 권한을 道에 넘겼다. 지역 간의 갈등을 최소화하고 도민의 화합 속에서 도청이전이 추진하기 위해서는 합리적·객관적인 기준과 절차에 따라 공정성과 투명성이 보장되어야 한다.

2006년 4월 24일에는 도청 이전을 실질적으로 주도하는 민간 중심의 심의·의결 기구인 '도청이전추진위원회'를 구성하여, 당연직 위원 6명과 위촉직 위원 11명 등 17명의 위원을 선출하고, 2006년 9월 13일에는 도청 이전 자문위원 29명을 구성하였다.

민간 중심의 심의·의결기구인 '도청이전추진위원회'가 주도적으로 권역별 주민공청회를 개최하고, 도청 이전 예정지 입지 기준을 마련하여 시·군으로부터 후보지를 신청받아 입지 기준에 부합되는 후보지를 평가대상지로 확정하고, 83명의 전문가로 평가단을 구성하여 현지 확인 등의 평가 절차를 통해 최고 득점 지역을 예정지로 선정하였다.

경상북도 새 도청 자리는 문수지맥文殊枝脈이 마지막 끝맺은 검무산劍舞山(332m) 기슭의 안동시 풍천면·예천군 호명면 일원이 선정되었다. 이 지역의 면적(12.344km²)은 국회의사당이 있는 여의도 면적(4.5km²)의 2.75배이며, 예천의 비행장, 복선전철의 중앙선 철도, 경북선 철도, 중앙고속도로, 중부내륙고속도로, 상주·영덕 고속도로 등의 교통 인프라(infra)와 안동역에서 21.5km, 예천읍에서 10.2km 지점으로 영남지방의 언어와 문화를 공유한 안동과 예천의 생활권역이다.

전라남도 도청은 목포시 부주동·옥암동·삼향동과 무안군 삼향읍 남악리, 일로읍 오룡리에 분포한 갯벌 일대를 간척한 '남악시'이고, 충청남도 도청은 홍성군 홍북읍, 예산군 삽교읍 일원의 '내포시'이다.

경상북도 도청사와 신도시를 행하니 돌아서 강변 마을 구담장을 지나, 대죽리에 닿았다. 옛날 용궁현에 속한 대죽리는 낙동강 강변에 있어 예부터 수륙으로 교통이 편리한 곳이었다.

퇴계의 어머니 춘천박씨는 대죽리의 박치朴緇의 딸로서, 박치는 충재 권벌의 증조부 권계경의 사위 경주이씨 시민의 맏사위이고, 보백당 김계행의 외손자 예천 금당실의 박종린朴從鱗이 외사촌으로 내외종간이다. 퇴계의 외조부 박치朴緇의 후손은 옛 사벌국의 도읍지인 낙동강 유역 상주시 사벌국면에 살고 있다.

이황의 할아버지 이계양은 식埴과 우堣 두 아들을 두었었다. 식埴은 초취初娶 의성김씨가 3남매를 낳고 죽자, 아우 우堣의 이질녀인 춘천박씨를 계실로 맞아 4형제를 낳아 7남매를 길렀다.

춘천박씨는 '공자가 대문으로 들어오는 꿈'을 꾸고 이황을 낳았다. 노송정의 대문에 '성림문聖臨門' 현판이 걸렸으며, 이황은 어릴 때 '서홍瑞鴻'으로 불리었으나, 어머니는 언제나 그를 '황滉'이라고 불렀으며, 베틀 위에서 어르고 노래했다.

아들아, 나의 아들아,
하늘에 빌어 낳은 아들아.
저 대문은 뉘 대문인고,
성인聖人이 들어온 성림문이지.

아들아, 나의 아들아,
하늘에 빌어 낳은 아들아.
어사화에 홍패 두르고,
성림문 들어오소.

서홍은 여섯 살이 되어서 비로소 글을 배우기 시작했다. 이웃에 천자문을 가르치는 박씨 노인이 있어 형님들과 함께 배웠으나, 형들이 숙부를 따라 진주로 간 후 혼자가 되었다.

어린 서홍은 일찍 일어나서 세수하고 몸을 단정히 한 후 책을 끼고 집을 나섰다. 어제 배운 것을 스승의 집 울 밖에 서서 외어본 뒤 집 안으로 들어가, 장죽을 문 스승께 공손히 문안인사를 올렸다.

글을 배울 때에는 엄숙하고 진지한 모습이 영락없는 선비였다. 《천자문》을 넘어서니 《명심보감》이었다.

"서홍아, 외어보련?"

"예, 스승님."

서홍은 좌우로 몸을 흔들면서 외우기 시작했다.

시비종일유是非終日有라도,
불청자연무不聽自然無니라.

낭랑한 목소리가 울타리 너머 고샅으로 퍼져 나갔다. 베틀에 앉은 어머니의 귀에는 미풍을 타고 노래가 되었다.

"오늘은 무엇을 배웠느냐?"

서홍은 몸을 좌우로 흔들면서 외었다.

> 是非終日有   옳고 그름을 따지는 일이 종일 있더라도,
> 不聽自然無   듣지 않으면 저절로 없어지니라.

"남의 말을 듣고도 시비를 말하지 않는 이유는 무엇이냐?"

"서로가 자기 생각이 옳다고만 하면 말싸움이 됩니다."

어머니는 친정 마을의 '말 무덤' 이야기를 해주었다.

한대 마을(대죽리)에는 '말 무덤'이 있는데, 말〔馬〕 무덤이 아니라 말〔言〕을 묻어둔 무덤이란다. 김씨, 박씨, 유씨, 최씨, 채씨가 대를 이어 살았는데, 사소한 말 한 마디가 씨앗이 되어 싸움이 그칠 날이 없었다.

"말 무덤〔言塚〕을 만드시오."

어느 과객의 말을 듣고, 시비의 단초가 된 말을 그릇에 담아 깊이 묻으니, 마을이 평온해지고 두터운 정을 나누게 되었단다.

서홍은 어머니의 이야기를 듣고 나서,

"말을 삼가서 해야 하는 뜻을 알겠습니다."라고 하자,

"혀는 불〔火〕이니 조심하지 않으면 삶의 수레바퀴를 불사르리니, 함께 있을 땐 공경하고 없을 때는 칭찬하여야 하느니라."

대죽리에는 매죽헌, 만죽정, 영모정, 퇴계의 외가터, 유일한 박사 생가, 쌍효각, 쌍호재각 등이 있다.

유한양행 창업자인 유일한柳一韓(본명 일형一馨) 박사의 아버지 유기연柳基淵의 고향이며, 지금도 그의 일가친척들이 살고 있다. 그는 유한양행을 운영하며 얻은 이익을 인재 양성 및 교육 사업에 투자했고, 자신의 전 재산을 사회에 기부했다.

대죽리 마을 앞 나지막한 야산은 개가 입을 벌린 듯해 '주둥개산'이라 불렀다. 말무덤[言塚] 앞에 '말조심'의 표상으로 사람의 입을 손가락으로 막는 형상의 조형물과 말조심 표지석이 있다.

'입으로 하는 맹세가 마음으로 하는 맹세보다 못하다. 한 마디 말은 평생의 덕을 허물어뜨린다.'

마을 입구 우측의 쌍효각과 말무덤[言塚]을 지나서 농토 가운데로 난 길을 들어가니, 한대정미소와 신대죽정미소가 분주하게 돌아가고 있어 마을 앞의 널따란 농토를 경작하는 부촌이었다.

대죽리 마을은 뒷산 원방산을 중심으로 서쪽의 신풍리와 동쪽의 주둥개 산이 좌청룡 우백호로 '冂' 형세로 둘러싸고, 마을 가운데로 낙동강이 돌아나가는 물굽이에 있어 낙동강에 오르내리는 배가 드나듦으로써 수륙의 산물이 풍부하였다.

대죽리 김녕 김씨 만죽정 주변에 대나무가 무성하여서 대죽리라 하였으며, 대죽리를 윗마을 신풍리는 아랫마을 한대(대죽리)라고 하였다.

1934년(갑술년) 7월, 대홍수로 시뻘건 황토물이 삽시간에 불어나면서 강변 논밭의 곡식과 채소는 물론이고, 마을의 초가와 원두막까지도 세찬 물살에 휩쓸려 떠내려갔다.

안동댐이 건설되어 홍수가 조절되면서, 낙동강에 강둑을 쌓아 경지를 개간으로 비옥한 토질을 확보하였다.

조선시대 용궁군 지역은 예천군과 구별하기 위하여 단위 명칭이 동이 아닌 리이며, 당시 지보知保가 지포知浦 인 것은 낙동강의 포구였으며, 수륙 교통의 중심인 지보역知保驛촌이었다.

대죽리 아이들은 신풍초등학교를 졸업하면, 산길을 걸어서 지보중학교를 다녔다. 대죽리의 '빈彬'은 어려서 책을 많이 읽어서 이야기꾼으로 통했다.

무더운 여름날, 하굣길에 나무그늘에 쉴 때면 친구들은 '빈彬'을 졸라서 기어이 이야깃주머니를 풀어놓게 하였다.

"저 아래 '어룽샘' 있제? 도장리 명당 정묘鄭墓 말이야."
아이들은 솔깃하여 귀를 기울였다.

옛날에 동래 정씨의 예천 입향조 정구령鄭龜齡의 아들 진주목사 정사鄭賜가 임지任地에서 죽었다. 사자嗣子(상주) 정난종은 시신屍身, 호상꾼, 상여꾼, 풍수風水를 배에 태워서 진주 남강에서부터 낙동강으로 거슬러 올라오면서 지형을 살폈다. 몇 달 만에 마침내 지보 도장마을 앞까지 배가 왔을 때, 선두에 앉아있던 박풍수가 "앗!" 하며 벌떡 일어서면서 배를 멈추게 했다. 강 건너 동북쪽 산기슭을 바라보니 많은 사람들이 모여 작업을 하고 있었다.

"한발 늦었구나!"

박 풍수가 그곳을 천하 명당明堂이라 하자, 현장에 가서 구경이나 하자고 상주가 우겨서 현장에 가보니, 묏터를 닦으려 하니 물이 쏟아져서 뫼를 쓰지 못하고 돌아간다고 하였다.

"우리가 이 자리에 묘를 들여도 좋습니까?"

"우리가 쓰지 못하는 자리에 들이던지 말던지!"

박 풍수는 조용히 작업을 지시했다. 먼저 광중壙中에 고여 있는 물 위에 겨 한 섬을 풀고 대젓가락 셋을 갖다 넣고, 현장에서 멀리 떨어진 '도마' 마을 논두렁 밑을 호미로 긁적이니, 갑자기 겨가 섞인 물이 꽐꽐 쏟아지고, 대젓가락 한 매씩이 물에 딸려 나오더니 대 젓가락이 멈춘 세 곳이 모두가 샘이 되었다.

당시 젓가락이 멈춘 곳은 '도마샘', '어룽샘', '옥로정玉露井'으로 불리고, 도화리 마을 사람들의 식수로 사용되고 있다.

"정묘鄭墓가 왜 명당이야?"

아이들은 또 이야기가 듣고 싶었다.

정사鄭賜의 묘가 명당인 것은, 상주 정난종鄭蘭宗의 아들이 중종 때 영의정 정광필이기 때문이다. 문익 정광필의 후손은 동래정씨 '문익공파文翼公派'이며, 정광필의 손자 좌의정 정유길鄭惟吉, 증손자 좌의정 정창연鄭昌衍, 현손 영의정 정태화鄭太和 등 13명의 정승政丞 이 나왔다.

정유길鄭惟吉은 문과에 장원하여 중종의 축하를 받고, 곧 사간원 정언에 올랐으며, 퇴계와 동호서당東湖書堂에서 사가독서賜暇讀書하 였다. 정유길鄭惟吉의 외손자가 안동 소산 마을의 김상헌金尙憲·김 상용金尙容이니 명당이 아닌가.

'빈彬'의 이야기가 끝나자, 아이들은 등에 오색구름을 짊어지고 저 녁연기 피어오르는 대죽리로 향했다.

지보면 마전리는 태백산, 춘양 등지에서 벌채한 재목을 낙동강 물 이 범람할 때 뗏목을 메어 하류로 띄워보낼 때 그 재목으로 집을 지 었다. 1934년(갑술년), 대홍수 때 안동의 영호루와 가옥이 붕괴되어 난민들이 지붕을 타고 급류에 휘말려 표류하다가 이 마을 앞 섬 송 림에 걸린 것을 이 마을 청년들이 40여 명의 인명을 구출하였으므로 활인도活人島라고 부르고 있다.

마전 삼거리는 대구, 안동, 예천으로 통하는 세 갈래 길목이다. 낙동강에 소금배가 오르내릴 때 '마전도방'이라고 하여 소백산 이남의 화물 집산지였고, 배를 타고 건넜으나 지금은 낙동강에 지인교知仁橋가 놓여졌다.

지보에서 지인교를 건너면 덕미교차로에서 의성군 다인면과 예천군 풍양면으로 갈라진다. 풍양은 본래 용궁군이었으나, 일제강점기 행정구역 개편 때 예천군 풍양면이 되었다. 풍양豊壤이란 이름은 고적인 풍양 부곡과 풍양지 및 풍양산에서 연유된듯하다.

예천군의 최남서단에 위치하여 상주가 지척인 옛 사벌국 땅 풍양은 굽이쳐 흐르는 낙동강물을 삼강리 풍양양수장과 청곡과 효제의 전천후 양수장의 혜택으로 수리안전답을 확보하고 있다.

지인교를 건너서 바로 용곡 삼거리에서 우측으로 갈라져서 낙동강을 따라가다가 경사가 비스듬한 청곡리 고개를 넘어서 풍양면으로 들어갔다.

풍양면 청곡리 낙동강변의 나지막한 언덕 위에 회화나무 한 그루와 노송老松 세 그루가 어울려 서있다. 이 나무는 삼수공三樹公 정구령鄭龜齡이 삼수정三樹亭 정자를 짓고 세 그루의 회화나무를 심었다. 팔순 생신 때 이 정자에서 잔치를 베풀며, 자손들이 관복을 벗어 이 세 나무에 걸어 놓으니 꽃이 핀 듯하였다.

회화나무는 그 후 200년을 무성하게 자라더니 병자호란 이후 차츰 시들었는데, 다만 한 그루가 곁가지를 소생蘇生시켰고 그 옆에 소나무 세 그루가 자생하여 오늘에 이르고 있다.

멀리서 올려다보면, 세 마리 용이 삼수정 정자를 용틀임하여 보호하고 있는 듯 기이하게 굽은 소나무들이 회화나무와 어울려 선계의 풍경을 연출하고 있다. 이 회화나무를 삼괴三槐라 하여 삼정승三政丞을 상징하였다.

삼수정에 올라서 바라본 낙동강도 용틀임하여 흘러가고 있었다.

1504년(연산 10년), 삼수정三樹亭 주인 정구령鄭龜齡의 손자 정광필鄭光弼은 언로를 탄압하던 연산에게 간諫하였다.

"사냥이 너무 심합니다."

연산은 '감히 자신에게 직언을 하다니', 괘씸하게 여긴 연산은 정광필을 밧줄로 묶더니 병사에게 이르기를,

"내가 칼집에서 칼을 다 뽑거든, 너는 도끼로 저 자의 목을 쳐라."

연산이 칼을 서서히 뽑자, 병사의 도끼날에 경련이 일었다. 대신들은 벌벌 떨며 눈을 감았으나, 정광필은 안색하나 변하지 않았다. 이윽고 연산은 칼을 칼집에 도로 꽂으면서,

"참으로 열사烈士로다."

정광필은 목숨은 구했으나 이 일로 아산으로 유배 갔다.

삼수정 근처 우망실에 있던 풍양면 사무소가 왕경산 아래 낙상리로 옮겨오면서, 관공서와 상가가 즐비한 풍양면 소재지가 되었다. 풍양면은 삼면이 낙동강으로 둘러싸여 있다. 하회를 돌아 나온 낙동강은 지보에서 비봉산과 대흥산에 막히어 우측으로 틀어서 삼강나루에서 내성천을 합류한 후 하풍리에서 영강을 합류하여 경천대까지 직류한다.

왕경산에서 바라본 나지막한 산봉우리들 사이로 펼쳐져 있는 풍정들·글안들·못안들·듬봉들·경빈들 등 풍양의 너른 들판을 보면서, 연암이 쓴 열하일기의 '가이곡의可以哭矣!' 한 대목을 떠올렸다.

연암이 산해관에 이르기 보름 전인 7월 8일, 그가 냉정冷井을 지나 산기슭을 돌아 청석령 고개에 이르렀을 때, 그의 앞으로 일망무제의 요동벌이 시야에 들어오자, 말 위에서 손을 들어 사방을 돌아보다가 외쳤다.

"훌륭한 울음터로다〔好場論〕! 크게 한번 통곡할 만한 곳이로구나〔可以哭矣〕!"

지금까지 소백산맥의 좁은 산협으로 돌아다니다가, 이제 삼수정에서 바라보이는 일망무제의 풍양들판이 시야에 펼쳐지자, 연암처럼 크게 한번 외쳐볼 만하였다.

문경의 영강이 낙동강으로 흘러드는 하풍리 영풍교에서 낙동강 강변을 따라서 돌아 오르면, 삼강마을 동쪽 용궁의 장야평長野坪에 약포 정탁鄭琢의 셋째 아들인 청풍자淸風子가 초려를 짓고 마을의 자제들을 모아 가르쳤던 삼강서당이 있다.

정윤목鄭允穆은 진주시 문산읍 소문리(문산초등학교 터)의 소촌 도찰방召村道察訪이 되어 진주시, 사천시, 통영시, 거제시, 고성군 등지를 통과하는 통영대로를 관할하였다.

정윤목은 19세의 약관으로, 부친 약포를 따라 중국 수양의 '백이 숙재 사당'을 참배하고 돌아오면서 '백세청풍百世淸風' 네 글자를 탁본해 온 것을 편액하고 자호로 삼았다.

문경지역에는 전국의 명산 묘터 중 옥관자玉貫子 서 말, 금관자金貫子 서 말이 나온다는 연주패옥형蓮珠佩玉形의 명당이 있다는 고사가 전해지고 있다.

임진왜란 때 명나라 장수 이여송의 부장 두사충은 벽제관전투 패전의 책임을 지고 참수의 위기에 처했을 때, 약포 정탁鄭琢이 그의 생명을 구해주었다. 풍수지리 학자인 두사충은 은혜 보답으로 정탁의 신후지身後地(묏자리)로 옥녀의 목걸이 형세의 연주패옥형蓮珠佩玉形의 명당을 찾아서 그 위치를 말구종驅從에게 알려 놓았었다.

1605년 약포가 별세하자, 정탁의 아들 청풍자 정윤목鄭允穆이 그 말구종을 데리고 두사충이 말한 그 신후지지를 찾으러 갔는데 말하려는 순간, 타고 온 말이 갑자기 뒷발질하여 그 종이 죽고 말았다. 정윤목이 종을 죽게 한 말의 목을 베어 묻었다. 문경 동로에서 갈평리로 넘은 여우목 고개의 말무덤〔馬塚〕 위에서 발을 굴리면 땅속에 빈 듯한 느낌이 든다.

말무덤〔馬塚〕 옆에는 춤추는 소나무 무송舞松이 있다. 양산 통도사의 무풍한송舞風寒松 길의 소나무처럼 가지를 펼쳐서 칼춤을 추는 형상인데, 아마도 말무덤을 지키는 장수인가 보다.

과연 이들이 목숨을 걸고 지켰던 연주패옥의 길지는 어디일까?

여우목 고개 너머 갈평리 마을에서 후삼국을 통일을 꿈꾸었던 견훤이 태어났으니, 예사롭지 않은 땅이 틀림없다.

내성천과 금천錦川이 흘러와서 낙동강과 합류하는 곳을 삼탄진이라 하였다. 삼탄진은 무흘탄이라고도 하였는데, 안동에서 부산 구포까지 조운선과 소금배가 오르내리고, 선비들이 새재를 넘어서 한양으로 가는 길목이어서 배를 띄워 강을 건너는 나루터와 강가 모래언덕에 오래된 주막이 있었다.

주막은 일자형에 방 둘, 부엌 하나, 툇마루가 전부이지만, 손바닥만 한 부엌에 방문이 여럿이었다. 부엌문이 네 개, 방 둘에 문이 일곱 개나 달려 있다. 부엌에 문이 많은 것은 나그네는 많고 주모는 한 사람이니, 많은 사람들이 서로 엉키지 않고 출입할 수 있도록 한 것이다.

주모는 글을 모르지만 계산은 틀린 적이 없다. 시커먼 그을음이 묻은 부엌의 벽에 줄을 죽죽 그어 놓은 매출전표 겸 외상장부가 있으니까.

주막 부엌문 밖에 서있는 홰나무 한 그루는 가끔 주모가 횅하니 붓는 구정물을 받아먹고 500년을 살았다. 온몸에 시멘트로 깁스(cast)하고서도 팔도 사투리 하나만은 기가 막히게 구별하고, 홰나무 아래 들돌 3개는 일꾼의 품삯을 결정하는 시험 도구이었다.

본래 주막은 강가 모래 언덕에 있어서, 방문을 열면 강물에 흐르는 나룻배를 볼 수 있었고, 삼강교가 놓이기 전까지만 해도 철선에 버스를 실어 나르는 도선이 있었다. 낙동강에 나루터는 수없이 많았으나, 도선 나룻배는 달성군 구지의 대암 나루의 철선이 남아 있을 뿐이다.

이제, 관광지로 변한 삼강나루터 주막 마을을 지나노라면,

'식당은 있으나 주막은 없고, 막걸리는 있으나 탁배기가 없구나.'

삼강나루터는 늘 낭만이 있는 것은 아니었다. 가끔 낙동강이 범람하면 홰나무와 주막은 황톳물을 뒤집어 써야 했다.

1811년 5월, 경상도 병마절도사 신대곤申大坤이 장계狀啓하기를,

"각 고을의 상번上番인 금위영禁衛營과 어영청御營廳의 군병軍兵들이 예천군醴泉郡 삼탄진三灘津에 이르러 5, 60명이 한 배를 탔는데, 많은 비가 내린 나머지 강물이 불어 폭류에 휘말려 중도에서 배가 뒤집혀 살아서 나온 자가 겨우 12명입니다."

강을 따라 가다가 '삼강 주막'에서 막걸리 한 사발 들이키면, 지훈과 목월이 화답한 詩가 읊어진다.

流雲水道七百里　　구름 흘러가는 물길은 칠백 리.
孤客長袂落英葉　　나그네 긴 소매 꽃잎에 젖어
酒熟江村斜陽霞　　술 익는 강마을의 저녁노을이여!
宿夜彼洞凋芳塵　　이 밤 자면 저 마을에 꽃은 지리라.

江津越便麥畈路　　강나루 건너서 밀밭 길을
雲上月行客同途　　구름에 달 가듯이 가는 나그네
單線三百里南道　　길은 외줄기 남도 삼백 리
釀酒村村熺夕霞　　술 익는 마을마다 타는 저녁 놀.

시 읊으며 거닐었네

④ 예천 가는 길

초판 인쇄 2022년 8월 25일
초판 발행 2022년 8월 31일

지은이 | 박대우
발행자 | 김동구
편　집 | 이명숙
발행처 | 명문당(1923. 10. 1 창립)
주　소 | 서울시 종로구 윤보선길 61(안국동)
　　　　우체국 010579-01-000682
전　화 | 02)733-3039, 734-4798, 733-4748(영)
팩　스 | 02)734-9209
Homepage | www.myungmundang.net
E-mail | mmdbook1@hanmail.net
등　록 | 1977. 11. 19. 제1~148호

ISBN 979-11-91757-60-6 (13810)

20,000원

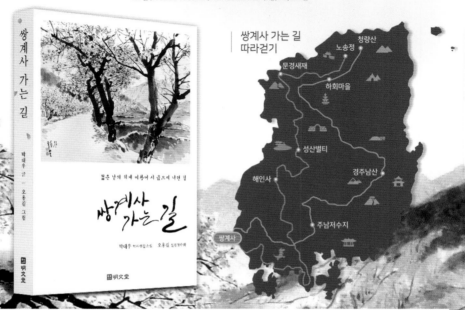

시 읊으며 거닐었네

① 신화의 땅 · ② 에덴의 동쪽 · ③ 소백산 마가리

> "작가는 퇴계가 거닐었던 길을 순례길로 정하고 가는 곳마다 詩를 읊고 은근한 이야기를 담았다."

시 읊으며 거닐었네 ① 신화의 땅

퇴계 선생 마지막 귀향길(1569년) 450주년을 맞아 서울에서 도산서원까지 320km를 걷고 시를 읊었고, 젊은 시절 이황이 '시 읊으며 걸었던 청보리밭 길'은 청정의 길이요 희망의 길.

박대우 글 · 오용길 그림
150×210판형 / 372쪽 / 값 **18,000**원

시 읊으며 거닐었네 ② 에덴의 동쪽

'에덴의 동쪽'은 한반도의 동쪽에 위치한 '봉화'를 의미한다. 한강과 낙동강의 분수령인 태백의 봉화에서 『시 읊으며 거닐었네 2』를 시작한다.

청암정

박대우 글 · 오용길 그림
150×210판형 / 332쪽 / 값 **18,000**원

시 읊으며 거닐었네 ③ 소백산 마가리

소백산의 푸른 숲과 내성천의 맑은 물이 어우러진 산자수명山紫水明한 영주에서, 부석사와 소수서원을 품은 소백산 속을 거닐면서 백석의 시를 읊었고, 외나무다리가 용틀임하는 수도리에서 모래가 사르르 흐르는 물빛을 그렸다.

박대우 글 · 오용길 그림
150×210판형 / 424쪽 / 값 **20,000**원

우리말 항아리

박대우 엮음 · 오용길 그림
150×212판형 / 484쪽 / 값 **20,000**원

우리의 고유 언어는 우리 민족 특유의 문화나 정서를 표현하며, 정서적 감수성을 풍요롭게 한다. 나쁜 말은 사투리가 아니라 남을 비방하거나 품위 없는 말이다. 팔도의 억양을 ㉠~㉭까지 '쌍계사 가는 길' 따라 우리말 항아리에 소담스럽게 담아 풀이하였다.